KB130894

돌짝밭

유사원 장편소설

청어

돌짝밭

유사원 지음

발행처·도서출판 **청어**
발행인·이영철
영 업·이동호
홍 보·최윤영
기 획·천성래 | 이용희
편 집·방세화 | 이서윤
디자인·김바라 | 서경아
제작부장·공병한
인 쇄·두리터

등 록·1999년 5월 3일
(제321-3210000251001999000063호)

1판 1쇄 인쇄·2015년 4월 20일
1판 1쇄 발행·2015년 4월 30일

주소·서울특별시 서초구 효령로55길 45-8
대표전화·586-0477
팩시밀리·586-0478

홈페이지·www.chungeobook.com
E-mail·ppi20@hanmail.net
ISBN·979-11-85482-73-6 (03810)

이 도서의 국립중앙도서관 출판시도서목록(CIP)은 서지정보유통지원시스템 홈페이지
(http://seoji.nl.go.kr)와 국가자료공동목록시스템(http://www.nl.go.kr/kolisnet)에서
이용하실 수 있습니다.(CIP제어번호: CIP2015009262)

"환경에 대한 완전한 적응은 죽음을 의미한다.
모든 적응의 핵심은 환경을 지배하려는 욕구이다."

—존 듀이—

이 책을 宋─順 님께 바친다

환경이란 무엇인가?

인생에 있어서 환경이란 무엇인가?

언제부터인가 나는 이런 질문을 하며 환경에 관심을 갖기 시작했다. 그것은 어쩜 환경이 인간의 운명을 좌우한다고 하는 생각을 청소년 시절부터 가지고 있었기 때문인지도 모르겠다.

그래서였을 것이다. 어느 날 나는 책상 앞에 존 듀이의 다음과 같은 말을 큼지막하게 써서 붙여놓은 기억이 난다.

"환경에 대한 완전한 적응은 죽음을 의미한다. 모든 적응의 핵심은 환경을 지배하려는 욕구이다."

선배도 나와 비슷한 생각을 가지고 있어서였을까? 그의 방에도 다음과 같은 글이 벽에 붙어있는 걸 볼 수 있었다.

"칼이 짧으면 한 걸음 더 나아가고, 환경이 나쁘면 한층 더 노력하라."

십 대 중반, 시골 흙벽집에서 살고 있을 때였다. 방이 너무 초라해 어머니를 졸라 오일장에 가서 울긋불긋한 벽지와 노란 장판지를 사다가 도배를 했더니 방이 그렇게 아름다워 보일 수가 없었다.

나는 해방 두 해 전에 시골에서 태어나 도시로 이주한 지 사십여 년이 지났고, 그동안 12번을 이사해 오늘에 이르렀다. 집을 장만하고 물질적으로는 나아졌다고 해도 정서적으로 좋아진 건 하나도 없다.

우선 밤거리를 마음 놓고 걸어 다닐 수가 없다. 별빛을 따라 길을 걷거나, 밤의 고요를 즐길 수가 없다. 황사는 물론이고 요즘은 미세먼지까지 사람을 괴롭히기 시작한다. 어디 그것뿐인가. 도시 공간은 소음으로 가득 차 있고, 차들이 길을 점령해버려 제대로 걸어 다닐 수조차 없게 되었다. 고층 빌

딩은 화마(火魔)에 노출돼있고, 층간 소음으로 이웃마저 사
라져 버렸다.

그랬다. 환경은 인간에게 행복을 가져다주기도 하고, 불행
을 가져다주기도 하는 요술쟁이임이 분명했다.
때문에 오늘날 모든 종교는 하나같이 천국과 극락세계 같
은 사후세계의 좋은 환경을 제시하며 전도와 포교에 열을 올
리고 있는 것이 아닌가.
그만큼 환경은 인간에게 절대적인 영향을 미치고 있을 뿐
만 아니라 주된 관심사가 되고 있기 때문이다.
하지만 내가 여기서 말하고자 하는 환경이란 종교적인 사
후세계의 환경이 아니라 현실세계에서의 환경 곧, 인위적인
환경을 말하고 있는 것으로 우리의 생활과 밀접한 관계를

가지고 있는 가정환경과 사회환경, 자연환경을 말하고 있는 것이다.

환경은 가꾸기 나름이다. 그대로 방치하면 불행하게 되고, 잘 가꾸고 보살피면 행복하게 된다는 사실을 얘기하고 싶었다. 이 세상은 아직도 돌짝밭이 분명해 보이기 때문이다.

육사원

contents

4   작가의 말 _ 환경이란 무엇인가?

11   소중한 인연

19   대중회의

41   스님, 사진 한 장 같이 찍어도 될까요?

54   돌짝밭에 떨어진 작은 씨앗

79   색즉시공

101   흐르는 강물처럼

134   막차를 놓쳤어요

150   별이 빛나는 밤에

183   이교도와는 친구가 될 수 없어

200   자비사의 밤

210   늦잠자기

222   산문축출

242   에필로그 _ 물, 구름, 바다

소중한 인연

어쨌거나 사람은 조금 오래 살고 볼 일이다. 적어도 거동을 할 수 있는 한 말이다. 그래야 보고 싶은 곳도 가볼 수 있고, 만나고 싶었던 사람도 만나볼 수 있기 때문이다.

법운한테서 전화가 걸려온 것은 내가 산에서 내려온 지 20여 년이 지난 어느 가을날이었다. 그때 나는 집에 있었고 서재에서 원고를 쓰던 중이었다. 무슨 원고냐 하면 〈산으로 들어간 사람〉이라는 희곡이었는데, 그게 바로 내가 절에 들어가서 들은 이야기로 한 사내가 애인이 폐결핵으로 죽게 되자 충격을 받고 방황하던 나머지, 머리를 깎고 세상을 등지고 산으로 들어간다는 내용을 담고 있는 것으로 법운과도 조금은 관련이 있는 것이었다.

뜰에는 감이 붉게 물들어가고 있었고, 소슬바람과 함께 우수가 조수처럼 밀려들고 있는 나른한 오후의 한때이기도 했다. 사실 뭔가 좀 집중해서 쓸려고 할 때 전화벨이 울리는 건 딱 질색이었다. 나는 전화벨이 울리도록 내버려 두었다.

다른 때 같았으면 쉽게 끊어질 만도 한데 벨은 계속해서 울렸다. 아마도 열두 번은 더 울린 것 같았다. 서재에서 거실의 전화기가 있는 곳까지는 거리가 조금 떨어져 있었고, 뛰어가더라도 받기 전에 끊어질 때가 종종 있었기 때문이다.

나는 조금은 귀찮다는 표정을 감추지 않으며 펜을 내려놓고 자리에서 일어났다. 글이 잘 써지지 않은 데다 자리에 앉은 지 한 시간도 채 지나지 않아서였다. 나는 일부러 천천히 걸어갔다. 까짓것 끊어지려면 끊어져라. 애써 뛰어가 받아봤자 시시껄렁한 전화가 다반사였고(왜냐하면 우리 집 전화번호와 끝자리 하나만 다른 전화가 러브호텔 전화였고, 시도 때도 없이 ○○○호실을 바꿔 달라는 전화가 하루에도 수없이 걸려오곤 해서였다), 그렇지 않더라도 전화를 받고 나면 사고(思考)의 맥이 끊겨 한동안 문장이 잘 나오지 않았다. 나는 기계적으로 손을 내밀어 수화기를 귀에 갖다 대고는 심드렁하게 말했다.

"여보세요?"

전화기가 소리만 연결해주고 얼굴은 보여주지 않은 게 다행이었다. 하마터면 상대방이 내 하품하는 모양을 알아차릴 뻔했으니까 말이다. 그러나 전화선을 타고 들려오는 목소리는 뜻밖에도 어디선가 많이 들었던 귀에 익은 소리였다. 상대방도 내 목소리를 단번에 알아본 것 같았다. 전화번호를 확인하고 나서 "혹시 일심당, 아니 한준수 씨가 아닌가요?" 하고 묻는 걸 보면 말이다. 나는 "맞는데요. 실례지만 댁은 누구신지……" 하고 말끝을 흐렸다. 상대방이 신분을 밝히지 않아 조금은 궁금했기 때문이다.

"응, 어쩐지……."

그는 자기 짐작이 옳았다는 듯이 그렇게 말하고 나서 잠시 뜸을 들이더니 반말로 "나 기운이여. 불암사에서 같이 지냈던……." 하고 남도 특유의 느린 억양으로 반가움을 나타냈다.

'기운이?' 나는 처음에 기운이가 누군가 하고 기억을 더듬어 보다가 뒤늦게 "아, 기운이! 그 홍기운이 말이지?" 하고 목소리를 높였다. 하마터면 '그 순정파 홍기운이 말이지?' 하고 말할 뻔했다.

속명(俗名)이 원래 홍기운인 것을 주지스님이 가운데 자(字) 하나를 바꿔 법명을 법운으로 지어주었다. 절에서는 법(法) 자를 유독 좋아들 한 탓이었다. 희한하게 희곡에서도 그에 관한 이야기를 쓰는 중에 그가 전화를 걸어온 것이다.

입산 후 얼마 되지 않은 때였다.

나는 그를 따라 순천으로 시내 구경을 나갔다가 역전 근방의 모텔에서 하룻밤을 머물다가 온 적이 있었는데, 그가 여자하고 다른 방으로 들어가 한 시간여 동안 머물다 나온 장면을 그리던 중이었다.

"야, 홍기운이. 이게 도대체 얼마 만이야."

나도 그에 못지않게 반가워했다. 그가 환속을 해서 순천에서 사업을 하고 있다는 이야기는 언젠가 들은 기억이 났고, 그러잖아도 머지않아 한번 찾아가 보려고 맘을 먹고 있던 참이었다. 지난번 추석 명절에 고향에 내려갔더니 집안의 동생 되는 아이가 형의 안부를 묻더라며 만나고 싶다는 말을 전해주었기 때문이다. 처음 이야기를 전해 듣고 나서 나는 선뜻 믿어지지가 않았다.

'다른 사람은 몰라도 그가 환속을 하다니⋯⋯.'

참으로 인간의 마음이란 알다가도 모를 일이었다. 법운은 만나는 사람마다 합장을 하며 "성불 합시다"를 연발해서 홍성불이라는 별명을 가지고 있었고, 하루도 빠지지 않고 법당에 들어가 코피를 쏟아가면서까지 부처님 전에 무릎을 꿇고 천배씩을 올렸다. 드러내놓고 말은 하지 않았어도 자기도 누군가처럼 입산 6년 안에 성불(成佛)을 하고 말겠다는 의지를 불태우고 있었기 때문이다.

순간 나는 그와 함께 불암사에서 지냈던 3년여 동안의 일들이 주마등처럼 떠올랐다.

1960년대 초 불교계의 정화운동이 한창이던 때였다. 시대를 잘못 만나서였을까. 절은 일 년 내내 바람 잘 날이 없었다. 사찰 정화라는 미명 아래 비구승 측 승려들이 호시탐탐 기회를 엿보며 쳐들어오려고 해서였다. 대처승 절은 무조건 빼앗고 보자는 그들의 무법자적 태도가 도를 넘었기 때문이다. 당연히 나도 동분서주하며 이 절 저 절 사건의 현장으로 뛰어다녀야 했고, 온몸으로 맞서 싸웠으며 그 와중에서 급기야는 금니를 두 개나 해 박아야 하는 지경까지 이르고 말았다.

그렇다. 나는 지금도 신문이나 텔레비전에서 가끔 그와 비슷한 광경을 목격할라치면 가만히 앉아 있지를 못한다.

어느 날 아침, 나는 욕실에서 볼일도 제대로 보지 못하고 공처럼 튀어나왔다.

"여보 여보, 일루 좀 와 봐요. 빨랑요……."

아내의 숨넘어가는 소리가 문을 두드리며 연이어 들려오자 더 이상 꾸물대고 앉아있을 수가 없었기 때문이다. 우리 부부는 그런 점에서는 조금도 다르지 않았다. 걸핏하면 티격태격하며 마음이 십 리쯤 떨어져 있다가도 텔레비전에서 혼자 보기가 아까운 장면이 나올라치면 나는 곧잘 아내가 주방에서 음식을 장만하고 있을 때도 "여보야, 빨리 와 봐." 하고 소리를 냅다 지르곤 해서 음식을 망쳐버리게 한 적이 한두 번이 아니었는데, 아내 역시 마찬가지였다. 조금이라도 꾸물거리다가 보기 드문 장면을 놓치기라도 할라치면 나는 곧잘 "이런 젠장, 바보같이……." 하고 성질을 부리곤 했는데, 아내 역시 말은 안 해도 못마땅해 하긴 마찬가지였다.

아닌 게 아니라 텔레비전에서는 꽤 볼만한 장면이 방영되고 있었다. 그것은 어쩜 중국 무술영화에서나 나옴직한 장면 같기도 했는데, 아내는 거보란 듯이 "여보, 마치 소림사 활극을 보는 것 같잖아요." 라고 말하며 어깨를 으쓱했다.

나는 아내 곁에 나란히 앉아 이런 보기 드문 장면을 놓치지 않게 해준 걸 감사하다는 표시로 손을 한번 꽉 쥐어주며 단번에 화면에 빨려들고 말았다. 화면에서는 폭행 장면이 몇 번이고 느린 동작으로 비쳐지고 있었는데, 그중에서도 단연 압권은 웃통을 벗어부친 건장한 한 청년이 이단 옆차기로 상대를 제압하는 광경이었다.

장소는 서울 종로의 한복판에 있는 C절 부근이었고, 잿빛 반
두루마기를 입은 무리들이 도로 한복판에서 각목을 들고 서로
치고 박고 밀고 밀리며 일진일퇴를 거듭하고 있었다. 구경꾼들
은 많았다. 일반인뿐만 아니라 십여 미터 전방에는 전투 복장
을 하고 허리에 곤봉을 찬 경찰 병력이 일개 중대쯤 출동해있었
으나, 그들도 한낱 구경꾼에 지나지 않았다. 모두 하나같이 뒷
짐 짓고 서서 멍하니 지켜만 보고 있었기 때문이다.

한동안 넋 놓고 화면을 보고 있던 아내가 엉덩이를 들썩거리
며 "쯧쯧. 세상에 원, 저럴 수가 있나 그래. 마음을 비우고 산으
로 들어간 사람들도 별수가 없군요." 하고 혀를 톡톡 차며 남편
을 힐끗 쳐다봤고, 나 또한 "말세야 말세. 소위 성직자라고 하
는 자들이 저 모양들이니 말이야……." 하고 맞장구를 치다가
는 "여보야, 우리 커피나 한 잔 할까?" 하고 말했다. 아내가 하
필이면 이런 때 웬 커피냐는 듯이 흘끔거리며 굼뜨게 일어나 부
엌으로 간 사이 나는 벌떡 일어나 텔레비전을 꺼버리고 말았다.

문을 닫고 방으로 들어가 거울을 들여다본다. 하얗고 고른
치아들 사이로 노르스름한 금니 두 개가 흉물스럽게 드러난다.
지나간 일들이 번개처럼 스쳐갔다. 하산 후, 해군사관학교에 지
원했다가 낙방한 일이며, 첫선 보던 날 딱지를 맞고 풀 죽어 돌
아온 일 등이 말이다.

"얼굴은 반반하게 생겼는데 금니가 두 개나 된 걸 보니 혹시
주먹패 출신인지도 몰라……."

다방에서 차 한 잔씩을 나누고 화장실을 다녀오며 엿들은
모녀간의 숙덕이는 소리가 아직도 생생하게 들려오는 듯했다.

아무튼 반가웠다. 그러잖아도 그에 관한 이야기를 쓰고 있던 중이 아니었던가. 당장이라도 뛰어가 만나고 싶은 생각이 굴뚝같았다.

"한밭에 둥지를 틀었다며……? 우리 언제 한번 만나자구. 순천에 한번 내려오지 않겠어?" 하고 말한 다음 이것저것 묻고 나서, 그는 마지막으로 그때 사귀던 여자는 어떻게 됐느냐고 묻기까지 했다.

"어떻게 됐어? 솔직히 한번 말해보라구. 지금 곁에 있는 거야. 아니면 멀리 떨어져 사는 거야?"

법운은 아직도 그것이 궁금했던 모양이었다. 은하가 처음 산사로 나를 찾아왔을 때 함께 순천에 나가 찻집에서 커피를 한 잔 같이 마시고 난 후부터는 그녀가 빈번히 절에 올 때마다 그도 먼빛으로 그녀를 지켜보곤 했다.

"아, 그것이 여태 궁금했었어? 좋아, 만나서 얘기해줄게. 이야기를 하자면 조금 길어." 하고 말한 다음, 우리는 이런저런 이야기를 조금 더 나누고 나서 가능한 빠른 시일 내에 한번 만나기로 하고 전화를 끊었다.

오래전부터 나는 그녀에 관한 이야기를 쓰려고 생각은 하고 있었지만 선뜻 시작하지 못하고 차일피일 뒤로 미루고 있던 터였다. 다만 언젠가는 쓰게 되겠지 하는 막연한 생각만 가지고 스스로를 달래고 있을 따름이었다. 바쁘기도 했을 뿐더러 남의 이야기라면 적당히 거짓말도 보태가며 부담 없이 쓸 수도 있겠는데 이건 사정이 달랐다. 그녀에 관한 이야기는 곧 나에 대한 이야기이기도 하고 또한 내가 한동안 몸담고 있었던 절집의 이야기하고도 맥을 같이 하고 있었기 때문이다.

크게 맘먹고 책상 앞에 앉았다가도 막상 원고지를 대하고 나면 어느새 어깨에 힘이 들어가 한 줄도 써지지 않았던 것은 그런 이유에서였다. 하지만 이제 마냥 뒤로 미루고만 있을 수도 없게 되었다. 더 이상 지체했다가는 기억도 희미해질뿐더러 잘 써진다는 보장도 없었다.

마침 법운이 나타나 많은 기억이 더욱 생생하게 떠올랐고, 그녀의 이야기를 하려면 아무래도 좋든 싫든 절집의 이야기도 함께 늘어놓아야 할 것 같아서였다.

'그래, 이제 절집의 이야기로부터 시작해보기로 하자. 그 이야기를 하다 보면 그녀와 나에 관한 이야기는 자연히 섞여 나오기 마련이니까.' 하고 나는 속으로 중얼거렸다.

나는 조만간 순천으로 내려가 법운을 만나볼 예정이다. 불암사도 가보고 거기서 같이 지냈던 절집 식구들의 뒷이야기도 들어볼 생각이다. 이제 기교 같은 것은 크게 신경 쓰지 않기로 하고 되도록이면 사실대로 써볼 작정이다. 글이란 솔직하게 쓰다 보면 진실을 전할 수도 있기 때문이다.

대중회의

내가 절에서 쫓겨난 것은 입산한 지 3년도 채 안된 1964년 12월 초순의 어느 날이었다.

그날은 아침부터 비가 내리고 있었고, 나는 우산도 없이 시나브로 내리는 빗줄기에 온몸을 적셔가며 산을 내려왔다. 비는 겨울 날씨답지 않게 하루 종일 내렸다 그치기를 반복했다. 모자라도 하나 쓰고 있었더라면 좋을 것도 같았다. 면발같이 곧은 빗줄기가 사선을 긋기 시작하자 머리에 내린 빗물이 양 뺨을 타고 흘러내려 주체하기가 힘들었고 손수건을 흥건히 적시게 했다. 배낭이라도 하나 둘러메고 있었더라면 조금은 나을 것도 같았다. 등허리의 옷이 자꾸만 살갗에 달라붙었고 한기마저 들어 팔에는 소름이 돋았기 때문이다. 하지만 배낭 같은 것은 이제 더 이상 쓸모가 없게 되었다.

법운수좌와 설산수좌가 짐수레를 끌고 앞서 가다 말고 십여 미터쯤 앞에서 뒤를 돌아보며 서 있었다. 전날 저녁까지만 해도 한솥밥을 먹었던 도반인 내가 자꾸만 꾸물거리며 뒤처지자 신경이 쓰인 모양이었다. 그들은 그날 대단한 특명을 받았다. 주지스님으로부터 나와 내 소지품들을 산문 밖까지 내보내고 오라는 명령을 받고 있었기 때문이다.

길은 여느 때보다 배나 긴 것 같았다. 나는 그동안 수없이 오르내리며 정들었던 그 길을 마지막으로 내려오면서 '이런 날에는 비가 아니라 눈이라도 내려주면 좋을 텐데.' 하고 엉뚱한 생각을 해보기도 했다. 바람에 흩날리는 아카시아 꽃잎처럼 하늘하늘 날리는 눈송이라도 맞아가며 마지막 길을 떠난다면 발걸음이 조금은 가볍고 덜 쓸쓸해 보일 것도 같아서였다.

떠난다는 것은 얼마나 낭만적인가. 하지만 마지막이라는 말처럼 우리를 슬프게 하는 말이 또 어디 있을까.

나는 비가 와도 더 이상 절로 되돌아갈 수가 없는 몸이었다. 그날 아침까지만 해도 그렇지는 않았다. 적어도 8시 반쯤, 아침 공양이 끝나고 대중회의가 시작되고 나서 만장일치로 산문 축출이 가결되기까지 나는 어엿한 불암사 대중의 한 사람이었기 때문이다.

나는 어제저녁 거처인 벽안당에서 추방당했다.

학인들이 점령군처럼 방으로 들이닥친 것은 저녁 예불이 끝나고 나서 반 시간도 채 지나지 않았다. 그때까지만 해도 나는 아무런 낌새도 알아차리지 못했고 여느 때와 다름없이 방에서

20

평온한 시간을 가졌다. 아래 윗방을 같이 쓰고 있던 동산수좌는 순천에 나가고 없었고 방에는 나 혼자였다.

부챗살처럼 겹겹이 능선으로 둘러싸인 산사는 12월로 접어들자 어둠이 빨리 찾아왔다. 저녁공양이 끝나고 30분쯤 지나자 범종각에서는 북소리가 울리기 시작했고 이어 종소리와 목어 소리가 계곡을 메아리쳤다.

나는 평일과 다름없이 가사 장삼을 어깨에 걸치고 대웅전으로 가서 절 식구들과 함께 어깨를 나란히 하고 예불도 드렸다. 비록 마음은 두 갈래로 갈라져 제 갈 길로 가고 있었지만 예불 만큼은 한자리에서 봐왔기 때문이다. 그때까지도 나는 학인들 사이에서 아무런 징후도 발견하지 못했고, 예불을 마치고 나와서는 법운수좌의 등을 두드리며 가벼운 농담까지 던지고 헤어졌다.

"이보게, 법운수좌. 중이 성불한 걸 어떻게 아는 줄 아나? 하산하는 걸 보면 안다네. 석가모니 부처님도 깨닫고 나서 곧장 하산하지 않았는가. 더 이상 산 위에 머무를 필요가 없었기 때문이지. 원효대사도 마찬가지고 말이야……."

곧장 방으로 돌아온 나는 가사 장삼을 벗어 던지고 가벼운 옷차림으로 촛불을 켜놓고 책상 앞에 앉았다. 낮의 길이는 아가씨들 미니스커트처럼 짧아가고, 밤의 길이는 오뉴월 쇠불알 늘어지듯 길어만 갔다. 이런 밤에는 홍시라도 먹어가며 독서를 해야 제격일 것 같았다. 나는 책장을 넘기다 말고 고개를 들어 시렁 위를 흘끗 한번 쳐다본 다음 눈꼬리를 길게 늘어뜨리며 흐뭇한 표정을 감추지 못했다. 한 달 전 쯤 어둠을 틈타 법운과 함께 창고의 열쇠를 따고 들어가 감을 한 접 광주리 가득 훔쳐다 놓았는데 그 사이 말랑말랑한 홍시가 다 되어있었기 때문이다.

갑자기 발걸음 소리가 요란하며 밖이 소란했다. 관광객들의 발걸음도 뜸해진 지 오래였고 절은 도량(道場) 본래의 모습으로 돌아가 있은 지 꽤 되었다. 나는 책을 보다 말고 무슨 일인가 하고 문을 열고 밖으로 머리를 내밀어 보았다. 밖은 이미 어둠의 장막이 드리워져 있었고, 응진전 섬돌 아래는 장명등이 희미한 빛을 발하고 있는 가운데 학인들 10여 명이 앞다퉈 마당으로 몰려오고 있는 것을 볼 수 있었다. 그들 중 일부는 소매를 걷어붙이며 씩씩거리기까지 했는데, 나는 그들이 누구인지를 단번에 알아보았다. 입승인 백운수좌를 선두로 설산과 법운의 얼굴도 보이고, 맨 뒤에는 깝죽거리며 따라오고 있는 만복이 놈의 얼굴도 끼어있었는데, 불빛에 어른거리는 그들의 얼굴에서는 일찍이 보지 못한 살기마저 느껴졌다. 나는 아연 긴장했다. 얼굴이 후끈 달아오르고 팔에는 소름이 돋았다.

'드디어 올 것이 오고 말았구나.'

나는 아랫입술을 지그시 깨물며 두 손으로 문고리를 힘껏 끌어당겨 안으로 걸었다. 그러고는 방 한가운데로 가서 단전에 힘을 주며 눈을 감고 가부좌를 틀고 앉았다. 버틸 수 있는 한 버텨보자는 심사에서였다. 양 무릎 위에 얹어있는 손가락 끝이 가볍게 떨렸고 호흡이 가빠지기 시작했다.

그들은 신발도 벗지 않고 우르르 마루 위로 올라왔다. 나는 단전에 힘을 주며 숨을 길게 내쉬었다. 그들이 문고리를 잡아당겼지만 문은 열리지 않았다. 계속해서 방문이 흔들려도 나는 미동도 않고 앉아있었다. 단지 일렁이는 촛불에 내 구부정한 몸의 그림자만이 좌우로 흔들리고 있을 뿐이었다.

"방문을 열어라. 주지스님의 명령이다."

누군가의 입에서 고성이 터져 나왔다. 하지만 나는 계속 못들은 척했다.

"야, 이 새끼야! 빨리 문 열지 못해! 그렇잖으면 때려 부수고 들어갈 거야!"

거친 쌍소리가 들려오기도 했다.

"일심수좌, 신사답게 빨리 문을 여시오."

부드럽고 예의 바른 목소리가 들려오기도 했다. 그러나 나는 일절 대꾸하지 않았다. 만감이 교차했다.

'이제 때가 되었는가? 기어코 그날이 오고 말았는가. 결국 내게도 누군가처럼 잿빛 염의를 벗어던져야 하는 날이 오고 말았는가. 정녕 나는 산을 내려가야만 하는가.'

서울의 밤이 떠올랐다. 안암동 골짜기의 '별이 빛나는 밤에' 대승암에서는 무슨 일이 벌어졌던가. 멀리서 개 짖는 소리가 들려오고, 빵모자 밑으로 머리카락이 나풀거리며 야구방망이를 들고 있는 사이비 사문들의 모습이 떠올랐다. 낡은 목조 2층 건물의 치과가 떠오르고, 경찰서 수사과의 살풍경한 모습이 떠올랐다. 한쪽 눈에 안대를 한 정수의 초췌한 얼굴이 떠오르고, 총무원 간부인 금산스님의 일그러진 얼굴도 떠올랐다.

뿐만 아니라 광주 무등산 골짜기의 자비사에서의 잠 못 이뤘던 밤이 떠오르는가 하면, 한솥밥을 먹었던 학인들끼리 밀고 당기기를 반복하며 숱한 밤을 초조함 속에서 보내야 했던 순천

향불사에서의 사건들이 파노라마처럼 떠올랐다. 한 달에 두세 번씩 작업복으로 갈아입고 함께 산을 오르내리며 산 지키러 다녔던 일이며, 은근슬쩍 산모퉁이 주막에 들어가 주거니 받거니 하며 순두부에 막걸리잔 기울던 생각도 났다.

이윽고 문설주의 돌쩌귀 뽑히는 소리가 들리고 방문이 활짝 열렸다. 실랑이를 벌인 지 5분도 채 지나지 않아서였다. 학인들이 일제히 방으로 몰려들어왔다. 나는 그제야 천천히 가부좌를 풀고 자리에서 일어났다. 그들이 씩씩거리며 나를 에워쌌다. 나는 고개를 돌려가며 낯익은 얼굴들을 하나하나 뜯어보기 시작했다. 설산수좌가 고개를 돌려 벽만 쳐다보고 있었고, 법운수좌는 나와 눈이 마주치자 어색한 듯 돌아서서 천정을 쳐다봤다.

"일심수좌, 아니 한준수 씨, 미안하지만 이젠 방을 좀 비워줘야겠어. 다시 한 번 말하지만 이건 주지스님 명령이야."

입승인 백운수좌가 턱밑에 주먹을 들이대며 위협적인 반말을 했다. 그러자 맨 뒤에 서 있던 만복이 녀석도 한마디 거들었다.

"그럼 빨리 비워야 하고 말고요. 사람이 얌체가 있어야죠. 비구승 앞잡이인 주제에……."

그놈은 행자인 주제에 분수도 모르고 떠들어댔다. 이번 기회에 확실하게 점수를 따겠다는 속셈인 것 같았다.

내가 계속 방 한가운데 버티고 서서 미동도 않고 있자, 마침내 그들은 책꽂이에서 책을 꺼내 밖으로 내던지기 시작했다. 옷가지와 소지품들도 끄집어내어 하나둘씩 밖으로 내동댕이쳤다.

마치 그것이 내 몸의 일부이기나 한 듯이.

퍽퍽 소리를 내며 책갈피가 찢어지고 물컵 깨지는 소리가 들렸다. 책과 옷가지뿐만 아니라 집에서 가져간 아령 같은 운동기구라든가 빗자루 같은 청소용구까지도 밖으로 내동댕이쳤고, 이제 방에는 무엇 하나 남겨진 게 없었다. 시렁 위의 광주리에 놓여있던 홍시는 약삭빠른 학인들의 차지가 되고 말았다. 앞다퉈 홍시를 맛보고 난 그들은 서로 많이 차지하려고 몸싸움을 하며 얼굴을 붉히기까지 했다.

그들은 이제 절에 나의 어떠한 흔적도 남기려 하지 않았고, 냄새마저 제거하려 나중에는 만복이를 시켜 방까지 청소했다. 나는 결국 방에서 떠밀렸고, 짐과 함께 설선당에 있는 객실로 옮겨졌다.

스님들이 서둘러 설선당 큰방으로 모여들기 시작한다. 새벽 예불이 끝나고 반 시간도 채 지나지 않았다. 날이 밝아올 시간이 지났으나 밖은 아직도 희끄무레하니 안개 속이다. 행자들만 빼놓고 큰절에서 기거하는 스님들뿐만 아니라 암자에서 수도하는 스님들과 퇴근하여 사하촌에서 아내와 함께 잠자리에 들었던 스님들까지도 시간에 늦지 않기 위해 앞다퉈 속속들이 도착하고 있다. 초파일을 빼놓고 이렇게 많은 스님들이 아침 일찍 모이는 것은 이제껏 한 번도 없었던 일이다.

운수암에서 공양주 보살 하나만 데리고 고시 공부하는 학생들을 치고 있는 운암스님은 허리를 직각으로 꺾고 지팡이 하나에 몸을 의지해 기어오다시피 했고, 대각암에서 어린 상좌 하나를 데리고 양봉도 치고 포교 사업에도 열중하고 있는 벽암스님도 한쪽 다리를 절룩거리며 모습을 나타냈다. 잿빛 옷자락으로 찬바람을 일으키며 방문 앞에 도착한 그들은 하나같이 근엄한 표정으로 발걸음 소리도 죽여 가며 설선당 큰방으로 들어가고 있다.

그들의 얼굴 옆모습에는 일찍이 느껴보지 못했던 결연한 의지가 엿보이기까지 한다. 아침 공양이 끝나면 지난밤 예고했던 대로 그 자리에서 대중회의가 열리게 되어있었고, 그들은 이제껏 한 번도 경험해보지 못한 중대한 안건 하나를 처리해야만 하기 때문이다. 아, 또 한 스님이 마지막으로 헐레벌떡 뒷문으로 들어오는 게 보인다. 양손으로 눈꺼풀을 문지르며 들어오고 있는 그는 사하촌에서 출퇴근하는 주걱턱 임무스님이다.

한 지붕 아래 두 집 살림을 하던 비구니들이 자취를 감추고 나자 한동안 뜸했던 회의가 다시 늘어나기 시작한 것은 절에 그만큼 긴박한 일들이 많아졌다는 표시이기도 했다.

경내는 목탁소리는커녕 풍경소리 하나 들리지 않는다. 숲에서도 새소리 하나 들려오지 않았고 계곡의 흐르는 물도 오늘따라 침묵을 지키기로 작정이라도 한 듯 잠잠하기만 하다. 웅장함을 뽐내며 삿갓처럼 가파르게 솟아오른 크고 작은 산봉우리도 안개 속으로 모습을 감춘 지 오래되었고, 계곡은 하룻밤 사이에 바다로 변하고 말았다. 거대한 바다, 그렇다. 깊이를 알 수 없는 바다 가운데 절은 배처럼 두둥실 떠있다. 나는 갑판 위에 홀로 앉아 쉴 새 없이 밀려오는 파도를 감당키 어려워 안절부

절못한다. 머리를 들고 기항할 항구를 찾아보지만 그 어디에도 육지가 보이지 않아 조바심이 났다.

보일 듯 말 듯 가느다랗고 부드러운 빗줄기는 끊어질 듯 이어지면서 나뭇가지와 기와지붕 그리고 마당에 굴러다니는 돌멩이와 휴지 쪼가리까지 적시고 있었고, 그것들을 바라보며 뭔가 생각에 잠겨있는 내 마음까지도 동시에 촉촉이 적셔주고 있다.

나는 지금 부엌 옆에 있는 객실 마루 끝에 나와 앉아있다. 지난밤에는 객실에서 혼자 밤을 보냈다. 처음 입산할 때도 객실 1호실에서 혼자 하룻밤을 보냈는데 하산할 때도 마찬가지였다. 그때는 절에 들어와서 승려생활을 잘해낼 것인가를 걱정했고, 이번에는 산을 내려가면 사회생활을 제대로 해낼 것인가를 걱정했다.

나는 십여 분 전부터 이곳에 나와 대기하고 있다. 스님들이 공양을 하고 있는 맞은편 큰방 쪽은 여전히 조용하다. 공양이 끝나고 회의가 시작되려면 아직도 반 시간쯤은 족히 기다려야만 할 것 같다. 물론 손톱만큼도 회의에 기대를 가지고 있는 건 아니었다. 하지만 결과가 뻔해 보이는 회의일지라도 일단은 지켜보는 수밖에 달리 방법이 없었다. 중이 되기 위해 절에 들어온 사람을 받아들일 때와는 달리 중을 절에서 쫓아내기 위해서는 일정한 절차를 밟아야 하기 때문이다. 그럴 리는 없겠지만 만에 하나 상정된 안건이 부결되기라도 하면 산문축출은 즉각 보류되고, 나는 짐을 풀어도 누가 뭐라고 할 사람이 없게 된다.

아침 일찍 행자가 객실로 가져온 공양을 먹는 둥 마는 둥 반만 먹어치우고 모든 준비를 마치고 밖으로 나왔다. 짐을 싸고

(짐이라 해봤자 한 리어카도 채 되지 않았다), 의복을 단정히 하고 휴지
는 모두 모아서 불태워버렸다. 기왕에 떠날 바에는 미련 없이
흔적도 없이 훌쩍 떠나는 게 좋을 것 같았다. 산문축출이 기
정된 사실이고 보면 회의는 절차상 갖게 되는 요식행위에 불과
하기 때문이다.

나는 다시 한 번 고개를 들어 맞은편 대청마루를 쳐다본다.
섬돌 위에 빽빽이 들어차 있는 하얀 고무신들은 저마다 주인을
기다리며 대기하고 있다. 신발들은 마치 북녘 하늘을 날아가는
기러기 떼처럼 일렬로 잘 정돈되어 있었고, 어림잡아 30켤레는
족히 되어 보인다. 이제 조금만 시간이 지나면 큰방 문이 열리
며 둑 터진 봇물처럼 스님들이 대청마루로 쏟아져 나올 것이고,
그들은 신발을 찾아 신음과 동시에 회의에서 결정된 사항을 실
행하게 될 것이다. 개중에는 흥분한 나머지 내게 과격한 행동
을 가할 사문이 있을지도 모른다.

어제까지만 해도 나는 저들과 한방에서 어깨를 나란히 하고
아침 공양을 함께했다. 같이 먹고 같이 자고 같이 생활했던 수
많은 날들이 주마등처럼 떠오른다. 공양시간은 언제나 일정했
고 식단 또한 제(祭) 같은 특별한 행사가 있는 날을 제하고는 대
동소이했다.

강의실만한 넓은 방에는 네모난 가장자리로 달걀처럼 타원
형을 이루며 30여 명의 스님이 벽을 등지고 빙 둘러 앉아있다.
스님들 앞에는 각기 크고 작은 암갈색 바리때가 4개씩 놓여있
고, 그 옆에는 바리때를 쌌던 흰 무명 보자기가 손수건처럼 가

지런히 접혀져 놓여있다. 머리가 탁구공처럼 하얗게 광택이 난 사미승 하나가 조심스러운 발걸음으로 커다란 주전자를 양손에 들고 왼쪽에서부터 오른쪽으로 돌아가며 차례로 스님들에게 물을 부어주고 있고, 스님들은 저마다 바리때를 손에 들고 물을 받을 준비를 하고 있다가는 물이 반쯤 차오르면 그릇을 좌우로 흔들어 그만 부으라는 신호를 한다. 그러고는 각기 손을 넣어 물로 바리때 안을 두어 번 문지른 다음 물을 다른 바리때 붓고 차례로 그릇을 닦은 다음 기다렸다가 빈 양동이가 오면 거기에 붓는다. 빈 그릇을 하얀 수건으로 두어 번 문질러 물기를 제거하고 나서 이제부터 배식이 시작되는 것을 기다린다.

누구 하나 입을 벌려 말을 하거나 기침 소리 하나 들리지 않는다. 이어서 당번 학인들 셋이 각기 함지와 양동이 양푼을 들고 다니며 밥과 국, 찬거리를 일일이 담아주고 있다. 하얀 밥이 수북이 담겨있는 함지 위에서는 김이 모락모락 피어오르고 있었고, 스님들은 자기 앞에 함지가 오면 합장을 하고 나서 바리때를 내밀고, 밥을 한두 주걱씩 필요한 양만큼만 받아 무릎 앞에 내려놓는다. 국과 찬도 그런 식으로 받아 밥그릇 옆에 가지런히 놓아두고 입승의 죽비소리가 들릴 때까지 기다린다. 주지스님 맞은편에 앉아있는 입승(入繩)이 죽비를 들고 고개를 양쪽으로 돌리며 배식이 끝나 가는지를 확인하고 있다.

오늘 아침에는 토란국이다. 여느 때 같으면 시래기 아니면 뭇국이 다반사였으나 회의가 있어서 그런 것 같았다. 밥그릇보다 조금 작은 국그릇에는 연갈색 토란 줄기 몇 가닥과 새알처럼 하얀 알토란이 서너 개씩 들어있는 텁텁한 국물이 반쯤 들어있었고, 조그마한 찬그릇들에는 배추김치와 무말랭이, 검은콩 조림 그리고 고사리나물과 마른 취나물이 조금씩 들어있다.

이윽고 "딱 딱 딱" 하고 입승의 손바닥에서 삼박자의 죽비소리가 울리자 스님들은 일제히 머리를 숙이고 합장을 한다. 겉으로 드러내 말은 하지 않지만 농사를 지은 농부로부터 음식을 만들어 식탁에 오르기까지 수고한 많은 사람들에게 감사의 표시를 하는 것이다. 또한 먹을 것이 없어 굶주리고 있거나 병으로 인해 먹지 못하는 사람들에게도 그리고 허기진 배를 이끌고 산천을 헤매고 다니는 축생들까지도 다음부터는 다 같이 먹을 수 있는 축복을 허락해달라고 기도하는 것이다. 밥을 한 숟가락 가득 떠서 입 안에 넣고 젓가락으로 배추김치와 산채 나물을 차례로 집어 볼이 미어지도록 입 안에 넣고 씹어대는 스님이 있는가 하면, 수저로 국물을 조금 떠서 입 안에 넣고 홀짝거리며 맛을 보는 사문도 있다.

지난밤에는 잠 한숨 제대로 이루지 못했다. 비단 만복이 녀석 때문만은 아니었다. 만복이가 뒤를 짓궂게 따라다니며 감시를 하고 있었으나, 마음까지 감시를 할 수는 없었으니까 말이다. 마음은 밤새껏 날개 달고 날아다니며 과거와 현재 미래를 넘나들고 있었기 때문이다.

그놈은 주지스님으로부터 나를 감시하라는 명령을 받고 지난밤 내내 잠 한숨 제대로 자지 않고 문밖에서 불침번을 섰다. 마치 저가 주막집의 돈키호테라도 되듯이 두툼한 오버코트에 귀까지 덮는 방한모를 눌러쓰고 마스크를 하고, 어디서 구했는지 야구방망이를 들고 텅텅 소리를 내며 방문 앞을 좌우로 왔다 갔다 하다가는 심심하기라도 한 듯 수시로 방 안을 들여다보곤 했다. 만에 하나 방 안에서 엉뚱한 짓을 하기 위해 이상한 행동을 할 낌새라도 보이면 가차 없이 방문을 열고 뛰어 들어와 사전에 조치를 취하기 위한 것 같았다.

나는 옷도 벗지 않은 채 맨방바닥에 벌렁 드러누웠다. 십여 명쯤 잘 수 있는 방은 따뜻했고 잠자리 또한 어느 방 못지않게 깔끔해 보였으나 윗목에 호롱불 하나만 달랑 켜져 있는 방은 휑뎅그렁했다. 밤은 깊어가고 있었지만, 잠은 좀체 오지 않았다. 밖은 이따금 뎅그렁뎅그렁 하고 풍경소리만 들려올 뿐 조용했다. 창호지 문에는 백 원짜리 주화 만하게 구멍이 뻥 뚫려있다. 조금 전에 만복이 녀석이 뚫어놓은 것이다.

잠이 안 와 이 생각 저 생각하며 몸뚱이를 이리 뒤척 저리 뒤척 하고 있는데 어디서 무슨 소리가 났다. 고양이인가 하고 고개를 문 쪽으로 돌려봤더니, 손가락 하나가 문종이를 뚫고 쑥 들어왔다. 녀석이 손가락 끝에 침을 발라 구멍을 내고 있었던 것이다. 마루 끝에 걸터앉아 숨죽이며 방 안의 동정에 귀를 기울이고 있던 그놈은 궁금한 나머지 묘안을 강구해 낸 것이다.

그 후로 그는 수시로 구멍에 눈을 갖다 대고 방 안을 들여다보며 감시를 하고 있었는데, 내가 비관을 한 나머지 약을 먹고 자살이라도 할까봐 그런지 아니면 흉기라도 들고 나가 누구를 해코지라도 할까봐 그런지, 아무튼 녀석은 밤새껏 끈질기게 구멍으로 방 안을 들여다보며 감시를 게을리하지 않았던 것이다.

만복이가 계속 내 뒤를 따라다니며 감시를 하기 시작한 것은 내가 벽안당에서 나와 소지품을 객실로 옮기고 나서부터였다. 졸지에 둥지를 잃은 나는 그와 동시에 주인의 신분에서 나 그네의 신세로 전락했고, 순식간에 타도의 대상으로까지 몰리고 말았기 때문이다.

설선당은 스님들의 살림집이었다. 대웅전 앞뜰에 오누이처럼 마주 보고 서 있는 두 개의 5층 석탑을 중심으로 세워진 4동의 건물 중 하나로 서쪽에 자리 잡고 있는 요사(寮舍)다. 동쪽에 있는 심검당과 같은 크기와 구조로 마주 보고 서 있었고, 북쪽의 대웅전과 남쪽의 만세루(萬歲樓)와 더불어 사각형의 조화를 이루며 병풍처럼 서 있었는데 초파일이나 법회 같은 행사가 있거나 봄가을 같은 관광시즌이 되면 일시적으로 개방되곤 했다. 그때가 되면 호기심에 가득 찬 마실 사람들도 중들 눈치 보지 않고 마음대로 들락거릴 수가 있었고 때론 거기서 식사도 하고 잠도 잘 수 있었다.

ㅁ자형으로 된 건물은 돌아가면서 방을 구경할 수가 있었는데, 정면에는 대웅전을 쉽게 오갈 수 있는 2개의 격자무늬 문이 나란히 중앙에 자리 잡고 있는 강당 같은 큰 방(스님들은 주로 이 방에서 식사를 하고 회의를 하거나 법회도 열며 자기 방이 따로 없는 경우 잠도 잔다)이 있었고, 거기서부터 시계방향으로 눈을 돌려보면 사시장철 잿밥 올리기에 식을 줄 모르는 부뚜막과 한꺼번에 수백 명의 밥을 지을 수 있는 무쇠솥이 걸려있는 커다란 재래식 부엌이 나온다.

부엌을 통해서도 안으로 들어가는 문이 있었고, 우측으로 꺾어져 잇닿은 곳에 4개의 방이 즐비하게 늘어서 있었다. 그중 맨 끝에 있는 방은 절 살림을 도맡아 하는 원주스님이 독차지하고 있었고, 나머지 3개는 객실로 사용하고 있었다.

우측으로 꺾어져 잇닿은 부분에는 창고가 있었고, 창고 곁에 정낭과 음수 정으로 나가는 후문이 있었다. 후문 곁에는 경비실 같은 머슴들 방이 있었고, 다시 한 번 허리를 꺾어 이어진 곳에는 원로스님이 기거하는 조실(祖室)이 있었다. 조실 곁에는 대청마루로 연결된 주지스님 방이 있었고, 큰방과 통하는 대청마루 한쪽 편에는 가사 장삼 같은 스님들의 법복이라든가 잡다한 것을 넣어두는 부속실이 있었으며, 큰방 뒤 부엌과 맞닿은 곳에 대청과 연결된 주방이 있었다.

건물 중앙에는 하늘이 훤히 내다보이는 씨름판 정도의 네모난 마당이 있었고, 그 가운데에는 비치파라솔처럼 잘 다듬어진 수십 년 묵은 단풍나무 한 그루가 보기 좋게 서 있었는데, 가을이 되면 장밋빛 잎사귀들로 사람들의 시선을 끌며 사랑을 독차지했다.

방문이 열리고 바리때 닦은 희멀쑥한 물이 담긴 양동이가 당번 사미승의 손에 들려 밖으로 나온다. 이어서 마루 가운데에 놓여있는 화롯불 위에서 수증기를 뿜어내며 부글부글 끓고 있던 큰 주전자가 안으로 들어간다.

이제야 공양이 끝난 모양이다. 나는 손목을 들어 시계를 흘끗 들여다보며 자리를 고쳐 앉는다. 이제 잠시 후면 회의가 시작될 것이고 가부간 결론이 날 것이다. 나는 다시 한 번 고개를 들어 마당 위의 네모난 하늘을 올려다본다. 하늘은 여전히 먹구름에 가려 보이지 않았고 비는 오락가락하며 개일 줄을 모른다. 나는 자리에서 일어나 어슬렁어슬렁 주방으로 가서 주전자의 물을 따라 컵을 들고 벌컥벌컥 들이마신다.

방은 아직도 조용하기만 하다. 지금 내 자리에는 누가 앉아 있을지 궁금하다. 스님들은 언제나 지정된 자리에 가서 앉는다. 세속의 나이가 전혀 무시당하는 건 아니지만 대부분은 직책과 법랍 순에 따라 자리가 결정된다. 명패가 따로 붙어있는 건 아니지만 부재중일 경우 그 자리는 비워두는 게 예의다. 내 자리는 뒷문에서 우측으로 세 번째 자리다.

스님들이 저마다 바리때를 수건으로 닦아 한데 포갠 다음 보자기로 싸서 선반 위 고정된 장소에 올려놓고 제자리로 돌아가 앉는다. 선반 위에는 자리에 앉아있는 스님들보다도 더 많은 바리때가 암갈색 광채를 드러내며 일렬로 나란히 놓여있다. 파르스름한 배코 친 머리에 광택이 나는 사미승 하나가 큰 주전자를 들고 잔을 내밀고 있는 스님들 앞을 돌아가며 작설차 한 잔씩을 따라주고 있고, 스님들은 저마다 찻잔을 입으로 가져가 한 모금씩 마시며 회의가 시작되기를 기다린다. 이제부터 여태껏 한 번도 다뤄보지 못했던 시급하고 중대한 안건 하나를 처리해야만 하기 때문이다.

두 개의 격자무늬 문이 사이좋게 어깨를 맞대고 서 있는 앞면 중앙에는 앞뒤 꼭지가 툭 튀어나온 주지스님과 이마가 시원하게 벗겨진 강사스님이 나란히 앉아 차를 마시며 회의시간을 기다리고 있다. 시간은 아직도 5분쯤 여유가 있었고, 주지스님은 평소 해오던 습관대로 찻잔을 들고 한 모금 더 마시고 나서 수건으로 입가를 가볍게 문지른다. 조금은 긴장된 표정으로 눈 썹을 꼿꼿이 세우고 메모지에 적혀있는 회의 자료를 한 번 더 들여다본 다음 맞은편 벽에 걸려있는 괘종시계를 흘끗 쳐다본 다. 그의 옆에는 회의를 진행하기 위한 바둑판만한 두께의 판 자가 놓여있었고, 그 위에는 나무망치로 된 의사봉이 놓여있다.

강사스님은 찻잔을 들고 연거푸 홀짝거린 다음 찻잔을 내려 놓고 만지작거리며 못마땅한 표정으로 눈만 껌벅껌벅하고 있 다. 설산과 법운은 주지스님 맞은편에 앉아있는 입승 옆에 나 란히 앉아 엉덩이를 들썩거리며 회의가 어서 시작되기를 바라 는 눈치다. 회의가 끝나면 일심수좌를 아무런 사고 없이 산문 밖에까지 내보내야 하는 임무를 맡고 있었기 때문이다.

밤은 길고 지루했다. 기념품 집 아들 만복이 녀석은 화장실에 까지 따라다니며 일거수일투족을 감시했다. 그놈은 한동안 없 는 듯이 마루 한쪽 구석에 앉아있다가도 내가 문만 열고 나가 면 강아지처럼 졸졸 따라다니며 좀체 곁을 떠나지 않았다. 나 는 답답하기도 할뿐더러 만복이 녀석을 골려주기 위해 한동안 자지 않고 경내를 돌아다녔다.

두어 번 해우소에 다녀오기도 하고(한번은 해우소에 가서 볼일도 보지 않고 반 시간여 동안 앉아있었는데, 녀석은 아래서 올라오는 냄새가 싫 지도 않은 지 얼굴을 찡그리며 옆에서 계속 지키고 서 있었다), 천불전 앞 마당과 팔상전 앞뜰을 돌아다니며 산책을 하기도 하고 주지스 님 방과 총무스님 방을 기웃거려 보기도 했다. 불이 켜져 있으면 안으로 들어가 인사라도 할 작정이었다. 그동안 본의 아니게 누를 끼쳐서 죄송하다는 말이라도 하고 떠나고 싶어서였다. 사람이란 생각이 달라 헤어지기는 할망정 원수는 지지 말아야 하기 때문이다.

그럴 때마다 만복이놈은 십여 미터쯤 떨어져서 지켜보며 "일심수좌, 이제 그만 돌아다니고 들어가 주무시지요. 내일은 떠나야 할 몸이잖아요." 하고 얌전하게 나오다가도 내가 계속 말을 듣지 않자 "진짜 내 주먹 맛 좀 한번 볼래요? 난 이래 봬도 신촌 바닥에서 잔뼈가 굵게 놀다 왔단 말예요. 괜히 얌전히 있다 가지 않고 사고라도 치면 쥐도 새도 모르게 없어지게 될지도 몰라요." 하고 은근히 겁을 주기도 했다. 하지만 녀석도 새벽녘에는 더 이상 밖에서 떨고 있을 수만은 없다는 듯이 노크를 하는 방문을 열고 안으로 들어와 내 손을 꼭 잡고 눈을 좀 붙이기도 했다.

불암사 대중이 나를 눈엣가시로 생각하기 시작한 것은 3개월 전쯤부터였다. 그러잖아도 사찰에 새바람을 일으킨다며, 봄부터 젊은 학인들이 사찰 운영의 전면에 나서서 설쳐대는 것을 마땅찮게 여기고 있던 전 간부스님들이 해봉스님이 오고, 학인들 일부가 그를 환영하고 나서자 발끈하고 일어나면서부터였다.

해봉스님이 어느 날 갑자기 조계종 총무원으로부터 주지 발령장을 가지고 나타난 것은 절이 한동안 침체와 무기력 상태에 빠져있을 때였다. 재정도 어려웠을 뿐더러 노장(老壯)간에 알력이 심해 제대로 된 강원(講院)과 선방(禪房)하나 운영할 수 없었다.

무더위가 한풀 꺾인 9월 초순의 어느 날이었다. 해봉은 비서 한 사람만 달랑 대동하고 와서는 응진전 옆 벽안당에서 머물며 사찰의 장단기 청사진을 펼쳐 보이기 시작했다. 젊은 스님들 가운데 몇 사람이 그의 청사진에 공감을 표시하고 나섰고, 나도 그들 중의 한 사람이었다. 나는 그중에서도 절 옆의 계곡에 조그마한 호수를 만드는 계획에 많은 기대를 가지고 있었는데, 언젠가 한번 내장사를 갔을 때 본 절 앞에 있는 조그만 호수가 맘에 들었기 때문이다. 더구나 그때 나는 해봉스님의 시자(侍者)로 결정이 되어 있어서 그를 그림자처럼 따라다니며 보살피다 보니 자연히 기존 스님들의 눈 밖에 날 수밖에 없었다.

해봉은 재출가한 승려였다. 그에게는 가족도 있었고, 세간에 자기 이름으로 된 집도 한 채 가지고 있었다. 훤칠한 키에 얼굴은 둥글넓적하고 눈매가 날카로운 그는 젊어서 한때 출가했다가 환속해서 문단 활동과 언론계에도 종사했고, 최근에는 교단에서 발행한 불교신문사 주필도 겸하고 있었다. 그런 그가 늘그막에 다시 머리를 깎고 입산을 해서 한동안 시정(市井)의 화제가 되기도 했다.

일주일에 한 번씩 사설을 써서 우편으로 서울로 올려보내곤 했는데, 나는 그가 문인이라는 데에 호감을 가졌다. 자고로 글을 쓰는 사람은 진실하기 때문이었다. 그러나 그는 세 불리로 결국 절에서 밀려나고 말았고, 그의 시자를 맡고 있었던 나 역시 자연히 절에서 쫓겨나게 되었다

이윽고 "땅 땅 땅" 하고 의사봉 두드리는 소리가 들린다. 이제야 비로소 회의가 시작되는 모양이다. 물론 하나마나한 회의인지도 모른다. 결정은 이미 지난밤에 수뇌부에 의해서 내려진 터였고, 나는 벌써부터 떠날 준비를 다 갖추고 있었으니까 말이다. 굳이 의론할 일이 있다면 사후처리를 어떻게 말끔하게 하느냐 정도이겠으나 적어도 회의록만큼은 그럴듯하게 작성해놔야 하기 때문이다.

비는 계속해서 소리 없이 내리고 있었고, 객실 1호실 앞에서 왕거미 한 마리가 천장에서 줄을 타고 내려오다 말고 1미터쯤 위에서 착지점을 찾지 못해 공중에 대롱대롱 매달려있다. 벙거지를 쓴 절 머슴 하나가 장작더미를 한 아름 끌어안고 뒤란에서 나와 부엌으로 들어간다. 공양주 보살이 어슬렁어슬렁 깨진 접시를 들고 구시렁거리며 부엌에서 나오고 있다.

비주류는 어디서나 찬밥신세가 되기 마련이다. 이번 일에도 제대로 된 저항 한번 못해보고 모두가 숨죽이고 꿀 먹은 벙어리가 되고 말았으니 말이다. 그동안 우리와 뜻을 같이했던 강사스님과 재무스님도 마찬가지였다. 일을 같이 벌였던 동산과 묵언수좌도 순천으로 피해버리고 없었고, 더구나 이번 분규의 당사자인 해봉스님과 그의 비서인 일봉수좌도 총무원에 볼일이 있다며 이틀 전 서울로 떠나고 말았다.

소지품들은 빠짐없이 챙겨 손수레 위에 실려져 있었다. 신참내기 학인 둘이 수레를 끌고 갈 준비를 마치고 10여 미터쯤 떨어진 3호 객실 앞에 앉아 있다. 짐이라 해봤자 고작 엿 장사 엿판 아래 싣고 다니는 고물 꾸러미 정도밖에 되지 않았다. 대부분이 책이었고 아령, 줄넘기 같은 간단한 운동기구가 서너 개, 나머지는 속옷 서너 벌과 한 달에 두세 번 산 지키러 다닐 때나 입는 겉옷가지 작업복 두세 벌이 전부였다.

나는 학인들과 조금 떨어진 마루 끝에 엉덩이를 걸치고 앉아 맞은편 방에 있는 회의장 분위기에 귀를 기울이며 회의가 어서 끝나기만을 기다리고 있다. 고성 같은 것은 들려오지 않는다. 다만 간헐적으로 "땅 땅 땅" 하고 주지스님의 의사봉 두드리는 소리만이 희미하게 들려올 뿐이다.

그동안 대중회의가 열릴 때마다 나는 얼마나 적극적으로 안건 처리에 협조해왔는지 모른다. 절이 경제적인 어려움에 처했을 때 절산의 나무를 팔아 해결하자고 제안한 일이라든가 천불전 개축문제, 주차장 주변 기념품 가게 정리 문제 등 각종 현안이 있을 때마다 발언도 많이 하고 안건 채택도 앞장서 하는 바람에 주지스님으로부터 적잖은 칭찬도 받았다. 그러나 오늘은 회의에 참석할 수가 없었다. 자신이 안건의 당사자이기 때문이다.

부엌에서 공양주 보살이 주걱으로 밥을 푸다 말고 나를 흘끗 쳐다본다. 주방에서 그릇을 씻거나 나물을 다듬고 있는 행자 서너 명도 자꾸만 객실 쪽으로 고개를 돌려 나를 쳐다보느라 일을 제대로 하지 못한다. 절에서 고시 준비하고 있는 십여 명의 학생들도 3호 객실에서 식사를 마치고 나오다가는 힐끗힐끗 쳐다보며 의아한 표정들을 감추지 않는다.

나는 고개를 들어 다시 한 번 맞은편 대청마루를 바라본다. 그러고는 고개를 천천히 돌려 주방과 객실 주지스님 방을 차례로 돌아본 다음 마지막으로 네모난 마당 한가운데로 눈길을 돌린다.

　벌거벗은 단풍나무 한 그루가 앙상한 가지를 하늘로 내뻗은 채 함초롬히 비를 맞고 서 있다. 이제 잠시 후면 이곳을 떠나야 한다고 생각하니 여기서 보낸 숱한 날들이 무지개처럼 떠오른다. 봄이 오고 가을이 오고 가지에 새싹이 돋고 단풍이 들고 그러기를 대여섯 번, 나는 이곳에서 꽃다운 소년 시절을 보냈다. 많은 사람들을 만나고 몇몇과는 친해지기도 하면서…….

스님, 사진 한 장 같이 찍어도 될까요?

봄이 가고 여름이 가고 가을이 왔다.

계절의 변화는 빠르게 진행되고 있었고, 산사는 어느덧 가을 풍경을 선명하게 드러내고 있었다. 여름 내내 풍성한 햇빛을 받아 계곡과 산등성이 위로 파란 구름이 둥실둥실 떠다니는 것 같던 녹음이 10월로 접어들자 산봉우리로부터 능선을 거쳐 산록에 이르기까지 하루가 다르게 장밋빛으로 물들어가기 시작했고, 가을은 부드러운 햇살과 함께 찬란한 모습으로 사문들 곁에 다가왔다. 구름 한 점 없는 하늘은 첫날밤의 신부 얼굴처럼 티 없이 맑아졌고 산들바람은 더위에 찌들었던 사람들에게 활력을 주기에 충분했다.

단조로웠던 산사의 생활도 붉게 물든 단풍잎과 함께 찾아온 관광객들의 발걸음 소리로 끝이 났고 경내는 인파로 다시 술렁이기 시작했다. 두문불출 참선삼매에 들었던 수좌들은 가부좌를 풀고 선방 문을 열고 밖으로 나왔고 강원에서 책장을 넘기며 묵향에 취해있던 학인들도 책을 덮고 기지개를 켜며 부엌으로 나와 단체손님 맞을 준비로 바빴다.

나 역시 그런 손님들은 처음 맞이하는 일이라 호기심 또한 적지 않았고, 그 시간이 빨리 오기를 은근히 기다리기까지 했다. 그때는 절 주변에 편의시설이 태부족이었고 관광객은 넘쳐났다. 모텔이 하나 있다고는 해도 일반 투숙객을 받기에도 턱없이 부족할 정도여서 학생들이 떼거리로 몰려오는 수학여행철에는 별수 없이 절에서 숙식을 해결해야만 했는데, 그럴 때는 젊은 중들이 나서서 그 뒤치다꺼리를 해야만 했고, 나처럼 서열이 낮은 학인들은 오줌 누고 고추 털 시간도 없었다. 한시적으로 절은 곧 유스호스텔로 변하고 말았기 때문이다.

단풍이 절정에 달한 10월 하순의 어느 날이었다.

그날도 나는 설선당 대청마루에서 학인들과 함께 수학여행 온 학생들의 식사 준비로 비지땀을 흘리고 있었다. 10여 미터쯤 떨어진 식탁과 주방을 시계추처럼 오가며 상 차리기를 하고 있던 나는 피곤한 나머지 잠시 마루 끝에 있는 나무기둥에 기대서서 숨을 돌리던 중이었다.

"스님, 사진 한 장 같이 찍어도 될까요?"

달걀처럼 갸름한 얼굴에 단발머리의 한 소녀가 다가와 물었다. 조금 전부터 친구와 함께 어깨동무를 하고 ㅁ자형으로 된 설선당 내부의 마당을 맴돌고 있던 소녀였다.

소녀의 입가에는 금방이라도 터질 것 같은 미소가 새겨져 있었고, 석류처럼 벌어진 입술 사이로 뻐드렁니 하나가 보였다. 소녀의 눈은 컸고 쌍꺼풀이 져 있었으며 두툼한 눈썹 위로 조그마한 사마귀 하나가 앙증맞게 박혀있었다. 수병처럼 세일러복을 입고 있었는데, 치마가 짧아서인지 사슴처럼 키와 다리가 껑충해 보였고 약간은 촌티가 가시지 않는 시골소녀 모습 그대로였다.

그동안 소녀는 갈색 뿔테안경을 낀 학생과 같이 단풍나무 주위를 맴돌며 손에 물이라도 들 것 같은 빨간 이파리를 만져 보기도 하고, 대청마루를 힐끗힐끗 쳐다보며 귀엣말을 나누다가는 키득거리기도 하고 얼굴을 붉히며 상대의 살을 꼬집기도 했다.

"얘, 먼 산 바라보고 있는 저 중 말이야. 지금 무슨 생각을 하고 있을까?"

"어디?"

"기둥에 어깨를 기대고 있는 중 말이야. 다른 중들은 상 차리느라 바쁜데 혼자 서 있잖아."

"응, 그래."

"왜 중이 되었을까?"

"글쎄……."

"나이는 몇 살쯤 먹어 보이니?"

"스물은 아직 안 되었을 것 같고, 잘해야 열일곱? 아니면 여덟쯤 되었겠지 뭐. 그런데 왜 그런 걸 꼬치꼬치 묻고 그러니, 너 수상하다. 혹시 저 중한테 관심 있는 것 아니니……. 어머머, 애얼굴 좀 봐. 금방 단풍이 들었네."

"계집애. 너 남 약 올리기야……. 그건 그렇고 우리 저 중하고 사진 한 장 같이 박을까?"

"조오치. 그럼 네가 가서 한번 얘기해 봐."

입산한 지 6개월쯤 지난 햇병아리 사미승이던 때였다.

회색 염의를 걸치고 번뇌의 상징인 머리를 깎고 백팔 염주를 목에 두르고 나무아미타불과 관세음보살을 부르며 세속의 잡념을 잊고자 하루에도 부처님 전에 무릎이 닳도록 천배씩을 올리며 수도에만 정진하고 있던 무렵이었다. 처음 입산할 때는 나무마다 연한 새잎이 하늘거리고 새들이 노래하는 봄날이었으나 어느새 청계산 자락에는 곱게 물든 단풍이 온 산을 붉은빛으로 뒤덮고 말았다.

넓은 대청마루에 기다란 앉은뱅이 식탁을 잇대어 꺼내놓고 한꺼번에 수십 명씩의 손님을 하루에도 몇 차례씩 치르다 보면 학인들은 어느새 곤죽이 되곤 했다.

처음에 나는 못 들은 척했다. 상대가 맘에 들지 않아서가 아니었다. 얼핏 보니 170센티미터쯤 되는 키에 쌍꺼풀진 눈매가 시원스러워 보이긴 했다. 하지만 피곤하기도 할 뿐더러 사진 한 장 같이 찍자고 하는 사람이 어디 한둘이었던가 말이다. 더구나 그때 나는 사미계를 받고 난 지도 얼마 되지 않았다. 왼쪽 팔뚝에는 아직도 동전만한 연비 자국이 선명히 나 있었고, 게다가 성불을 하려면 우선적으로 여자를 멀리해야 한다는 것쯤은 알고 있었기 때문이다.

소녀는 쉽게 물러나지 않았다.

44

채근이라도 하듯 나를 빤히 쳐다보며 단 한 발자국도 움직이지 않았다. 시선들이 집중되었고, 때마침 곁에서 상 차리는 것을 지켜보고 있던 원주스님이 보다 못해 한마디 거들었다.

"가 봐. 어여 가서 얼른 학생들하고 한 방 박고 와. 그것도 보시 아닌게비여."

스님이 씨익 웃으며 등을 떠밀었고, 나는 마지못한 표정으로 소녀와 함께 대웅전 쪽으로 발걸음을 옮기기 시작했다.

소녀한테서 편지가 온 것은 일주일쯤 지난 뒤였다.

산사의 가을은 하루가 다르게 변해 갔고, 태양은 부드러운 얼굴로 사문들 가까이 다가오기 시작했다. 관광객들의 발걸음이 뜸해지자 경내는 다시 평온을 되찾았고, 학인들은 일상의 생활로 되돌아갔다.

집배원이 이름을 부르며 코앞으로 편지를 내밀었을 때만 해도 나는 고개를 갸웃거리지 않을 수 없었다. 편지를 보내올 만한 사람이 없었고 혹시 잘못 전달된 것일지도 몰라서였다. 육친들과는 연락을 끊은 지 오래되었고 어느 누구에게도 편지를 보낸 적이 없었기 때문이다.

발신인은 정은하였다.

손으로 정성스레 만든 네모난 봉투가 초대장이나 성탄카드를 방불케 했고, 봉투 맨 밑에 '사진재중'이라고 씌어 있었다.

정은하!

처음 들어본 이름이었다. 얼른 감이 잡히질 않아 계속해서 고개를 갸웃거리고 있는 사이 곁에 있던 법운수좌가 잽싸게 편지를 채가고 말았다.

"어, 이거 여자한테서 온 거 아냐. 사진도 보내오고 말이여……. 이거 큰일 나게 생겨부렸구만 잉. 일심수좌 성불하기는 초장부터 싹수가 노오래부렸구만 그랴."

그가 호들갑을 떨며 보란 듯이 편지봉투를 들고 빙빙 돌리기까지 했다.

마루 끝에 걸터앉아 녹차를 마시며 한담을 나누고 있던 네댓 명의 학인들이 우르르 몰려와 같이 보자며 뺏고 야단들이었다. 수컷들이란 잿빛 제복을 입고 있어도 여자 소리만 나오면 어쩔 수가 없는 모양이었다. 나는 재빨리 법운의 손을 비틀어 편지를 되찾았고 십여 개의 눈동자가 지켜보는 가운데 천천히 봉투를 뜯었다. 봉투 속에는 핑크빛 편지 두 장이 들어있었고, 그 밑에 미색 켄트지로 싼 사진이 한 장 들어 있었다. 재빨리 사진을 들춰봤다. 아뿔싸, 일주일 전 그 소녀와 함께 찍은 사진이었다.

"응, 걔들이구나. 지난번에 수학여행 와서 되게 까불던 애들 말이야."

알겠다는 듯이 법운이 고개를 끄덕이며 이죽거렸고, 곁에서 지켜보고 있던 학인들이 사진과 내 얼굴을 번갈아 쳐다보며 호기심을 나타냈다.

새삼스레 그날 일들이 떠올랐다.

그날 밤 이슥하도록 잠이 오지 않아 몸을 뒤척이고 있던 때였다. 숲 속 어디에선가 부엉이 울음소리가 구슬프게 들려오고 있었고, 취침 시간이 훨씬 지났는데도 학생들이 있는 방에서는 떠드는 소리가 끊이질 않았다. 소리들이 하도 요란해서 혹시 싸움이라도 벌어진 게 아닌가 싶어 옷을 갈아입고 소리 나는 쪽으로 발길을 옮겨봤다. 야단이라도 쳐줘야 할 것 같아서였다.

가만가만 학생들이 들어있는 심검당 큰방으로 다가가 한쪽 눈을 문틈에 바짝 붙여 들여다봤더니 맙소사, 학생들은 여기가 수도장이라는 것도 아랑곳없이 노래 부르고 춤을 추며 흡사 야생마들처럼 뛰고 야단들이었다. 그중에서도 더욱 가관인 것은 방 한가운데서 곱사등이춤을 추고 있는 한 왈가닥 학생의 모습이었는데, 찬찬히 보니 낮에 함께 사진을 찍은 바로 그 학생이었다.

사진은 썩 잘 나오지는 않았으나 초롱초롱한 눈빛들이 예뻐 보이긴 했다. 대웅전 앞 계단에서 찍은 사진으로 흑백이라 검고 하얀 부분만 유독 선명했다. 흰 저고리에 삭발을 한 내가 가운데 서 있고, 양 곁에 단발머리에 세 개의 흰 줄이 선명한 세일러복 차림의 학생들이 하나씩 서 있었는데, 내 왼쪽 어깻죽지에 바짝 붙어서 만면에 웃음을 띠고 있는 게 정은하였다.

사진을 찍고 나서도 소녀는 곧장 자리를 뜨지 않았다. 아직도 뭔가 볼 일이 남았다는 듯이 뜸을 들이고 있다가는 왼손으로 머리를 두어 번 문지르며 씩 웃고 나서 호주머니에서 수첩과 만년필을 꺼내 들었다.

"스님, 주소와 성함을 좀 여쭤 봐도 될까요?"

사진을 같이 찍은 학생과 서너 명의 친구들이 대웅전 모퉁이를 돌아가다 말고 그녀의 이름을 부르며 서 있었고 그녀가 손짓을 해 먼저 가라는 표시를 했다.

학생들이 석탑 주위에서 사진을 찍거나 잡담을 하며 깔깔
거렸다.

나는 마지못해 주소와 이름을 가르쳐 주고 나서도 설마 했
었다. 대부분의 사람들은 함께 사진을 찍고 나서도 그냥 헤어
지기가 쑥스러운 양 간신히 주소를 적는 시늉을 했으니까 말이
다. 사실 한 번 사진을 같이 찍었다고 해서 금방 친해지는 것도
아니고, 그렇다고 상대방이 사진을 애타게 기다리는 것도 아니
었다. 흔히들 산사에 오면 승려생활이 이색적이라고 해서 기념
으로 한판 찍자고 들 하지만 그럴 땐 중이 영락없는 그들의 액
세서리에 불과한 듯한 생각이 들곤 했다.

소녀는 주소와 이름을 꼼꼼하게 적고 나서 수첩을 호주머니
에 넣은 다음 고개를 숙여 고맙다는 인사를 하고는 머리카락
을 날리며 친구들이 사라져 간 팔상전 쪽을 향해 사정없이 뛰
어갔다.

편지는 따로 두 장이 포개져 있었다. 한 장은 사진 설명과 함
께 자기소개를 했는데, 크리스천이라고 했다.

'그러면 그렇지……'

나는 속으로 시큰둥했다. 예수쟁이들은 어디를 가나 유별나
서였다. 사진 찍자고 졸라댈 때부터 알아봤어야만 했다. 속이
훤히 들여다보였다. 요컨대 나를 전도의 대상으로 삼겠다는 것
같아서였다.

그쯤 해서 편지를 읽다 말고 종이를 구겨 휴지통에 넣어버릴
까 하다가는 좀 더 읽어보기로 했다.

그녀의 가정은 선대로부터 하느님을 믿어왔고, 아버지가 교회 장로라서 가정 분위기가 매우 기독교적이라고도 했다. "하지만 그렇다고 해서 내 신앙이 독실한 것은 아니에요." 라고 덧붙였다. 모태 신앙이기 때문에 때로는 교회 다니기가 싫증 날 때도 있고, 신앙생활에 회의를 느낄 때도 있지만 그저 습관적으로 교회에 나가는 정도라며 일부러 전도하기 위해서 사진 같이 찍자고 한 것이 아니므로 걱정하지 않아도 된다고 솔직하게 적고 있었다. 불교에 관해서는 전혀 백지나 다름없기 때문에 앞으로 교리뿐만 아니라 승려생활에 관해서도 이야기해 주면 고맙겠다고도 했다.

다른 한 장은 추신 형식으로 보내온 것으로 자기가 본 나의 첫인상을 솔직담백하게 적고 있었다. 그것이 오히려 마음을 끌어당겼는지도 모르겠다. 아마도 그녀 자신의 일기를 베껴서 보낸 게 아닌가 할 정도로 내면의 소리를 담고 있어서였다. 대담한 발상이라고나 할까. 아무튼 자기의 속마음을 허심탄회하게 전달하는 방법도 기발한 편이었다.

소녀는 편지에 다음과 같이 적어 보냈다.

'슬픔을 온몸 가득히 담고 있는 남자'

이것이 내가 본 '한준수'라고 하는 남자의 첫인상이라고 한다면 지나친 표현일까? 아직 남자라고 부르기에는 어딘가 좀 쑥스러워 보이는, 그래서 소년이라고 해야 더 어울릴 것 같은 내 나이 또래의 스님을 처음 대하고 나서 나는 하마터면 눈물을 찔끔거릴 뻔했다. '소년은 도대체 무슨 사연이 있기에 일찍부터 머리를 깎고 절로 들어간 것일까. 아직은 한참 학교 다니며 공부할 나이에 부모 형제를 버리고 산으로 들어간 이유는 무엇일까. 집은 어디며, 양친들은 어떤 사람들일까. 혹시 의지가지없는 고아 출신은 아닐까.' 하고 상상의 나래를 펴보기도 한다.

간신히 사진을 같이 찍고 나서 주소와 성함을 물었을 때 자기의 속명이라며 알려준 이름이 한준수였다. 사실 그때 난 한준수라는 중에게 반해버렸다고 해도 과언이 아니다. 무엇이 씐 것인지도 몰랐다. 그의 슬픔에 잠겨있는 듯한 젖은 눈동자를 바라보는 순간, 나는 사시나무 떨듯 온몸을 떨고 말았으니 말이다.

사람을 툭 쏘아보는 듯한 이지적인 눈 하며 이목구비가 뚜렷한, 그래서 조금은 교만해 보이기까지 한 그 소년이 왠지 마음을 끌기 시작했다. 절간에 그대로 묻혀 있기에는 아깝다는 생각이 문득 뇌리를 스쳤다. 그래서 사진이라도 한 장 같이 찍을까 하고 접근해 봤으나 그렇게 안하무인일 수가 없었다. 기둥에 척 팔짱을 끼고 기대서서 남은 입이 아프도록 말하는 것도 아랑곳없이 먼 곳으로 하염없는 시선만 던지고 있을 뿐 내겐 일별도 주지 않았다. 그 도도한 모습이 더욱 내 마음을 사로잡았는지도 모르겠다.

그날 밤 나는 한숨도 이루지 못했다. 왠지 마음이 울적하기도 하고 불덩이처럼 온몸이 달아올라 견딜 수가 없었기 때문이다. 그래서 밤늦게까지 친구들과 어울려 떠들며 일부러 미친 척하고 말았다.

아무튼 나는 이제 사진을 통해서 그를 알게 되었고 편지
로 나를 소개할 작정이다. 다만 그의 지나치게 우울한 모습
이 마음에 좀 걸리긴 하지만…….

편지를 읽고 나자 나는 한동안 얼굴이 달아올라 주체하기가
힘이 들었다. 생전 처음 받아보는 이성으로부터의 편지가 그만
마음을 후끈 달아오르게 하고 말았기 때문이다. 그날 밤 나는
절에 들어간 첫날처럼 잠을 한숨도 이루지 못했다. 방바닥에 요
를 깔고 누워 눈을 감고 억지로 잠을 청해 봤으나 잠은 오지 않
고 소녀의 얼굴만 뇌리에 떠올랐다. 별수 없이 이불을 걷어차고
일어나 펜을 들고 생각나는 대로 몇 자 적어보았다.

나는 오늘 한 소녀로부터
편지를 한 통 받았다.
생전 처음 받아본 편지다.
여자로부터는.

나는 편지를 보고 또 본다.
밥 먹기 전에 보고
밥 먹고 나서 차 한 잔 마시며
또 본다.

잠자리에 들기 전에 보고
잠이 안 와 일어나서 또 본다.

소녀의 편지는 이제
달달 외울 정도가 되었다.

눈을 감는다. 소녀의 얼굴이 떠오르고
편지의 글씨들이 앞다퉈 나타난다.
소녀는 어떻게 하려고
내게 편지를 보낸 걸까?

생각해보면 인연이란 참으로 묘한 것이었다. 아니 섭리라고
해도 좋았다. 어느 날 갑자기 전혀 엉뚱한 곳에서 예기치 못한
사람을 만나게 되고, 때론 그런 만남을 통해서 생에 지대한 영
향을 받기도 하니 말이다. 내가 절에서 은하와 같은 소녀를 만
나게 된 것도 우연이라고만은 할 수 없는 어떤 보이지 않는 힘의
작용 탓인지도 몰랐다. 그랬다. 세속의 인연을 끊고 한 생을 오
로지 수도(修道)에만 정진하려던 애초의 마음이 흔들리기 시작
한 것은 은하와 같은 소녀를 만나고 나서부터였으니까 말이다.
처음 한동안은 답장을 하지 않았다. 그녀의 편지 내용으로
보아 절간에서 수도만 하는 나를 가만히 놔둘 것 같지 않았기
때문이다. 실제로 그녀는 그 후로 일주일이 멀다하고 편지를 보
내왔고, 천리 길이 멀다않고 뻔질나게 찾아왔으니까 말이다.
언젠가는 그녀가 와서 "그동안 내가 흘린 눈물이 얼마나 되
는지 알아……?" 하고 서글픈 눈빛으로 바라보기도 했다. 그렇
듯 그녀는 매번 올 때는 웃고 왔다가 돌아갈 땐 눈물을 흘리며
훌쩍이곤 했다.

아! 그럴 때마다 내 마음은 얼마나 쓰리고 아팠던가. 처소가 처소인 만큼 따뜻한 말 한마디 건네 보지 못하고 번번이 돌려보낸 내 심정은 얼마나 슬프고 안타까웠던가.

그 후로 우린 오랜 세월 동안 견우·직녀처럼 그렇게 그리움을 숙명처럼 간직하며 살아야 했다.

돌짝밭에 떨어진 작은 씨앗

초파일 전야 불암사는 온전히 축제 분위기였다. 거미줄같이 사방팔방으로 뻗어 있는 새끼줄에는 토마토처럼 주렁주렁 매달린 형형색색의 연등이 불야성을 이루고 있었고, 경내는 전야제로 일대 장관을 이루었다.

대웅전 앞뜰에는 3층 건물높이와 맞먹는 괘불이 걸려있는 가운데 탑돌이와 법요식이 진행되고 있었고, 천불전 앞 광장에서는 잠시 후 8시 정각에 영화가 상영된다며 안내방송을 했다. 사람들이 취향 따라 구름처럼 몰려들었고, 그들은 하나라도 놓칠세라 양쪽을 오가며 구경하기에 바빴다.

절은 마치 숲 속에 들어있는 궁전과도 같았다. 인가의 불빛이라고는 찾아볼 수 없는 산속 깊은 계곡에서 아스라이 반짝이는 하늘의 별빛과 새끼줄에 매달린 땅 위의 붉고 푸른 연등이 묘한 대조를 이루며 사람들의 마음을 들뜨게 했다.

나는 사촌과 함께 팔짱을 끼고 법요식을 구경하면서도 어떤 분이 주지스님일까 하고 스님들의 면면을 살펴보기 시작했다. 헐렁한 장삼 위로 노을빛 가사를 두르고 맨 앞에서 목탁을 두드리며 염불을 외우고 있는 키가 크고 이마가 벗겨진 스님인 것도 같았고, 그 뒤에 꾸부정하게 서서 합장을 하고 염불을 외우고 있는 장구머리 스님인 것도 같았다.

스님 중에는 구척장신에 혈기방장한 이가 있는가 하면 이제 갓 초등학교를 졸업했을 법한 햇병아리 중도 있었고, 허리가 꼬부라져 코가 땅에 닿을 정도의 노승이 있는가 하면, 얼굴이 여자처럼 고운 학승도 있었다. 그런가 하면 절에 들어오기를 잘했다고 생각할 만큼 우락부락하게 생긴 스님들도 간혹 눈에 뜨였다.

내가 어머니를 따라 불암사에 절 구경을 가게 된 것은 내 나이 열여덟 살이던 1962년 사월초파일 하루 전날이었다.

"야 이 녀석아, 네 나이가 올해 몇이냐? 큰형 같았으면 벌써 장가가서 아들을 하나 낳고도 남았겠다."

어머니가 다 큰 자식이 애들처럼 따라다니려고 한다며 핀잔을 주고 귀찮다는 표정을 감추지 않았으나 나는 막무가내였다.

"시대가 변했잖아요. 난 이제껏 큰 절 구경은 한 번도 못 해봤단 말예요. 엄니 궁둥이 따라다니는 것도 이번이 마지막일지도 몰라요." 하고 억지로 따라붙었는데, 겉으로야 절 구경을 간다고 따라나섰지만 속으로는 딴 마음이 있었기 때문이다. 거기

가서 얼마 동안 머물러있어도 되는지를 알아보기 위해서였다.

실제로 나는 6남매 중 막내로 어려서부터 엄마 궁둥이를 많이 따라다녔다. 외가는 물론이고 큰누나, 작은누나 집이 걸어서 반경 한나절 거리 안에 있다 보니 자의든 타의든 엄마는 꼭 나를 데리고 다녔다. 뿐만 아니라 반경 12km 내에 있는 오일장에도 곧잘 따라다니거나 데리고 다니고는 했는데, 따라가는 것은 엄마더러 뭘 사달라고 하기 위한 것이고, 데리고 다닌 것은 내가 필요해서 지게에 무엇을 지우고 팔러 가는 때에 한했다.

5·16 군사 쿠데타가 일어난 이듬해였고, 한명숙의 '노란 샤스 입은 사나이'가 방방곡곡을 메아리치고 있던 무렵이었다. 청바지에 노란 점퍼를 걸치고 배낭 하나만 달랑 어깨에 둘러멘 채 길을 나섰다. 집에서 절까지는 36km쯤 떨어져 있는 길이었지만 전날은 20km쯤 길을 걸어서 중간 지점인 낙안 고모네 집에서 자고, 아침 일찍 출발해 16km 길을 걸어서 갔다.

절을 향해 가는 사람들은 많았다. 대부분이 흰옷 입은 사람들로 나이 많은 여자들이 많았고, 개중에는 나처럼 색깔 있는 옷을 입은 젊은 사람들이나 아이들도 양념처럼 끼어있기는 했다.

차 한 대 지나다니지 않은 비포장도로에는 흡사 시골 장날을 연상케 하듯 저마다 시주할 물건들을 이고 지고 뙤약볕 아래서 고개를 넘고 개울을 건너 먼 길을 가느라 구슬땀을 흘렸다.

그 무렵 나는 길을 잃고 방황하는 한 마리의 어린 양과도 같았다. 아무리 출구 없는 미로를 헤매고 다니며 발버둥을 쳐도 누구 하나 구원의 손길을 뻗쳐주는 이 없는 암담한 때이기도 했다.

나의 씨앗은 돌짝밭에 떨어진 게 분명했다.

형이 군대에 가서 탈영을 한 바람에 집안은 일시에 쑥대밭이 되었고, 나는 졸지에 의지가지없는 고아의 신세로 전락하고 말았다. 부모가 있다고는 해도 농촌에서 농토를 잃어버린 그들은 무능력자나 다름없었고 내게는 있으나 마나 한 존재였다.

6·25동란이 한창이던 때였고, 동네에는 사흘이 멀다 하고 전사통지가 날아들었다. 앞뒷집에서 곡소리가 끊이지 않았고, 부모들이 휴가 온 아들의 목을 끌어안고 놔두질 않았다. 느지막하게 장가든 아버지는 딸 둘에 아들을 얻자 금이야 옥이야 길렀고, 군대에 보내고 나서는 밤잠을 설쳤다.

전쟁만 아니었더라면, 아니 형이 휴가 나와서 군에 원대복귀만 했더라도 나의 환경은 조금 달라졌을지도 몰랐다.

형은 전쟁 중에 휴가 나온 야전 군인답게 완전군장을 하고 집에 나타났다. 총만 안 메고 왔달 뿐 철모에 대검을 차고 배낭 속에는 비상식량까지 잔뜩 넣어 가지고 왔다.

전쟁터의 이야기는 흥미로운 것만은 아니었다. 형이 부대배치를 받고 나서 서너 달 사이에 소대원들이 반으로 줄어들었다는 이야기는 듣는 이들의 마음을 울적하게 만들어 놓기에 충분했다.

"가지 마라, 큰애야. 부대에 돌아가면 너도 죽는다."

어머니의 목소리에는 간절함이 배어있었고, 곁에서 듣고 있던 우리 가족 모두의 마음도 다르지 않았다. 나머지 식구들도 손을 잡고 한마디씩 거들었다.

"가지 마, 형."

"가지 마, 오빠……."

강원도 골짜기, 전쟁으로 부대가 전몰하다시피 해 전사할 것이 뻔히 예견되는 곳으로 살붙이를 되돌려 보낼 수는 없어서였다. 실제로 같은 부대에 근무했던 이웃 동네 친구가 포탄을 맞고 쓰러져 후송되는 바람에 겨우 목숨만 부지하고 돌아온 것이 얼마 되지 않아서였다. 하지만 형은 그날부터 탈영병으로 낙인이 찍혔고 우리 집은 쑥대밭이 되었다.

형의 도피 행각이 시작되자 우리 집은 하루도 평안한 날이 없었다. 날이면 날마다 특무대사람들과 경찰이 뻔질나게 집을 들락거리며 식구들을 못살게 굴었기 때문이다.

형이 집을 떠나 걸어서 하루쯤 걸리는 고흥 어느 바닷가에 있는 진외가에 가서 6개월여 동안 피신하고 있을 때였다.

그동안도 그들은 도보로 한나절 거리인 큰누나, 작은누나, 외가까지 찾아다니며 뒤지고 다녔으나 헛걸음만 치게 되자 눈에 쌍불을 켜며 나중에는 어린 나에게까지 협박을 했다.

어느 날 아침이었다.

"야, 너 이리 나와."

불현듯 경찰관 둘이 방문 앞에 나타나 나를 노려보며 말했다.

어른들은 밭일을 위해 밖에 나가고 없었고 나 혼자 방에서 숙제를 끝내고 책보를 막 싸던 중이었다. 나는 책보를 싸다 말고 엉거주춤 일어나 바지춤을 여미고는 주춤주춤 마루로 나왔다. 그들이 어린 나를 앞세우고 사립문 밖으로 나오더니 골목

어귀 으슥한 곳에 앉혀놓고 물었다.

"너 바른대로 말해. 형 어디 갔어?"

"몰라요."

내가 고개를 좌우로 흔들며 말했다.

"너 이 새끼 죽고 싶어? 바른대로 말하지 않으면 쏜다."

경찰 하나가 가슴에 총을 겨누며 말했다. 하지만 나는 눈을 질끈 감고 "몰라요!" 하고 더욱 큰 소리로 말했다.

순간 귀청이 떨어져 나갈듯한 총성이 울렸고 눈을 떠보니 맞은편 논배미에서 먼지가 일었다. 발 앞에는 탄피가 떨어져 있었고 때맞춰 엄마가 바구니를 겨드랑에 끼고 골목 입구에 나타났다.

"엄마!"

나는 벌떡 일어나 엄마의 치맛자락을 잡고 울부짖었다. 엄마는 격분한 나머지 바구니를 땅에 내려놓고 치마끈을 질끈 동여매고는 경찰한테 삿대질을 하며 대들었다.

하지만 끝내 형은 특무대사람들에게 붙잡혀 갔고, 우리 집은 만신창이가 되었다. 형이 군 형무소에 갇히게 되자 부모들은 그동안에도 무마용으로 여기저기 상납을 서슴지 않다가 아들을 빼내기 위해 얼마 남아있지 않은 전답을 마저 팔아댔기 때문이다. 당연히 나에게도 불똥이 튀었고 앞길에 먹구름이 끼기 시작했다.

방황이 시작되었고, 절망은 날이 갈수록 깊어만 갔다. 두어 번 가출도 해봤다.

S시에 있는 국제양복점은 하마터면 내 첫 직장이 될 뻔했다.

삼거리 주막집 앞 버스 승강장에서 동네 형을 만났다.

"너 어디 가니?"

동네 형이 반갑다는 듯이 악수를 청하며 다정하게 물었다. 그는 서울에 가서 취직을 해 살고 있었는데 설에 고향에 내려왔다가 돌아가는 모양이었다.

"부산에요. 부산에 외삼촌이 살고 있거든요."

거기서 그를 만나지 않았더라면 아마도 나는 지금 부산에서 둥지를 틀고 있을지도 몰랐다.

희붐하게 날이 밝아오자 사람들이 하나둘 윤곽을 드러내며 버스 승강장 앞으로 모습을 드러내기 시작했다. 추운 봄날 새벽이었다. 대부분의 사람들은 설이 지나고 새해가 시작할라치면 뭔가 새로운 일을 시도해보려는 욕구가 샘솟곤 했다. 나도 그중의 하나였고 기회가 오자 지체하지 않았다. 아직 먼동이 트기 전 아버지가 변소에 가고 없는 틈을 타 그동안 정들었던 아버지의 집을 미련 없이 등졌다.

별빛이 총총한 가운데 이지러진 달이 희미하게 골목을 비추고 있었고 나는 사립문을 조심스럽게 밀치고 나서 발걸음을 죽여 가며 집을 나왔다. 사실 이렇다 하게 갈 곳이 정해져 있는 것은 아니었다. 집을 떠나야겠다는 생각은 오래전부터 하고 있었다. 그러나 손에 가진 것이 없어 차일피일 미루고 있던 터에 마침 집에 돈이 갑자기 생기는 바람에 그걸 훔쳐 방향 없이 집을 나왔기 때문이다.

아버지가 전날 오일장에 가서 송아지를 팔아 마련한 것으로 작은형 장가보낼 돈이었다. 그 돈은 천장에 매달아 놓은 아버지의 전용 갓집 안에 들어있었고 아버지가 자리를 비운 사이 그걸 훔쳐 달아났다. 십여 리 길을 도망쳐오면서 생각한 끝에 우선 부산으로 가보자고 마음을 정했다. 도시에 사는 친척이라고는 부산 영도에 사는 외삼촌밖에 없었고 일단 거기라도 가서 삼촌께 일자리를 부탁해 볼 심산이었다.

"너 집 나왔지?"

그가 웃으며 말했다. 그러고는 얘기를 듣고 나서 부산 외삼촌한테 찾아가 봤자 별 뾰족한 수가 없을 거라며 자기를 따라 서울로 가자고 했다.

"내가 취직시켜줄게. 서울이 부산보다 훨씬 크고 좋다."

그의 말을 듣고 보니 무작정 부산으로 가는 것보다는 서울로 가는 게 더 나을 성 싶었다.

"정말이요? 좋아요. 그럼 같이 갈게요."

그제야 나는 한숨을 돌리며 마음을 좀 놓았다. 하지만 서울은 구경도 못 해본 채 사흘도 못 가 집으로 되돌아가야만 했다. 순천에서 하룻밤 머물렀던 게 화근이었다. 집에서 나를 찾아나선 작은형한테 붙들리고 말았다. 동네 형이 처가가 있는 순천에서 하룻밤 자고 가자고 해서였다. 시내구경이라도 한다며 밖으로 나갔다가 하필이면 나를 찾아 거리를 어슬렁거리고 다니는 작은형 눈에 뜨였기 때문이다.

우연치고는 너무 잔인한 우연이었다. 형은 생각 밖에 너무 쉽게 나를 찾게 되자 싱글거리며 다가왔지만 나는 땡감 씹는 얼굴이었다. 그렇게 해서 첫 번째 가출은 실패로 끝나고 말았다. 하지만 작은형은 내게 한 약속을 지켰다. 그냥 데리고 가기가 미안했던지 부모님에게 말씀을 잘 드려서 도시로 내보내주겠다는 약속이었다.

마당발인 동네 형의 장인 영감은 아는 사람이 많은 것 같았다. 3일 만에 되돌아온 나를 저녁식사자리에서 이모저모로 뜯어보더니 "내가 취직시켜줄게. 서울까지 갈 필요 없다." 하고 자신 있게 말했다. 그리하여 나는 동네 형의 장인 영감 덕택으로 어렵지 않게 소위 취직이란 걸 할 수 있게 되었는데, 그런데 그게 요즘 흔히 말하는 임시직도 인턴직도 아닌 견습사원으로서였다.

김 회장이 취직을 시켜주겠다며 맨 먼저 데리고 간 곳은 검찰청이었다. 검찰청에 아는 사람이 있으니 잘하면 사환으로 취직이 될 수 있다는 말에 희망을 걸고 따라갔다. 나는 아침 일찍 회장님의 뒤를 바짝 따라가면서 비록 사환일지라도 힘 있는 곳에 있게 된다면 그럴 듯해 보여 벌써부터 어깨에 힘이 들어가 있었다. 잘하면 야간으로라도 진학을 할 수 있을 것 같았고 나중에 그쪽 방향으로 진출할 수도 있지 않을까 해서였다.

내 꿈은 원래 작가였다. 초등학교 2학년 때 형을 따라 동네 사랑방에 놀러 갔다가 방에 굴러다니는 『죽음의 승리』라는 소설책을 보고 갖게 된 것이었다. 물론 그 책을 다 읽어보진 않았지만 '이런 책을 쓰는 사람은 얼마나 훌륭한가.' 하는 생각이 들었기 때문이다.

그러나 초등학교 4학년 때 우선 학교 선생이 되기로 맘먹고 사범학교 병중에 가기로 했다. 형이 담임선생님에게 알아보니 그 실력은 충분히 된다고 해서였다. 그리하여 5학년으로 올라갈 때는 6학년으로 월반하려고까지 했으나 그때 형이 특무대 사람들한테 붙잡혀가는 바람에 포기하게 되었고 진학의 길도 막히고 말았다.

하지만 하필이면 그때 검찰청에는 아는 사람이 자리를 비우고 없어 그 사이 두 번째 찾아간 곳이 양복점이었다. 시내 중앙로에 있는 양복점은 건물도 깔끔했고 인심 좋아 보이는 양복점 사장은 두말없이 앉은 자리에서 내일부터 출근해도 좋다고 말했다. 그리하여 나는 운 좋게 가출을 시도한 지 일주일도 안 돼 직장을 나가게 되었고 그렇게도 그리던 도시생활을 시작하게 되었다.

나는 양복점에서 도보로 40여 분 거리인 동네 형의 처가가 있는 풍덕동에서 하숙을 하며 아침마다 도시락을 싸들고 양복점에 출근을 했다. 쌀은 집에서 부쳐주었고 하숙집에서는 쌀만 받고 하숙을 시켜주었는데 그 집 아들인 초등학교 5학년생의 과외를 시켜주기로 한 조건이었다.

풍덕동은 중앙로에서 서남쪽으로 3km쯤 떨어진 들판 한가운데 있었는데 나는 아침 일찍 보리가 파릇파릇 자라는 논둑길을 지나고 경전선 철길을 넘어 시내로 들어 다녔다.

양복점에서 내게 주어진 일은 주로 잔심부름을 하는 정도였다. 사장님과 재단사 둘이 근무하는 1층 가게와 재봉사 10여 명이 일을 하고 있는 2층 공장을 오르내리며 심부름 하기, 양복점과 걸어서 5분 거리인 명찰집을 오가며 양복 안감에 이름 박아오기, 양복점과 도보로 10분 거리인 사장님 댁을 오가며 심부름 하기, 매일 오후 2시쯤에는 장바구니 들고 사장님 사모님 따라다니며 시장 봐오기 등이었다.

재봉사들 중에는 집에서 출퇴근하며 도시락을 싸오는 사원들도 더러 있었지만 대부분의 총각 사원들은 양복점 2층에서 합숙을 하며 사장님 댁에 가서 식사를 했다.

견습공은 둘이었으나 사모님은 시장에 갈 때마다 꼭 나를 데리고 다녔다. 중년의 미모에 치마를 즐겨 입고 다니신 사모님한테서는 향내가 났고 곁에서 장바구니를 들고 따라다녀도 싫지는 않았지만 나는 그런 판에 박은 생활이 애초에 생각했던 것과는 거리가 너무 멀어 차츰 양복점 다니기가 싫어졌다. 견습공이라는 게 재봉사 밑에서 잔심부름을 하며 눈치껏 기술을 익혀도 쉽지 않을 판인데 하루 종일 재봉일과는 거리가 먼 일에만 심부름을 하다 보니 자괴감마저 들어서였다.

더욱이 아침저녁으로 걸어서 40여 분 거리를 도시락을 싸들고 칼바람을 맞으며 출퇴근을 하면서 풀빵집 앞을 지날 때마다 빵이 먹고 싶어도 그것 하나 사 먹을 돈이 없어 참혹한 심정이었다. 빵집 앞에 전시된 피라미드같이 삼각형으로 된 빵은 보기만 해도 군침이 돌았기 때문이다. 결국 나는 가출을 시도한 지한 달여 만에 '도시여, 안녕!' 하고 집으로 되돌아오고 말았다.

그렇듯 희망의 땅에 뿌리를 내려 보려고 안간힘을 써 봤지만 실패하고 말았다.

아무리 눈을 씻고 둘러봐도 내 주위에는 초원은커녕 부드러운 흙 한 줌 보이지 않았고, 강물은커녕 실개천 하나 흐르는 소리도 들리지 않았다. 일 년 열두 달 목을 빼고 쳐다봐도 내가 있는 곳에서는 따사로운 햇볕 한 줄기 들어오지 않았고, 그렇게 날이 가고 달이 가고 해가 바뀌어도 나의 씨앗은 도무지 발아할 줄을 몰랐다.

그러던 어느 날이었다.

대체로 시골에 영화가 들어오는 날 밤에는 꼭 한두 차례 패싸움이 벌어지곤 했는데 그날도 예외는 아니었다. 그날 밤 마을에 있는 초등학교 교정에서 친구 놈들과 어울려 영화를 보고 있었다. 〈홍도야 우지마라〉 뭐 그런 종류의 영화였다. 운동장 한쪽에 설치한 가설극장에는 관객들로 초만원을 이루었고, 처녀 총각들은 모처럼 맞이한 기회를 놓칠세라 상대방 훔쳐보기에 여념이 없었다. 한참 신나는 장면이 나오고 있을 때였다.

"아이, 왜 이래요?"

어디선가 여자의 앙칼진 소리가 들려왔다. 나는 또 어떤 놈팡이가 시작하는구나 생각했다. 그런 경우는 왕왕 있었기 때문이다. 뒤쪽 어둑한 곳에서 처녀애들을 떼거리로 등허리를 민다든가 발목을 걸어 넘어뜨려 놓고서는 도와주는 척하고 일으켜 세우며 볼록한 가슴을 만진다든가 치마 속을 더듬는 그런 짓 말이다. 처녀애들도 겉으로는 소리를 지르며 싫어하는 것 같지만 속으로는 좋아하는 편이었다. 그런데 이번만은 아닌 것 같았다.

"이런 쌍년 봐. 너 죽고 싶어?"

남자의 굵직한 바리톤 소리가 장내에 메아리쳤고, 연이어 아우성이 들려왔다. 난투극이 벌어진 것이다.

사단은 읍내 시장 바닥에서 굴러먹다 온 건달 녀석들이 동네

처녀애들을 집적거리는 데서 비롯된 것이었다. 건달 중 하나가
보라는 영화는 안 보고 애매한 한 처녀애의 젖가슴만 못내 만
지작거렸다는데, 참다못한 그 처녀애가 녀석의 뺨을 한 대 후
려쳤고, 녀석은 그녀의 턱주가리를 날려버렸다.

그렇잖아도 발가락이 근질근질해서 어디 한 건 없을까 하
고 찾고 있던 동네 똘마니들은 마침 잘됐다싶어 단번에 한바
탕 붙고 말았다. 동네마다 태권도 붐이 한창이던 때였고 도시
에서 사범을 불러다가 배운 덕에 기초실력은 어느 정도 갖추어
져 있어서였다.

그러나 기술적으로 한 단계 아래인 동네 똘마니들로서는 그
들을 당해낼 재간이 없자 마침내 아무 집에나 들어가 부엌칼이
나 낫 같은 연장을 들고 나와 휘둘렀는데, 급기야는 일을 저지
르고 말았다. 뚝심만 믿고 대들었다가 낭패를 당한 한 똘마니
가 그만 칼로 상대의 급소를 찌르고 말았기 때문이다.

곁에서 조금 거들었던 나 또한 수배자의 명단에 오르고 말
았다.

처음에 나는 싸움에 끼어들려고도 하지 않았다. 동네 사람
들이 보는 앞에서 치고 박고하는 게 어딘가 볼썽사나워 보였
고, 또한 매양 그렇듯 패싸움이란 게 끝이 좋지 않아서였다. 언
제나 약삭빠른 놈들은 일을 저질러 놓기가 바쁘게 뒤로 빠지고
꼭지가 약간 덜 떨어진 듯해 보인 아이들만 남아서 뒤치다꺼리
를 하다가 걸려들기 십상이었다.

그렇다고 나는 마냥 그 자리에서 팔짱을 끼고 구경만 하고
있을 수는 없었다. 하필이면 그때 바로 곁에 임경주가 있어서였

다. 그날따라 파란 원피스에 빨간 스웨터를 걸치고 있는 그녀가 그렇게 귀여워 보일 수가 없었는데, 사람들 사이에 끼어 구경을 하고 있던 그녀가 나를 쳐다보며 비웃기라도 하듯 싱글싱글 웃기까지 했던 것이다. 진짜 사나이라면 이런 기회에 좋아하는 여자 앞에서 어떻게 행동해야 하는 지쯤은 알고 있는 법이다.

나는 별다른 생각 없이 도망가고 있는 상대방 사내를 쫓아가 다리를 걸어 넘어뜨리고 말았다. 단지 그것뿐이었다. 계속 달려들어 발길질을 했다든가 주먹을 휘두르지는 않았다는 말이다. 내겐 아무런 원한이라든가 보복 따위의 감정은 없었기 때문이다.

그러나 그것이 결정적인 요인이 되고 말았다. 바로 곁에서 안면 강타를 당하고 코뼈가 부러져 넘어져 있던 대근이란 놈이 발딱 일어나 단도로 그만 쓰러져 있는 상대의 급소를 내리꽂았기 때문이다. 그 녀석은 평소에도 바짓가랑이 속에다 단도를 차고 다니다 걸핏하면 끄집어내어 아이들에게 겁을 주곤 했는데 기어코 일을 저지르고 만 것이다.

도피 행각이 시작되었고 며칠 후, 동네 사랑방에서 머슴들 사이에 끼어 자다가 밤중에 경찰에 붙잡혀 갔다. 지서와 경찰서를 넘나들었고, 5·16 이후 깡패소탕작전으로 서슬이 시퍼레진 수사과 형사들에게 밤중에 현장에서 붙들려온 매춘부들과 뚜쟁이들과도 함께 수사를 받으며 인간 이하의 수모를 당했다.

세상이 싫어지기 시작했고, 한동안 어딘가로 가서 묻혀 지내고 싶었다. 누가 그러는데 파묻혀 지내기는 절만한 곳이 없다고 했다. 거기 가면 젊은 스님들뿐만 아니라 고시 공부하는 학생들도 많아 외롭지도 않을뿐더러 분위기가 그만이라고 했다.

몇 곳을 알아보았고, 그중에 택한 것이 불암사였다. 이왕이면 비구니들도 있는 절이 좋을 것 같아서였다. 거기 가서 몇 년 동안 머물며 읽고 싶은 책이라도 실컷 읽고 글을 쓰고 싶었다. 가슴에 응어리져있는 감정의 편린들을 유루없이 드러내보고도 싶었다. 왜 그런지 내게는 세상살이에 대해 이야깃거리가 많은 것 같았고, 무슨 이야기든지 한번 시작하면 끝이 없을 것 같았다.

그때처럼 '존재와 환경'에 대해서 깊이 생각해본 적이 없었고, 삶에 대한 회의를 가져본 적도 없었다. 책은 그동안 사 모았던 세계문학 전집 십여 권과 초등학교 졸업식 때 교육감 상으로 받은 국어대사전을 골랐다.

결국 나는 아버지의 집을 떠나기로 했다.

절은 그런대로 마음에 들었다. 청계산 남쪽 자락에 다이아몬드형으로 배치된 절은 크고 운치가 있었으며, 빼어난 경관에 공들여 가꿔 놓은 수목과 기화요초가 경탄을 자아내게 했고, 젊은 중들이 많아서 외롭지도 않을 것 같았다.

그러나 기대를 하고 갔던 비구니들은 자취를 감추고 없었다. 그래서였을까? 그날 불암사에서는 이색적인 광경이 연출되고 있었다.

사찰경내는 확성기가 곳곳에 설치돼 있었고, 거기서 흘러나오는 소리가 대웅전에서 들려오는 목탁소리와 뒤섞여 마치 시장바닥을 방불케 했다. 한쪽에서는 경건하게 스님의 염불소리가 들려오는가 하면 한편에선 선거 유세장을 방불케 하는 선동적인 목소리가 들려오곤 해서였다.

"전국 각처에서 왕림하신 친애하는 선남선녀 여러분……."

자주색 넥타이에 회색 싱글로 말쑥하게 차려입은 삼십 대 초
반의 사내가 마이크 앞에 서서 연설을 하기 시작했다. 사람들
이 하나둘 대웅전 앞마당으로 모여들었고, 벌써부터 마당 가운
데에서 탑돌이를 하거나 법당을 기웃거리고 돌아다니며 구경을
하고 있던 사람들까지도 고개를 돌리고 귀를 기울였다.

대웅전과 설선당 사이 좌측코너에 자리 잡은 임시연단에는
사내외에도 조각처럼 단정한 몸매의 20대 여성이 미니스커트
차림으로 메모지를 들고 뒷자리에 서 있었다. 그녀는 생긋생긋
웃으며 청중의 반응을 살피고 있다가는 사내가 목소리를 높이
거나 말을 끊고, 대중을 바라볼 때마다 박수를 치며 청중의 호
응을 유도했다. 사내는 간간이 터져 나오는 박수 소리에 고무되
어 목소리를 높여가며 연설을 계속했다.

"그동안 여러분의 이맛살을 찌푸리게 했던 볼썽사나운 모습
들은 이제 더 이상 청정도량(淸淨道場)인 이곳 불암사에서는 찾
아볼 수 없게 되었습니다. 문제의 비구니들이 자취를 감추고 말
았기 때문입니다. 함께 기뻐해 주십시오. 여러분."

여기저기서 우레와 같은 박수가 터져 나왔고 머리에 만자기
를 질끈 동여맨 어떤 젊은 사내는 벌떡 일어나 연단 앞으로 뛰
어가더니 "대처승 파이팅!" 하고 주먹을 불끈 쥐고, 팔을 높이
쳐들기도 했다. 사내가 연설을 끝내고 뒤로 서너 걸음 물러서자
이번에는 뒤에 서 있던 여자가 마이크 앞으로 나왔다.

"비구니들은 이제 다시는 이곳에 발을 들여놓을 수 없게 되

었습니다. 우리가 재판에서 완전히 승리를 거두었기 때문입니다. 경애하는 선남선녀 여러분, 우리는 금번 초파일을 맞이해서 완전히 새롭게 태어난 불암사의 모습을 여러분에게 보여드리게 되어 기쁘기 한량없습니다. 여러분."

두 사람은 번갈아 연단을 오르락내리락하며 연설을 하고 있었고 신도들은 그때마다 "옳소!" 하고 박수를 치거나 "나무아미타불 관세음보살." 하고 합장을 하며 화답을 했다.

경내는 인산인해를 이루었고, 백여 명쯤 들어설 수 있는 대웅전 앞마당은 연설을 듣거나 탑돌이를 하느라 신도들로 입추의 여지가 없었다.

일주문 밖에는 노점 상인들이 진을 치고 있었고, 젊은 학인들은 그들을 주차장 밖까지 밀어내느라 안간힘을 썼다. 흡사 무협영화 속에 나오는 사람들처럼 알통 머리에 웃옷을 벗어젖히고 바지춤을 드러내며 러닝셔츠 바람으로 기다란 대나무 빗자루 하나씩을 들고 길을 쓸거나 장사꾼들에게 삿대질을 해대며 경계선 밖으로 사정없이 밀어내고 있었던 것이다.

나는 사촌인 진석이와 함께 경 내외를 돌아다니며 구경을 하면서도 젊은 학인들을 눈여겨보기 시작했다. 앞으로 그들과 한 솥밥을 먹으며 어울리려면 똑똑한 애들이 많아서도 안 좋지만 그렇다고 머저리 같은 애들만 있어도 곤란하기 때문이다.

진석이는 읍내에서 중학교에 다니고 있었는데 내가 결석계를 써주고 데리고 왔다. 꽤 똑똑해 뵈고 호감이 가는 중들도 더러 있었다.

"진석아, 이런 데 와서 한 이삼 년쯤 파묻혀 지내는 것도 꽤

찮겠지? 독서도 하며 그동안 밀렸던 공부도 좀 하고 말이야. 안 그래?"

"아, 형 중노릇하고 싶어서 그러는구나. 내 말 맞지? 그럼 좋다 뿐이겠어? 나도 당장 학교 때려치우고 이런 데 와서 지내고 싶은걸……."

나는 사촌과 함께 손을 잡고 길 양옆에 벌려놓은 노점 상인들의 좌판을 들여다보기도 하고 우거진 녹음 사이로 도로를 따라 오가는 사람들의 면면을 살펴보기도 하며 승선교 아래까지 내려갔다가 설선당으로 되돌아갔다. 아까부터 등을 접수하기 위해 거기서 순서를 기다리고 있는 어머니와 고모가 궁금해서였다.

10시가 조금 넘어 숙소로 배정된 응진전 옆 큰방으로 갔다. 영화는 목련존자의 일대기를 다룬 것으로 그런대로 볼만했다. 절은 이제 목탁소리 하나 없이 조용했다. 방에는 사람들이 제멋대로 드러누워 있는 가운데 군데군데 놓여있는 서너 개의 촛불이 은은한 빛을 발하며 사람들의 얼굴을 복숭앗빛으로 물들이고 있었다.

우리도 가만가만 안으로 들어가 중간쯤에서 자고 있는 어머니와 고모 곁으로 가 옷도 벗지 않고 맨방바닥에 드러누웠다. 이불을 덮지 않아도 될 만큼 방바닥은 따뜻했고, 공기는 후텁지근했다. 등허리에 온기가 전해지자 온몸이 노곤해진다.

한 방에 20여 명쯤 들어 있다 보니 공기는 탁한 데다 시끄럽고 어수선했다. 먼 길을 와서 고단한 나머지 일찍 곯아떨어진 사람이 있는가 하면 모로 누워서 눈만 감고 도란도란 얘기하는 사람들도 있었다. 발 고린내와 방귀 냄새가 뒤섞여 시금털털하고 고리타분한 냄새가 진동을 했다. 지정된 자리가 없다 보니 아무 사람이나 빈자리에 끼어서 자도 누가 뭐라고 하는 사람 없었고, 끼리끼리 편한 데로 아무렇게나 드러누워 있다 보니, 잘못 돌아다니다가는 머리통을 밟기가 십상이었다.

이불도 없이 옷 입은 그대로 누워 잠을 자다 보니, 대부분의 여자들은 새우처럼 몸을 웅크린 채 옆으로 누워 잤다. 물론 남녀 방이 따로 구분되어 있긴 했으나 우리처럼 가족이 같이 온 경우는 남자들도 여자들 틈에 끼어 같이 자도 괜찮았다.

잠이 쉽게 오지 않았다. 그러잖아도 마음이 싱숭생숭하던 터에 밤이 이슥하도록 숲 속 어딘가에서 들려오는 두견새 소리가 마음을 흔들어 놓았다. 피를 토하며 우는 듯한 두견새 소리는 듣기가 싫으면서도 마음을 끌어당기는 묘한 힘을 가지고 있어서 남의 애간장을 녹이기에 충분했다.

희미하게 목탁소리가 들려온다. 밤새껏 주황빛 불꽃을 피우며 어둠을 몰아내기 위해 안간힘을 쓰고 있던 촛불도 눈물처럼 촛농을 촛대 위에 하얗게 떨어뜨리며 바닥에서 얼마 남지 않게 타고 있다. 숲에서는 새소리 하나 들려오지 않았고 방에서도 코 고는 소리가 일제히 잦아들었다.

"따르륵 딱, 따르륵 딱." 목탁소리가 점점 가까워지고 있었고, 덩달아 염불소리도 들려온다.

"신묘장구대다라니 나모라 다나 다라야아 나막알약 바로기

재 새바라야 모지사다바야 마하사다바야 마하가로니가야 옴
살바 바예수 다라나 가라야……."

조금은 카랑카랑하면서도 비음인 스님의 도량석 소리가 구
슬프게 들려온다. 나도 이제 서서히 일어날 준비를 했다. 몸이
뻑적지근하며 전신에 힘이 하나도 없었다. 전날 사십여 리 길을
걸어오면서 공양미 10kg 쌀자루가 든 배낭을 메고 왔더니 어깨
가 빠개질 것 같이 아팠다. 목탁소리가 크게 들렸다 가는 점점
잦아들었고 절은 다시 정적이 감도는가 싶더니 이윽고 "둥둥둥
둥" 하고 북소리가 들려오기 시작했다.

이어서 "둥―" 하고 종소리가 울려 퍼지고 쇳소리와 목어 울리
는 소리가 연이어 들리더니 이윽고 법당에서 벌들이 윙윙거리
는 것 같은 스님들의 예불 드리는 소리가 났다. 시계는 4시 반
을 조금 지나고 있었고 나는 다시 눈을 감았다.

예불이 끝나고 스님들이 처소로 돌아가는 발걸음 소리가 들
린다. 나는 그제야 가만히 자리에서 몸을 일으킨다. 몸이 찌뿌
드드하고 머리가 띵하니 아팠으나 더 이상 미적거리고 있을 수
만은 없었다. 주지스님을 만나 뵈어야 했다. 행사관계로 바쁜
스님을 뵐 기회는 아침 시간밖에 없었고 나는 오늘 중으로 집
으로 돌아가야 해서였다.

어머니와 고모는 아직도 세상모르게 잠들어 있었고, 진석이
는 어린애마냥 모로 누워서 고모 가슴팍에 손을 올려놓고 있었
다. 어머니가 꿈을 꾸는지 얼굴을 실룩이며 모로 돌아눕는다.
고모는 방이 더워서 그런지 옷고름을 반쯤 풀어놓아 하얀 가슴
이 훤히 드러나 보인다. 나는 옷고름을 묶어 고모 가슴을 덮어

주고 나서 서둘러 신발을 찾아 신고 문을 열고 밖으로 나왔다.

새벽 공기가 싸하니 차다. 하늘은 구름 한 점 없이 맑았고 별들은 하나둘 자취를 감추기 시작한다. 나는 설선당을 향해 팔상전 앞뜰을 가로질러 가면서도 주지스님이 쾌히 받아 줄 것인지 조금은 불안했다. 쉽게 거절은 당하지 않으리라는 자신감이 들긴 했으나 만약의 경우도 생각에 두지 않으면 안 되었다.

사실 비구니들도 떠나고 없는 마당에 꼭 이 절만 고집할 필요는 없었다. 유명하기로는 산 넘어 불광사도 있고, 구례 화엄사도 있다. 합천 해인사면 또 어떤가.

나는 좀 더 마음의 여유를 가지고 면담에 임해보리라 생각했다. 주지스님 방은 설선당 내 대청마루 옆에 있었다. 방에는 불이 켜져 있었고 인기척만 있을 뿐 별다른 소리는 들리지 않았다.

나는 숨을 고르기 위해 잠시 토방 위에 서서 주위를 둘러봤다. 섬돌 아래는 장명등이 희미하게 빛을 발하고 있었고, 맞은편 주방과 부엌에는 불이 훤히 켜져 있는 가운데 젊은 스님들과 보살들이 반찬을 장만하고 밥을 짓느라 부산한 모습들이었다.

똑똑. 나는 신발을 벗고 마루 위로 올라가 방문을 두드렸다. 안에서 누구냐고 물었고 나는 "주지스님 좀 뵈러 왔습니다." 하고 말했다. 방에서 다시 무슨 일이냐고 물었다. 나는 "승려생활에 관해 좀 여쭤보려고 왔습니다." 하고 공손하게 말했다.

잠시 후, 안에서 들어오라는 말이 떨어졌다. 나는 옷깃을 여민 다음 방문을 열고 허리를 반쯤 꺾어 예를 표한 후 안으로 들어갔다. 스님은 아랫목에 앉아 계셨고. 방에서는 향냄새가 물씬 풍겼다. 네댓 평쯤 되어 보이는 방에는 자그마한 문갑 외에 다른 가구라곤 일절 눈에 뜨이지 않았다. 벽에는 상반신만 보이는 거울과 괘종시계가 걸려 있었고, 맞은편 벽에 장밋빛 가사와 잿빛 장삼이 나란히 걸려 있었다.

짱구머리처럼 앞뒤 꼭지가 툭 튀어나온 주지스님은 오십 대 초반쯤 돼 보였고, 반가부좌를 하고 앉아 단주를 굴리며 나를 찬찬히 쳐다보았다.

나는 무릎을 꿇고 이마가 땅에 닿도록 절을 했다. 주지스님이 머리를 두어 번 끄덕거렸고 나는 절을 마치고 나서 윗목에 무릎을 꿇고 앉아 간단히 자기소개를 한 다음 찾아뵙게 된 사유를 말씀드렸다.

"그래, 중노릇을 하겠다고……?"

묵묵히 귀를 기울이고 있던 스님이 얘기를 다 듣고 나서 왼손 엄지손가락으로 딱딱 소리가 나게 호두알을 굴리며 물었다. 자주색 방석 위에 반가부좌로 단정히 앉아있는 스님은 언젠가 그림으로 보았던 달마대사와 모습이 비슷했다. 보통 키에 얼굴이 둥글넓적하고 배가 나왔으며 눈썹이 길었다.

"그렇습니다. 주지스님."

나는 고개를 반쯤 숙이며 대답했다.

"중노릇이 밖에서 보듯 그렇게 신선한 것만은 아니야……. 때론 군대보다 더 힘들 때도 있다구. 그런 걸 다 감당할 수 있겠는가?"

스님의 목소리가 한 옥타브 더 올라갔다.

"할 수 있습니다. 주지스님."

나는 주먹을 불끈 쥐고 주지스님을 똑바로 쳐다보며 대답했다. 스님은 느긋한 눈빛으로 바라보며 고개를 두어 번 끄덕였고, 그제야 나는 마음을 조금 놓을 수 있었다. 그 정도에서 간략하게 면담이 끝난 것은 순전히 고모 덕이었다. 고모가 잘 아는 보살을 통해서 미리 손을 써두었기 때문이었다.

집으로 돌아온 나는 3일 만에 보따리를 싸들고 산으로 들어가고 말았다. 아버지에게는 절에 가서 공부를 좀 하고 오겠다고만 말씀드렸다. 읍내 장터거리에 들려서 광목 한 필을 떠다가 고모네 집에 가서 먹물을 들여 중 옷을 지어 입고 머리를 깎고는 절로 들어간 것이다.

아침 일찍 고모의 전송을 받으며 그 집 대문을 나설 때는 군대라도 가는 기분이었다. 5월은 여행하기에 좋은 계절이었다. 날씨는 화창했고 산과 들은 꽃이 만발했다. 하지만 입산하기 위해 절로 향하는 두 모자(母子)의 발걸음은 가볍지가 않았다. 고개를 넘어서자 큰길이 나왔지만 지름길로 가기 위해 산길로 접어들었다. 나무꾼들이 주로 다니는 길이었다. 첩첩산중에 둘이서 걷는 길은 적적하기만 했다. 좁은 길로 가다 보니 길에서 만나는 사람도 없었고 갈림길이 나와도 길을 물어볼 사람 하나 없었다.

절에서 돌아올 때의 기억만 믿고 무턱대고 샛길로 들어서 봤으나 좁고 울퉁불퉁한 산길은 좀체 끝날 줄을 몰랐다. 몇 번이나 왔던 길로 되돌아 나왔는지 모른다. 가도 가도 평탄한 길 하나 없는 삼십 여리 산길은 결코 만만치가 않았다. 호젓한 산모퉁이를 굽이굽이 돌아가면서 어머니는 시종 눈물로 옷고름을 적셨다.

"어이구 내 새끼, 어이구 내 새끼. 부모 잘못 만내가지고 학교도 제대로 못 댕기고 맨날 나쁜 새끼들하고만 휩쓸려 댕기드만……."

어머니는 평소에도 죄지은 것 없이 자식에게 미안한 표정을 감추지 않았는데 그날은 더했다. 나는 반대로 언제나 버릇없이 엄마에게 함부로 말을 했고, 그럴 때마다 엄마는 당연하다는 듯이 감내했다. 하지만 그날만큼은 나도 엄마를 위로하고 싶었다.

"엄니, 너무 걱정하지 마. 이래봬도 난 독한 놈이야. 한번 한다고 하면 끝까지 한다고. 너무 오래 있지는 않을 거야. 언젠가는 성공해서 엄니를 기쁘게 해줄 날이 있을 테니까 건강하게 오래만 살아. 알았지?"

나는 엄마의 손을 꼭 쥐고 한동안 놓지 않았다.

산마루에서 어머니와 아들은 풀밭에 나란히 앉아 오랜만에 속에 있는 얘기를 했다. 멀리 계곡 사이로 띄엄띄엄 초가집들이 보이고 맞은편 언덕바지에서 느리게 황소 우는 소리가 들렸다. 어머니가 치맛자락으로 얼굴을 훔치고 나서 조금은 진정이 된 듯 아들의 손을 꼭 잡았다.

"그래, 지성이면 감천이란다. 니가 그렇게 할라고 허는디, 설마 하느님도 무심하지는 않으시겠지. 네 뜻이 정 그렇다면 군대 가기 전까지만 한 이삼 년 정도 있다가 나오니라. 그동안 주지스님 말씀 잘 듣고……."

나는 어머니의 앙상한 손을 꼭 쥐고 입술을 깨물었다. 그러고는 먼 산을 바라보며 만약 글을 쓰게 되면 맨 먼저 어머니를 기억하리라 다짐했다.

색즉시공

    객실에서 혼자 입산 첫 밤을 보낸 후, 옆방에 들어 있는 어머니에게로 가 아침 식사를 같이 하는 것을 끝으로 모자(母子)는 헤어졌다. 나는 짐을 챙겨 맞은편 대청마루 끝에 있는 행자들 방으로 옮아갔고, 어머니는 주지스님에게 인사를 하고는 오던 길로 되돌아갔다. 겉으로 드러내 말은 안 해도 어머니가 몇 번이나 고개를 숙여 인사를 하는 것을 보니, 자식을 잘 부탁한다는 말을 수없이 하고 있는 것 같았다.

    나는 산길로 들어선 어머니를 따라 30분 거리의 길상암까지만 배웅을 했다. 어머니가 몇 번이나 뒤를 돌아다보며 어서 돌아가라는 손짓을 했으나, 나는 한 발자국도 옮기지 않고 그 자리에 서서 어머니의 하얀 옷자락이 나무 사이에서 사라질 때까지 지켜보고 있다가는 발길을 돌렸다.

나는 어려서부터 어머니의 극진한 사랑을 받고 자랐다. 네 살 터울의 동생이 태어나자 잠시 사랑을 나눠 가졌다가 동생이 두 살 때 홍역을 치르다 돌연히 죽는 바람에 다시 사랑을 독차지했고, 초등학교 들어갈 때까지 어머니의 젖을 먹었다.

"야, 이놈아. 옛날에 어떤 녀석이 산에 가서 나무를 한 짐 해 가지고 와서도 젖을 먹었다고 하더니 네가 그 짝이 났구나."

엄마는 엉덩이를 철썩 한 대 때리고 나서 쟁반만한 젖을 꺼내 입에 물려주곤 했다. 그래서였을까? 나는 어려서부터 어머니를 그림자처럼 따라다니기를 좋아했고, 어머니 또한 나를 데리고 다니기를 싫어하지 않았다. 어머니의 손을 잡고 외가에 가고 누나들 집에 가는 것들이 선히 떠올랐다.

산사의 생활은 생각했던 것처럼 그렇게 적적하지는 않았다. 큰 절이다 보니 절 식구들이 많았고, 고시공부 하는 학생들도 적지 않아 식사 때만 되면 식당은 늘 만원이었다. 식당이라고 해야 스님들은 큰방에서 발우공양을 했고, 학생들도 겨울철을 제외하고는 주로 대청마루에서 식사를 했다. 관광객들이 시도 때도 없이 많이 찾아들었고, 손님들도 적지 않아 객실도 비어 있는 경우가 드물었다. 때문에 나는 입산 첫날부터 부엌으로 보내졌고, 소맷자락을 걷어 올리고 식사준비를 거들어야 했다.

점심 공양이 끝난 후 잠시 쉬는 시간을 틈타 절을 한 바퀴 둘러보았다. 맨 위 꼭대기에 있는 산신각에서부터 맨 아래 감 꼭지처럼 앙증맞게 서 있는 일주문에 이르기까지 다이아몬드형으로 배치된 가람(伽藍)은 건물과 공간이 종횡으로 질서를 이루며 잘 어우러져 있었다. 마치 학이 날개를 펴고 하늘을 날아가는 형국이라고나 할까, 주봉인 장군봉을 중심으로 가파르게 뻗어내려 온 산세를 등에 업고 청계산 자락에 남향받이로 들어앉아있는 절은 명당임이 분명해 보였다. 앞이 훤히 내다보이고, 양쪽 옆구리에 작지 않은 개울을 끼고 있어 물 흐르는 소리가 경내에서도 들리며 자연과도 조화를 이루고 있어 그런대로 맘에 들었다.

서서히 땅거미가 지기 시작했다.

나는 그릇을 씻어 건조대 위에 올려놓고, 소맷자락을 내리며 뒷문을 빠져나왔다. 경내를 산책하기 위해서였다. 하루가 정신없이 지나가고 있었고, 팔다리가 쑤시고 아팠다. 한 가닥 시원한 바람이 이마를 스치고 지나간다. 건너편 모텔에는 관광객들이 들락거린 가운데 젊은 연인 둘이 카메라를 둘러메고 손을 잡고 대문을 들어가고 있었고, 맞은편 해우소에서는 남자 서너 명이 담배를 피우며 낄낄거리고 나오고 있었다.

수각에서 물 두어 모금을 조롱 바가지로 떠 마신 다음 작은 돌계단을 올라 종무소 앞을 지났다. 저녁예불이 끝난 지도 한 시간쯤 지났고, 스님들은 각기 제방으로 들어가 천불전 앞마당에는 사람의 그림자 하나 보이지 않는다. 나는 와송 옆에 있는 연못가로 가 붉은 잉어 떼들이 노니는 모습을 잠시 지켜보다가는 팔상전 앞뜰로 천천히 발걸음을 옮긴다. 불조전과 팔상전으로 이어지는 기다란 축대 아래에는 형형색색의 꽃들이 피어있었고, 그중에서도 붉고 넓은 꽃잎이 흐드러지게 피어있는 모란과 연분홍 꽃잎이 자태를 뽐내고 있는 작약이 눈길을 끈다.

　나는 쇠붙이가 자석에 끌려가듯 모란에 끌려 가까이 다가가 허리를 굽혀 벌처럼 꽃잎에 코를 대고 흠흠 냄새를 맡아본다. 향긋한 냄새가 코를 찌른다. 그 옆에서 요염하게 미소를 띠고 있는 작약에게도 손을 내밀어 본다. 부드러운 꽃잎이 여자의 손길처럼 다정하게 피부에 와 닿는다.

　천천히 광장을 가로질러 돌계단을 내려가 본다. 대웅전과 지장전, 심검당 앞을 차례로 지나 십여 개의 돌계단을 내려간 다음 좌측 언덕 아래에 있는 냇가로까지 내려갔다.

　덤불숲이 우거져있는 가운데 수정처럼 맑은 물이 크고 작은 바위 사이로 하얀 포말을 일으키며 흐르고 있었고, 갑자기 십여 미터쯤 전방에서 후닥닥 너구리 한 마리가 뛰어가고 있었다. 나는 윗도리와 신발을 벗어 바위 위에 올려놓은 다음 바짓가랑이를 걷어 올리고 물속으로 들어갔다. 날씨는 춥지도 덥지도 않고 야외에서 활동하기에 그만이었다. 시원한 물이 살갗에 와 닿으며 피부 속으로 스며들자 하루의 피로가 말끔히 사라지는 것 같았다. 이내가 능선 너머로 서서히 사라져 가고 있었고, 숲 속 깊숙한 곳에서는 두견새 울음소리가 들려오고 있었다. 물에서 나와 수건으로 얼굴과 손발을 닦은 다음 옷을 입고 신발을 신고 냇가를 막 떠나려던 참이었다.

　"행자님!"

　누군가 뒤에서 부르는 소리가 들렸다. 나는 흠칫 놀라 뒤를 돌아다보았고, 스님 한 분이 바위 위에 가부좌를 하고 앉아있는 걸 알 수 있었다. 그는 거기서 명상을 하는 것 같았고, 나는 그가 누구인지를 한눈에 알아보았다. 지난밤에 객실 앞에서 처음 인사를 나눈 법운이라는 학인이었다. 얼굴이 말처럼 길쭉하고 광대뼈가 툭 튀어나온 그는 나보다는 두 살이 더 많았고 순천에서 고등학교 다닐 때는 칠성클럽 멤버였다고도 했다. 그는 내가 고흥에서 왔다는 걸 알고 자기도 고흥 출신이라며 반갑게 악수를 청했다.

"아! 법운스님 아니세요? 여기서 명상을 하고 계시는군요. 보기 좋은 데요. 나는 그것도 모르고……."

나는 합장을 하고 고개를 꾸벅했다.

"명상은 무슨 명상, 심심해서 잠깐 앉아있는 거지요. 그건 그렇고 행자님 잠깐 쉬었다가 가요. 그래 입산 첫날 소감이 어때요?"

나는 그의 곁으로 다가갔고, 두 사람은 한동안 바위 위에 걸터앉아서 이런저런 얘기를 나눴다.

나를 상좌 삼겠다는 스님이 나타났다. 절에 들어간 지 일주일쯤 지난 후였다. 그는 재가승으로 머리를 기르고 시골에서 농사를 짓고 있었는데 농한기인 겨울 한 철만 절에 돌아와 수도를 하고 돌아가는 전형적인 대처승이었다. 절 어머니의 부름이 있자 그는 농사일도 제쳐놓고 단숨에 달려왔다. 농번기에 일손이 달리는데도 말이다. 어머니는 은사스님의 부인으로 사하촌에서 살다가 스님이 입적하자 절에 들어와서 홀로 지내고 있었는데, 대를 잇기 위해 손자 상좌가 필요했기 때문이다. 체구가 작고 고양이처럼 얼굴이 조그마하게 생긴 그녀는 절 맨 꼭대기에 있는 응진전 별당에서 기거하며 식사 때만 되면 설선당으로 내려와 밥을 먹고 올라가곤 했다.

입산한 지 이틀째 되는 날이었다. 점심 공양을 끝내고 부엌에서 그릇을 씻던 중이었다. 누가 뒤에 와서 어깨를 두어 번 토닥였다.

"행자님, 이따 잠깐 나 좀 볼까?"

별당 사모님이었다.

둘은 객실 뒷마루로 가서 나란히 앉았다. 담 넘어 측백나무에서는 매미가 청승맞게 울어대고 있었고 관광객들의 발걸음 소리가 어지럽게 들렸다. 별당 사모님은 행자생활이 고되지는 않은지 묻고 나서 이것저것 신상에 관한 걸 물었고, 나는 사실대로 대략 말씀드렸다. 형제는 삼남삼녀에 막내이고 위로는 모두가 결혼을 했으며 양친은 건강하게 살아 계시다는 걸 말이다. 할머니가 빙긋이 웃으며 고개를 끄덕였다.

"내가 은사 될 스님을 한 분 소개하고 싶은데 괜찮을까?"

"누구신데요?"

"실은 우리 상좌인데 잠시 시골에 가서 농사를 짓고 있거든……."

"아, 그러세요. 좋습니다."

그렇게 해서 우린 손자와 할머니의 인연을 맺게 되었다.

저녁 예불이 끝난 다음 별당에 있는 할머니 방에서 상견례를 했다. 할머니와 스님, 나 그리고 유일한 초대 손님인 고양이가 지켜보고 있는 가운데에서였다. 희미한 호롱불 아래서 본 스님은 이제 막 여물기 시작한 곡식처럼 삼십 대 후반쯤 돼 보였다.

나는 무릎을 꿇고 큰절을 올렸다. 오이처럼 길쭉한 얼굴에 광대뼈가 약간 튀어나온 그는 키가 175cm쯤 돼보였고, 구레나 룻에 푸르스름한 면도 자국이 선명했다. 무명 한복 바지에 하얀 두루마기를 입고 중절모를 쓰고 있었는데 엉덩이를 반쯤 들어 올리다가는 도로 내려놓으며 맞절을 하는 시늉만 하고 자리에 앉았다.

특별한 의식이 따로 있는 건 아니었다. 말이 모든 걸 결정했다. 할머니가 지필묵도 없이 세 치의 혀를 빌려 문서를 작성한 것이나 마찬가지였다. 할머니는 중매쟁이였고 주례자였으며 고양이와 더불어 유일한 증인인 셈이었다. 나는 무릎을 꿇고 앉아 컵에 작설차를 한 잔 따라 스님에게 올렸고, 스님도 나에게 차를 한잔 따라 주셨다. 두 사람은 건배라도 하듯 찻잔을 들고 눈을 마주치며 한 모금씩 마셨고 미소로 호감을 나타냈다.

스님은 차를 한 모금 더 마시고 나서 그것이 궁금하다는 듯이 빙긋이 웃으며 부모님의 승낙은 받았느냐고 물었다. 나는 솔직히 말씀드려 중이 되기 위해 승낙을 받은 것은 아니라고 말했다. 단지 절에 가서 한 일이 년 동안 공부를 하고 오겠다고만 말씀드렸다고 했다.

"우선은 집을 떠나는 게 목적이었거든요. 그래야 집에서 식량을 부쳐줄 수도 있고 말이죠……."

스님이 고개를 끄덕이며 이해할 수 있다는 표정이었다. 할머니의 말에 의하면 스님은 초등학교만 졸업하고 열네 살에 절에 들어와서 광주에 있는 정광중·고등학교를 졸업했다고 했다. 그렇게 해서 두 사람은 그 자리에서 아버지와 아들의 인연을 맺은 스님과 상좌가 되었다.

할머니는 우리 어머니와 많이 닮았다. 나이는 서너 살쯤 더 먹어 보였으나 파 뿌리처럼 하얀 머리에 주름진 얼굴, 고양이처럼 작은 얼굴에다 광대뼈가 툭 튀어나왔고 깡마른 체구에 허리 굽은 것까지 뒤에서 보면 영락없는 우리 어머니였다. 마흔세 살에 막내를 낳아 흰 치마저고리만 입고 다닌 어머니는 내겐 늘 할머니 같은 어머니였고 때문에 절에 와서도 할머니가 어머니 같은 느낌이 들었다. 할머니는 외로운 몸이었다. 남편이 없을뿐더러 슬하에 자녀 한 명 없었기 때문이다.

그날 이후부터 나는 손자 노릇을 톡톡히 해냈다. 아침저녁으로 할머니 방에 들려 문안을 드렸고, 겨울철에는 화로를 들고 설선당까지 오르내리며 불을 담아 날렸다. 할머니는 겨울철 긴긴밤에 가끔 빈대떡을 만들어주시며 재미있는 이야기를 들려주곤 했다. 경상남도 함양 출신인 할머니는 처녀 시절 전라도 장수 출신인 총각과 연애를 하면서 육십령 고개를 수십 번 오르내렸고, 여름철 달 밝은 밤이면 농월정에 나가 개울가 너럭바위에 앉아 은은한 달빛을 받으며 밤이 이슥하도록 시간을 보내기도 했단다.

"그땐 무서운 줄도 몰랐느니라. 육십령 고개는 대낮에도 산도적들이 하도 많아 이름 그대로 60명이 차야 고개를 넘어 다니곤 했는데, 우린 그런 것 무시하고 넘어 다녔으니까 말이다. 처녀 총각이라 봐주었는지도 모르지……."

할머니는 내가 무섭지 않았느냐고 묻자 너털웃음을 터뜨리며 말했다. 하지만 할머니는 시집온 지 십 년이 지났어도 임신을 못했고 시가로부터 핍박이 심했다. 신랑이 3대 독자였고 대대로 내려온 양반 집안이었기 때문이다. 결국 중학교 국사 선생이었던 남편이 출가를 해버리자 친정에 가 있던 할머니도 몇 해 후 눈물을 머금고 사하촌으로 보따리를 싸들고 들어왔고 오늘에 이른 것이었다.

나의 일과는 대략 다음과 같았다. 새벽 4시쯤 아스라이 들려오는 사미승의 도량석 목탁소리와 신묘장구대다라니의 창 소리에 잠이 깬 다음 기상해서 세수를 하고 대웅전법당에 들어간다. 맨 뒷자리에 서서 코가 땅에 닿도록 108번 절을 한 다음 자리에 앉아 명상을 한다. 5시에 대중이 모여 예불을 드리고 방으로 돌아와 방바닥에 엉덩이 대볼 겨를도 없이 옥내 청소를 하고 부엌으로 들어가 당번 학인과 행자 서너 명과 함께 반찬을 장만하며 아침 공양 준비를 한다.

공양이 끝나면 그릇을 치우고 그제야 녹차를 한 잔씩 마시며 잠시 휴식을 취한다. 9시쯤 되어 목탁소리가 울리면 빗자루와 호미를 들고 밖으로 나가 경내를 돌아다니며 풀 뽑기, 마당 쓸기, 휴지 줍기 등의 작업을 한 시간쯤 한다. 그리고는 부엌으로 돌아와 칼과 바구니를 들고 행자 두세 명과 함께 채소밭으로 간다. 점심 공양 준비를 하기 위해서다.

오후 일과도 대동소이하다. 다만 청소하는 시간이 빠져 그 시간에 우리 행자들은 빨래를 하거나 개인 시간을 조금 가진다. 저녁공양이 끝나고 부엌을 정리한 다음 예불을 드리고 나면 그때부터 10시 취침시간에 이르기까지 자유 시간이다.

행자생활은 군대의 훈련병 생활과 진배없었다. 행자에게는
공부하는 시간이 따로 정해져 있지 않았다. 때문에 나는 쉬는
시간에 짬을 내어 『천수경』과 『반야심경』 같은 중요한 경문을
외워야만 했고, 가지고 들어갔던 책은 들여다볼 엄두도 못 낸
채 선반 위에 올려놓아 먼지만 부옇게 쌓여있었다.

행자들의 활동 구역은 지극히 제한되어있었다. 특별한 경우
를 제외하고 낮에는 주로 부엌에서 채소밭을 오가는 걸로 한정
지어져 있었기 때문이다.

입산해서 얼마 동안 칼릴 지브란의 시를 애송하며 마음을
달래곤 했다.

나무에 봄눈이 트고,

새들은 노래하고 있었습니다.

잔디는 이슬을 담뿍 머금고 있었습니다.

모든 세상은 이토록 빛나고 있었습니다.

그리고

문득

나는 한 그루의 나무입니다.

나는 한 송이의 꽃입니다.

나는 한 마리의 새입니다.

나는 한 포기의 풀입니다.

그 어느 곳에도

'나'는

없습니다.

　사람들은 말했다. 내가 아직 어린 나이에 잿빛 염의를 걸치고 채소밭에라도 다녀올라치면 그들은 가만가만 내게로 다가와 호기심 가득한 눈빛으로 넌지시 묻곤 했다.

　"스님, 왜 아직 어린 나이에 입산을 하셨지요?"

　그럴 때마다 나는 말 한마디 없이 그저 빙긋이 웃기만 했다. 달리 대답할 말이 없었기 때문이다. 입산 초기엔 불교에 대해서는 불(佛)자도 몰랐으니까 말이다. 하지만 내가 발심(發心)을 하기까지는 여러 날이 걸리지 않았다. 『천수경』과 『반야심경』을 줄기차게 외우며 해설을 읽다 보니 나는 어느새 불교와 가까워지게 되었고 이해도 하게 되었다.

　그중에서도 '일체중생개유불성(一切衆生皆有佛性)'이라든가 '색즉시공(色卽是空) 공즉시색(空卽是色)' 같은 경문 구절은 이제껏 한 번도 듣지도 보지도 못했던 것으로 나를 단박에 명상삼매에 빠지게 하고 말았다.

　입산을 하고 나서 한 달도 못돼 또 엄마가 찾아 왔다. 하지만 나는 묵언을 한다는 핑계로 모자(母子)간에 대화 한마디 없이 엄마를 돌려보내고 말았다.

　엄마가 왔다는 소식은 기념품 가겟집 아들 만복이를 통해 전달되었다. 나는 행자생활을 하고 있으면서도 한 달 동안 묵언을 선언하고 일주일쯤 지나고 있던 중이었다. 이왕에 불문(佛門)에 들어섰고 보면 무엇이든 철저히 하고 싶어서였다. 만복이가 심검당 뒤에 있는 채소밭에까지 찾아와 메모지 한 장을 내밀었다.

그때 나는 점심 공양 뒤치다꺼리를 막 끝내고 저녁 공양 준비를 위해 새로 온 행자 한 명과 함께 근대밭에 가 있었다. 저녁에는 근댓국을 끓이기 위해서였다. 메모지에는 '어머니 면회, 만복 기념품 상회.' 라고 씌어있었다. 나는 근대잎을 뜯다 말고 말없이 손을 털고 일어났다.

산골짜기에는 햇빛이 하얗게 쏟아져 내리고 있었고, 맞은편 숲에서는 비둘기가 청승맞게 울고 있었다. 반가움과 성가심이 동시에 파도처럼 밀려왔다. 만복이를 앞세우고 주차장으로 가면서도 나는 입을 열고 말을 할 것인가, 말 것인가로 한동안 고민했다.

묵언을 한 번 선언하고 나면 그 기간이 끝날 때까지 대중들 간에도 말을 걸지 않는다. 필요한 경우 필담으로 의사소통을 했고 웬만한 건 눈치로 알아챈다. 스님 중에도 두세 명 묵언을 하고 있었고, 짧게는 한 달, 길게는 일 년까지도 하고 있는 분이 있었다. 참선에 도움이 될 뿐만 아니라 입으로 지은 죄 또한 적지 않아서였다. 하지만 엄마인 경우 어떻게 해야 한단 말인가? 나는 코를 석 자나 늘어뜨리며 엄마 앞에 나타났다.

엄마는 기념품 가게 앞에서 보따리를 옆에 놓고, 의자에 앉아 목을 길게 빼고 기다리고 있다가는, 심부름꾼과 함께 나타난 아들을 보자 쫓아와 손을 덥석 잡았다. 엄마는 한 달 전보다 훨씬 늙어있었다. 머리는 백발이 성성하고 누런 얼굴에 주름살이 몇 개 더 늘어났다. 언제나 그렇듯 하얀 무명 치마저고리에 흰 고무신을 신고 있었고 허리는 한층 더 구부러져 있었다. 나는 엄마가 이제껏 한 번도 색깔 있는 옷을 입은 걸 보지 못했다. 마흔을 훨씬 넘어 나를 낳은 엄마는 엄마보다는 할머니에 더 가까웠다. 나는 어려서부터 나도 남들처럼 젊은 엄마의 손을 잡고 놀러 다닐 수가 있다면 얼마나 좋을까 하고 생각했다. 엄마는 편지를 받고 나서 부랴부랴 쫓아온 것 같았다.

집과 인연을 끊겠다고 편지를 띄운 것은 일주일쯤 전이었다. 처음에는 그저 단순한 휴양처로 생각하고 한 이삼 년 묵으며 보고 싶은 책이나 실컷 읽고 글이나 조금 써 가지고 내려오려고 했는데 웬걸, 그게 아니었다. 막상 불교를 가까이서 대하고 보니 밖에서 생각하던 것과는 너무도 판이했기 때문이다. 누구든 정진을 하고 한순간 홀연히 깨닫기만 하면 부처가 된다는 말은 이제껏 절망 속에서 몸부림치고 있던 나에게 한 가닥 희망을 주기에 충분했다.

나도 성불을 해야겠다는 생각이 들고부터는 세속 학문은 유치하게만 느껴졌다. 본격적으로 수도에만 정진하기로 마음을 먹고 나자 가지고 들어갔던 책들은 일시에 무용지물이 되었고, 대신 『불교 철학』과 『반야심경』이 주된 탐구의 대상이 되었다.

어느 날 나는 순천에 있는 책방에 가서 호주머니 깊숙이 보관해 뒀던 돈을 꺼내 국역 『팔만대장경』을 샀다. 집에서 가지고 들어갔던 책들은 모조리 헌책방에 팔아버리고 말았다. 그리고는 절로 돌아와 강원에 들어가서 어려운 한문경전을 공부하는 대신 나의 조그만 골방에 틀어박혀 책과 씨름을 했다. 이제 바깥세상과는 연락을 끊어야만 했다. 집과도 소식을 끊기로 하고 마지막 편지를 띄웠다. 그 편지를 받고 나서 집에서는 한바탕 소동이 난 모양이었다. 누나가 전해온 소식에 의하면 아버지는 다 키워놓은 자식 하나 부처님한테 빼앗겼다며 탄식이었고, 엄마는 허구한 날 눈물 마를 날이 없다고 했다.

"그러니 동생아, 제발 집과 인연을 끊겠다는 말은 하지 말아다오……"

그 무렵 나는 진정 속세의 인연을 다 끊고 말았다. 발심을 하고 불문에 정식으로 입문하고 나서부터는 굳이 가정도 부모 형제도 나에겐 한낱 거추장스러운 장애물에 불과했기 때문이다.

나는 속으로만 '엄니, 왔어?' 하고 고개만 한 번 끄덕하고는 엄마 손을 끌고 주차장 위에 있는 빈 창고로 갔다. 삼나무 숲이 우거져 있는 곳이었다. 주차장에는 사람들이 많았고 차들의 엔진 소리와 경적 소리가 주위를 산만하게 해서였다.

엄마와 나는 한동안 아무 말도 없이 마주 보고만 서 있었다. 엄마는 시종 입술만 삐죽거리며 눈물을 글썽였고, 나는 그저 엄마의 얼굴만 빤히 쳐다보며 빙긋이 웃기만 했다. 아무리 엄마라고는 해도 입을 열고 말을 하게 되면 그동안의 공력이 수포로 돌아가 버리고 말 것 같아서였다. 엄마가 훌쩍이다 말고 왜 아무 말도 없이 웃기만 하느냐며 화를 벌컥 냈다.

"이놈의 자식아, 내가 찾아온 것이 그렇게도 못마땅하냐? 그래, 이젠 집하고도 인연을 끊겠다고 하더니 네 어미도 안중에 없단 말이냐? 버르장머리 없는 놈의 자식 같으니라고. 다시는 집에 발을 들여놓게 하는가 봐라. 이 불효막심한 놈. 호적을 파 버릴까 보다, 이놈의 자식……"

엄마가 얼굴이 벌겋게 달아올라 막말을 하며 보퉁이를 들고 창고를 나가려고 했다. 나는 하마터면 "엄마!" 하고 소리를 지를 뻔했다. 나는 재빨리 엄마의 치맛자락을 잡고 자리에 앉힌 다음 급히 창고를 빠져나갔다.

눈물이 핑 돌고 눈앞이 캄캄했다. 챙이 긴 빨간 모자를 쓴 젊은 여자 하나가 서너 살배기 아이의 손을 잡고 삼나무 숲을 거닐며 노래를 하고 있었다.

가게 앞에서 손님과 가격 실랑이를 하고 있는 만복이를 데리고 왔다. 그러고는 급히 만년필과 종이를 꺼내 몇 자 적어 그에게 내밀었다. 엄마는 글을 모르기 때문이다.

"엄마, 다시는 절에 오지 마. 엄마가 절에 나타나면 내 마음은 더 괴로워……."

만복이가 큰 소리로 읽었다. 절에서는 은은하게 목탁소리가 들려오고 있었고 기념품 가게 앞 스피커에서는 흥겹게 '노란 샤쓰 입은 사나이'가 흘러나오고 있었다.

"그래그래, 알았다. 내 다시는 여기 오지 않으마. 네가 보고 싶다고 빌어도 다시는 오지 않을 테니 그리 알아라. 내가 죽더라도 집에 올 생각은 꿈에도 생각하지 말고……."

엄마가 심하게 얼굴을 일그러뜨리며 기어들어가는 소리로 말했다.

엄마와 나는 그렇게 마주 보며 필담만 나누고 헤어졌다. 엄마는 보따리를 풀어 속옷 서너 벌과 석 달분 쌀값을 건네주고 나서 끝내 자식의 목소리 한마디 들어보지 못한 채 발길을 돌려야만 했다.

한동안 넋 놓고 서서 창백한 자식의 얼굴만 망연히 지켜보고 있던 엄마는 버스에 올라 창가에 앉았다. 이윽고 버스가 경적을 울리며 서서히 움직이자 나는 손을 흔들었고 엄마는 슬픈 표정으로 차창 밖을 내다보고 있다가는 몇 번이나 소매로 눈물을 훔치며 돌아갔다.

절에 들어온 지도 어느덧 한 달이 후딱 지나갔다. 그제야 나도 조금은 알 수 있을 것 같았다. 스님들이 왜 세상과 모든 인연을 끊고 산에 들어와 살면서도 눈빛은 항상 별처럼 반짝반짝 빛나고 있는가를. 삭발을 하고 잿빛 염의를 걸치고 (어떤 이는 누더기를 걸치고) 가진 것 하나 없이 하루 세 끼 채식을 하면서도 입가에는 항상 미소가 끊이지 않는가를.

하루는 할머니가 아파 누워있는 바람에 죽을 쑤어 들고 별당으로 가고 있는 중이었다. 응진전 옆 벽안당에 웬 금줄이 처지고 '정진 중'이라고 쓴 종이가 세로로 붙어있었다. 방문 앞에는 흰 고무신 한 켤레가 놓여있었고, 방은 비어있는 듯이 조용했다. 그 후로 나는 할머니 방에 갈 때마다 뒤꿈치를 들고 가만가만 걸어야만 했고, 방에서 무슨 소리가 나는지 귀를 쫑긋해 보기도 했다.

며칠 전 석양에 누더기를 걸치고 나타난 스님이 들어 있어서였다. 사십 대 중반쯤 돼 보이고 키가 크고 눈썹이 두꺼운 그는 헐렁한 배낭에 죽립(竹笠)을 쓰고 나타나 주지스님에게 절에서 가장 조용하고 외따로 떨어져 있는 방을 부탁해 들어있었다.

나는 그가 어떤 사람인가를 알고 싶었다. 오후 4시 정각 응진전 앞마당에서 그를 만났다. 그는 임마누엘 칸트처럼 매일 정해진 시간에 산책을 하고 있었다. 나는 별당 할머니 방에 가는 척하고 마당으로 들어섰다가 그가 문을 열고 나오자 재빨리 다가가 말을 걸었다. 합장을 하고 고개를 숙여 예를 표한 다음 지내시는데 애로점은 없느냐고 물었다. 그는 말 한마디 없이 빙긋이 웃으며 머리만 좌우로 흔들었다.

손에는 단주를 들고 천천히 굴리고 있었고, 통통하게 살이 오른 이 한 마리가 오른쪽 가슴 누덕누덕 기운 옷깃 사이로 기어 다니고 있었다. 나는 자신도 모르게 손을 내밀어 잡으려고 했고, 그가 잽싸게 몸을 틀어 방해를 했다. 나는 머쓱한 표정을 감추지 못한 채 뒤통수를 긁적이며 웃었고, 그도 덩달아 빙긋이 웃으며 천천히 돌계단을 내려갔다.

그는 오후 불식(不食)에 묵언을 하고 있었고, 공양 시간을 제외하곤 하루에 한두 차례 해우소에 가거나 산책을 할 때만 밖으로 나왔다. 하루 중 대부분의 시간을 혼자 방에서 보낸 그를 두고 대중은 의견이 분분했다. 학인들 중에는 그가 밤에도 드러눕지 않고 면벽참선을 하며 용맹정진한다고도 했고, 참선은 하는 시늉만 낼 뿐 대부분의 시간을 포르노 소설을 즐겨 읽는다고 말하는 이도 있었다.

그의 배낭에 불교 경전 두세 권과 함께 오래된 〈플레이보이〉 잡지 한 권, 『북회귀선』, 『채털리 부인의 사랑』 같은 소설이 함께 들어 있었기 때문이다. 그가 산책하러 나가고 없는 사이 법운 수좌가 방으로 들어가 배낭을 확인해 본 결과였다.

석 달쯤 지내다가 홀연히 절을 떠난 그를 두고 어떤 학인들은 운수도인(雲水道人)이라고 말했고 어떤 스님들은 땡초라고 말하기도 했다.

나는 묵언을 일주일만 하고 그만두었다. 엄마가 속이 상해 머리를 숙이고 돌아가는 모습을 보자 더 이상 벙어리 흉내를 내며 계속하고 싶지 않아서였다.

그동안 내 뒤로 셋이나 중노릇을 하러 왔다가 행자생활을 못 면하고 모두 중도에서 포기하고 돌아갔다. 순천의 S극장에서 간판 그림을 그리는 사람 밑에 조수로 있다가 들어온 이영화는 입산을 하고 난 뒤에도 영화배우가 되고 싶은 꿈을 버리지 못했다. 자나 깨나 시간이 날 때마다 배우들 사진만 들고 들여다보며 신상옥, 홍성기 감독에게 편지를 보냈다가 답장이 안 오자 실망한 나머지 극장에 들어가서 기도라도 하겠다며 되돌아갔다.

양복점 재봉사 견습생으로 있다가 아는 스님을 따라서 들어온 김칠성이는 하루 종일 부엌과 채소밭을 오가는 행자생활에 싫증이 난 나머지 새벽 예불시간에 남의 물건을 훔쳐 줄행랑을 쳤다. 계집애처럼 얼굴이 예쁘장한 그는 절에 들어오자마자 돈 많은 비단 보살의 수양아들이 되었다가, 어느 날 새벽 보살이 불공드리러 법당으로 간 사이 패물을 훔쳐 그만 종적을 감추고 말았다.

광주에서 K고등학교를 2년째 다니다가 중퇴하고 절로 들어온 황금철이는 절에 와서까지 돈에 압박을 느낀다며 '금(金)아, 나를 구해다오.' 라는 메시지를 남기고 떠나갔다. 아버지가 교통사고로 갑자기 죽는 바람에 등록금을 못 내 학업을 포기하고 절로 들어온 그는 돈 때문에 다시 돌아간다고 했다. 돈을 들여가면서까지 중노릇을 할 바에는 차라리 고학이라도 하겠다는 생각에서였다.

당시 불암사에서는 행자 생활을 하더라도 사미계를 받을 때까지 먹을 식량만큼은 집에서 가져와야만 했다. 그는 홀어머니 뿐인 집에서 쌀을 부쳐주지 않아 원주스님으로부터 몇 번 독촉을 받고 혼자 고민을 해왔다. 키가 크고 어깨가 떡 벌어진 그는 태권도 유단자였고, 야간에는 광주의 이름 있는 체육관에서 사범을 한 경력도 가지고 있었다.

그는 부엌 앞에서 나와 마주앉아 나물을 다듬거나 찬거리를 장만할 때면 원주스님 방을 힐끔힐끔 쳐다보며 "무소유 좋아하네. 뭐니 뭐니 해도 머니(money)가 최고야." 하고, 시니컬하게 웃으며 "물질로 만들어진 몸뚱이가 물질을 떠나서 살 수가 있나. 차라리 물고기에게 물을 떠나라는 게 낫지. 자본주의 사회에서는 중들도 참선 때려치우고 돈을 벌어야 해. 일본 중들처럼 말이야……." 하고 세속으로 돌아갈 궁리만 하고 있었는데, 그냥 가면 욕을 먹을 테니까 그 이유를 밝혀야 한다며 16절지 갱지에 글을 써 가지고 호주머니에 넣고 다니며 나에게만 살짝 보여주곤 했다. 내용인즉 돈 때문에 학업을 포기하고 절로 들어왔다가 돈 때문에 중노릇도 못 하고 돌아간다는 것이었다.

그가 떠나면서 범종각 위에 던져 놓고 간 자극적인 쪽지가 절에 파문을 일으켰다. 그러잖아도 비구승들이 언제 쳐들어올 줄 몰라 쩔쩔매고 있는 가운데 밖에 사람들까지도 데리고 와야

하는 판국인데, 제 발로 기어들어와 있는 사람을 내보내는 꼴
이 되고 말았으니 말이다. 그로 인해 원주스님은 식사 때마다
좌불안석이었고, 그 후로부터는 입산하는 행자들에게 식량을
일절 받지 않기로 했다.

비구니들이 다시 절로 들어온다는 소문이 돌았다. 그런 소
문까지 나돌고 보니 절은 순식간에 긴장감이 감돌기 시작했고,
젊은 학인들은 비상 대책기구를 만들고 정보를 입수하기 위해
동분서주했다. 잠시 잊고 절이 평온을 되찾을만하면 어디선가
좋지 않은 첩보가 들려오곤 해서였다.
  장성 백양사 학인들이 왔다 간 지도 일주일이 채 지나지 않
았다. 그땐 또 비구승들이 오늘내일 밀고 들어온다는 첩보가
있었기 때문이다. 전국에서 큰 절 가운데 백양사와 불암사만이
아직 비구승들 손에 넘어가지 않고 있었는데, 들려오는 첩보
에 의하면 그들은 모처에 집결해있으면서 호시탐탐 밀고 들어
올 기회만 엿보고 있다는 것이었다. 백양사 학인들은 하룻밤만
묵고 돌아갔다. 하지만 나에게는 그들의 인상이 오래 남았다.
  그들은 꽤나 활기차 보였다. 20여 명의 건강한 학인들로만 선
발되어 온 그들은 지원병들처럼 자신감이 넘쳐있었는데, 잿빛
옷자락을 나풀거리며 무리를 지어 경내를 돌아다녔고, 구경을
하면서 관광객들처럼 시시덕거리기까지 했다. 그중에서도 리더
격인 키가 크고 얼굴이 둥글넓적한 학인은 시를 쓴다며 보들레
르의 시집과 대학노트를 겨드랑이에 끼고 다녔는데, 대학생 타
입의 머리 긴 아가씨를 데리고 다니며 희희낙락거리기도 해 우

리 절 학인들의 빈축을 사기도 했다.

비구니들이 쳐들어온다면 어떤 모습으로 나타날지 궁금했다. 부드러운 손으로 몽둥이라도 들고 나타날까. 아니면 폭력배들이라도 사서 앞장세우고 자기네들은 빈손으로 젊잖게 내 집 찾아오는 거라며 구경꾼들 앞에 미소라도 지으며 나타날까.

아무튼 나는 한편으로는 걱정이 되면서도 은근히 그날을 기다리기까지 했다. 이제야말로 그들의 생활을 가까이서 접해볼 수도 있고 잘하면 금암수좌처럼 친구를 하나 사귀어볼 수도 있지 않을까 해서였다.

낮에는 으르렁거리며 얼굴을 붉히는 한이 있더라도 어둠이 찾아들면 나무 밑에 나란히 앉아 불법(佛法)을 논하며 사적인 이야기라도 나눌 수 있을 것 같아서였다. 이왕이면 젊고 똑똑한 애들이 왔으면 싶었다. 그래야 싸우고 나서도 화끈하게 화해를 할 수 있기 때문이다.

하지만 비구니들이 쳐들어온다는 소문은 한바탕 촌극으로 끝나고 말았다. 발단은 한 여자 관광객의 입에서 비롯되었다. 법운이 관광객들을 데리고 법당을 돌아다니며 해설을 해주고 나서였다.

"마지막으로 질문이 있으면 받겠습니다. 어떤 질문이라도 좋습니다."

그러자 한 여자 관광객이 손을 높이 쳐들었다. 아까부터 혼자서 심검당 안을 기웃거리며 고개를 갸웃거리고 다니던 여자였다.

"스님, 비구니들이 다시 절에 돌아왔다는 말을 들었는데 왜

안 보이나요?"

　법운이 갑자기 안면근육을 실룩이며 어디서 그런 말을 들었느냐고 물었고, 여자는 친구한테서 들었다고 말했다. 문제는 비구니들이 절을 떠나면서 불원간 다시 돌아온다는 말을 가까운 신도들에게 남기고 간 걸 그대로 믿고, 지금쯤 와 있을 걸로 단정한 친구의 순진함 때문에 빚어진 일이었다.

흐르는 강물처럼

절은 여전히 뒤숭숭했고 마음의 갈피를 잡기도 쉽지 않았다. 차제에 탁발여행이라도 하며 세상구경도 하고 명산대찰을 순례해보는 것도 괜찮을 것 같았다.

우린 두 사람이 한 조가 되어 탁발여행을 떠났다. 설산수좌는 경험이 있어서 느긋한 편이었으나 나는 처음이다 보니 호기심 반, 두려움 반으로 마음을 졸이며 길을 떠나야만 했다. 두 사람은 걸망 하나씩만 달랑 어깨에 둘러메고 절을 출발했다.

걸망 속에는 간단한 내의 2벌과 조그마한 목탁, 헤르만 헤세의 소설 『싯다르타』 한 권, 필기도구 그리고 세면도구와 수건, 두루마리 휴지가 하나 들어있을 뿐 비상시를 대비한 다른 아무 것도 없었다. 구급약이라든가 미숫가루 같은 비상식량도 들어있지 않았고 지도라든가 관광안내책자 같은 것도 없었다. 은밀

한 곳에 끼워 넣은 비상금도 없었고, 팔목에는 시계조차 차지 않았으며 손가락에는 금반지 같은 것도 끼어 있지 않았다. 그야말로 무일푼, 무소유 그것이었다. 단지 첫 도착지까지만 차표를 끊을 수 있는 몇 푼 안 되는 금액이 리더 격인 설산수좌 호주머니 속에 들어 있을 뿐이었다.

우린 우여곡절 끝에 탁발여행을 떠날 수 있었다. 주지스님이 허락을 했으나 총무스님이 제동을 걸었기 때문이다. 그러자 설산은 입장이 난처하게 되었고, 나는 혹시나 그가 탁발여행을 포기하게 되지나 않을까 걱정이 태산 같았다. 설산은 총무스님의 상좌였고 지난해에도 승낙 없이 다녀왔다가 혼쭐이 났기 때문이다.

"예전에는 먹을 것이 없어서 탁발하러 다녔지만 지금은 시대가 바뀌었단 말이야. '일하지 않은 사람은 먹지도 말라'는 말씀도 못 들어보았느냐?"

총무스님은 설산을 못마땅한 눈초리로 바라보며 말했다. 그러다가는 끝내 말을 듣지 않자 탁발을 하느니 차라리 모래밭에 가서 혀를 박고 죽으라고까지 상좌에게 막말을 했다. 그러나 주지스님의 생각은 달랐다. 탁발도 수도생활의 연장선에 있다는 것이었다. 수도승은 무소유로 생활할 수 있어야 하고 하심(下心)을 배워야 한다며 해제 때는 만행도 하고, 세간에 돌아다니며 세상 물정도 익혀야 한다고 했다. 물론 나는 수습 기간이 끝나지 않아 탁발을 나갈 수가 없었으나 설산을 따라다닌다는 조건하에 주지스님이 특별히 승낙을 했다.

불암사에서 순천까지는 법운 일행과 함께 버스를 탔다. 학인들 중에는 한여름이 시작되기 전에 한 바퀴씩 돌고 와야겠다며 너나없이 먼저 밖으로 나가려고 했다. 우리는 역전 부근 허름한 빵집에 들어가 풀빵 서너 개씩만 사 먹고 두 사람씩 짝을 지어 제 갈 길로 방향을 잡았다.

우린 보성역까지 차표를 끊고 경전선 기차를 탔고, 법운과 사미승 하나는 여수행 차표를 끊고 전라선 하행 열차에 올랐다. 법운일행은 여수로 해서 오동도와 돌산을 돌아본 다음 배를 타고 남해로 갔다가 삼천포, 통영을 거쳐 부산으로 가는 한려수도의 코스를 택했고, 우린 보성으로 해서 광주까지 갔다가 거기서 각기 독자 행동을 하기로 했다.

계절은 6월 중순으로 접어들어 여름이 성큼 다가오고 있었다. 산과 들판은 녹색 물결로 출렁거렸고, 농촌은 보리 타작과 모내기가 거의 끝나갈 무렵이었다. 기차는 농번기라서 그런지 드문드문 자리가 비어있었다. 우린 녹색 비로드가 깔린 포근한 의자에 나란히 앉아 들판을 바라보면서 잠시 침묵에 잠겨 있었다. 나는 앞으로의 탁발여행에 대해서 생각하고 있다가 엉뚱하게도 어느 방랑 시인을 떠올리게 되었고, 자신이 은연중 그를 닮아가고 있지 않나 하는 생각이 들었다. 언제부턴가 나는 그의 떠돌이 같은 운수(雲水) 행각을 동경하고 있었고 때가 되면 언젠가는 실천에 옮겨보리라 맘을 먹고 있었으니까 말이다.

"일심수좌, 지금 기분이 어때요?"

설산이 창밖을 한동안 내다보고 있다가는 고개를 돌리며 물었다.

"글쎄요. 뭐랄까 조금은 흥분이 되기도 하고 가슴이 약간 떨리는데요."

나는 솔직히 말했다.

"그럴 겁니다. 경험이 없으면 다 그래요."

설산이 빙긋이 웃으며 말했다.

"나도 처음에 일행과 같이 길을 떠났다가 혼자 떨어져 가는데 발걸음이 잘 떨어지지 않더라고요. 마을에 들어가서 첫 집이었어요. 목탁을 두드리며 천수경을 외우는데, 중간쯤 가다가 입이 얼어붙은 것 마냥 말이 잘 안 나오는 거예요. 물론 시작이야 매끄럽게 잘나갔었죠. 청산유수로 말이에요. 하지만 너무 긴장했던가 봐요. 어떡하겠어요. 그냥 얼버무리고 넘어갔죠, 뭐. 다음은 '마하반야바라밀다심경 관자재보살' 하고 반야심경을 목청을 다듬어가며 외우기 시작하는데, 노 보살이 바가지에 쌀을 가득 담아서 나왔더라고요. 그것 하나는 자신 있게 외울 수 있었는데 말이지요. 염불을 외우다가 막히거든 아무렇게라도 주워섬기면 돼요. 당황하지 말고 말예요. 어차피 그들은 뜻을 잘 모르거든요."

우린 해가 서쪽으로 반쯤 기울어질 무렵에 보성역에 내렸다. 보성을 첫 만행지로 정한 것은 그곳에 불암사의 말사가 있었고, 그 절 주지의 상좌가 설산과 잘 아는 입산 동기였기 때문이다. 우린 거기서 하룻밤을 묵으며 휴식을 취한 후 다음 날부터는 각기 따로 떨어져 탁발을 하기로 했다.

읍내에서 십여 리쯤 떨어져 있는 무량사는 법당 하나와 요사채 하나만 달랑 세워져 있는 조그만 절이었으나 아담하고 위치가 좋았다. 절 앞에는 수량이 풍부한 강물이 흐르고 있었고,

뒤에는 깎아 세운 것 같은 절벽과 그 위로 구부정한 소나무들이 구름처럼 우거져 있어 경관이 수려했다. 신도들이 많아 재정도 튼튼한 것 같았고 하루 이틀 쉬어간들 부담도 없을 것 같았다. 저녁 예불이 끝나고 식후에 녹차를 마시며 객실에서 한담들을 하던 중이었다.

마침 그날 객실에는 우리 외에 사십 대 중반쯤으로 보이는 다른 객승도 한 분 끼어 있었는데, 그가 얘기를 하다말고 내 얼굴을 빤히 쳐다보고 나더니 빙긋이 웃으며 한다는 소리가 "실례지만 젊은 학인은 세속 나이가 몇이나 되셨소?" 하고 물었다.

나는 속으로 이 양반이 남의 나이는 알아서 뭐하려고 하나 하면서도 "세상 구경을 시작한 지 이제 막 열여덟 해가 되었는데요." 하고 말해줬다. 그러자 객승이 그럴 줄 알았다는 듯이 고개를 끄덕이며 "이런 말을 해서 괜찮을는지 모르지만 젊은 수좌는 중노릇을 할 상이 아니오. 내 말을 잘 새겨들으시오." 하고 말했다.

나는 내 얼굴 상(相)이 어떻기에 그런 말씀을 하느냐고 따져 묻다가는 "그럼 나도 일찌감치 하산해서 영화배우 되는 꿈이라도 꿔볼까요." 하고 말했다. 내 입에서 왜 갑자기 그런 말이 튀어나왔는지 모르겠다. 아마도 그 무렵 내 주위에 배우 지망생들이 많아서였는지 모른다.

그 중은 웃기만 하고 더는 말하지 않았다. 한담 중에 나는 장차 원효 같은 중이 되어 불교계를 개혁하고 싶다고 말한 끝이었다.

그 후 나는 탁발여행을 마치고 돌아오고 나서도 절에 있는 동안 내내 그 중의 말이 뇌리에서 떠나지를 않았다.

천안역에서 밤기차에 올랐다. 탁발여행을 떠난 지 16일째 되는 날이었다. 차창밖에는 여름을 재촉하는 비가 주룩주룩 내리고 있었고 몸 또한 녹초가 되어있었으나 기분은 그런대로 괜찮았다. 햇볕에 탄 얼굴은 검고, 면도를 한 번도 하지 않아 수염은 덥수룩했으며 옷은 땟국이 져서 번들거렸다. 기차는 만원이었고, 차내의 공기는 후덥지근했다. 선풍기가 드문드문 천장에 매달려서 바람개비처럼 돌아가고는 있었지만 콩나물시루처럼 꽉 들어찬 승객들의 입김을 당해낼 재간이 없었다. 옆자리에는 한 여학생이 앉아 있었고 맞은편 의자에는 할머니가 꼬마와 같이 나란히 앉아서 꾸벅꾸벅 졸고 있었다.

학생은 책을 보고 있다가는 나를 보자 자리를 조금 당겨 앉았고, 나는 걸망을 벗어 선반 위에 얹어 놓은 다음 빈자리에 앉았다. 소녀가 읽고 있는 책은 최근에 출간돼서 출판가의 화제가 되고 있는 『청춘을 불사르고』였다. 중학교 3학년쯤 되어 보이는 소녀는 단발머리에 연갈색 뿔테안경을 끼고 있었고 폭넓은 하얀 칼라에 감색 학생복을 입고 있었는데 얼굴은 둥그스름하고 광대뼈가 조금 튀어나왔으며 눈매가 시원스러웠다. 그녀는 책을 읽다 말고 얼굴을 들어 나를 쳐다보며 고개를 살짝 숙여 묵례를 보냈고 나도 말없이 고개를 끄덕였다. 소녀가 다시 책을 펴고 들여다보기 시작했다.

나는 팔짱을 끼고 의자에 등을 기댄 다음 눈을 감고 지난 15일여 동안의 탁발여행에 대해서 반추해보기 시작했다. 이제 절로 돌아가면 그동안에 보고 듣고 느꼈던 것들을 기록으로 정리할 생각이었다. 많은 장면들이 주마등처럼 떠올랐다. 그중에서도 어떤 장면은 더욱 선명하고 의미 있게 다가오기도 하고 어떤 장면들은 기억에서 지워버리고도 싶은 것들도 있었다.

"젊은 학인, 당신은 중노릇할 상이 아니요. 내 말을 새겨들으시오. 내 말이 맞지 않거든 그때 가서 내 눈을 빼시오."

보성의 한 암자에서 들었던 객승의 말이 귓가에서 잉잉거리는가 하면, 농촌의 한 처사가 점심을 대접해 주고 나서 보리를 한 됫박 듬뿍 퍼가지고 나와 자루에 부어주며 하던 말이 생각나기도 한다.

"이제 불교도 희망은 있습니다. 스님 같은 젊은 분들이 절을 지키고 있는 한 말입니다."

밤에 머무를 곳이 없어 걱정하던 날이었다.

"스님, 오늘 밤에는 저희 집에서 유(留)하십시오. 저가 수요예배 갔다 오거든 같이 앉아서 얘기라도 나눈 다음 주무십시다."

쾌히 잠자리를 제공해 주던 공주군 우성면의 한 젊은 교회 집사가 떠오른다.

부여에서 논산으로 나오는 버스 내에서는 현금이 없어 차비를 못 내 버스 안내양에게 망신을 당하고 있던 나를 보고 "안내양, 거 너무 한 거 아니요? 만행 중인 스님이 무슨 돈이 있겠어요. 수행자는 좀 봐주지 그래요." 하고 안내양을 나무라던 어떤 남자 승객의 모습도 떠오른다.

소녀가 책을 보다 말고 입을 손으로 가리고 마른기침을 두어 번 했다. 그러고는 책을 무릎 위에 내려놓고 나서 고개를 돌려 나를 쳐다보며 빙긋이 웃는다. 나도 고개를 돌려 그녀를 보며 미소를 지어주었고, 우린 마주 보며 함께 웃었다. 소녀의 하는 행동이 귀여워 보였다.

"스님, 어느 절에 계시느냐고 물어봐도 실례가 되지 않을까요?"

소녀가 입가에 계속 미소를 띠며 물었고, 나는 불암사에 있다고 말하고 나서 그런 건 백번 물어봐도 실례가 되지 않는다며 무엇이든 궁금한 것이 있으면 어려워 말고 물어보라고 말했다.

소녀가 가볍게 손뼉을 치며 깜짝 반가워했다.

"어머, 그래요. 우리 삼촌도 그 절에 계시는데……."

알고 봤더니 그녀의 삼촌은 중이 아니고 거기서 고시공부를 하는 학생이었다. 이름을 듣고 보니 알 만한 사람이었다. 덩치가 크고 행동이 둔해서 곰이라는 별명이 붙은 사내였다.

순간 나는 천불전 옆방과 운수암에서 공부하고 있는 고시생들을 떠올려 보았다. 아침이나 저녁때 식사를 마치고 떼를 지어 경내를 느린 걸음으로 돌아다니며 시국에 관해 토론도 하고 곧잘 논쟁도 벌이는 모습을 수시로 보아왔기 때문이다. 그들은 이발도 제때 하지 않았고 옷차림도 손님이 찾아올 경우를 제외하곤 꾀죄죄한 모습이어서 학인들은 그들을 '절간의 소피스트들'이라고 부르곤 했다.

소녀가 아예 읽던 책을 덮어 한쪽으로 치우고 나서 나를 빤히 쳐다보며 계속 관심을 나타냈다.

"그럼, 스님 뭘 좀 더 물어봐도 될까요?"

"뭔데? 대답하기 곤란한 걸 물으면 안 되는데……."

소녀가 빙긋이 웃으며 되물었다.

"대답하기 곤란한 게 뭔데요?"

"이를테면 입산 동기라든가 이성(異性) 문제 같은 것."

"설마 그런 걸 물어보기야 하겠어요. 그런 프라이버시에 관한 건 아니구요. 보다 대답하기 쉬운 거요. 스님들은 절에서 일과를 어떻게 보내는지 궁금해요. 하루 24시간 내내 절에만 묻혀 있잖아요. 하루 이틀도 아니고 그렇다고 일이 년도 아니고 스님들은 한 번 절에 들어가면 나올 생각은 않고 평생을 그곳에서 독신으로 사시니까 그것이 궁금하걸랑요."

"쉽게 말해서 학생은 스님들의 일상생활이 궁금하다 이 말이지? 그러고 보니 학생은 꽤 똑똑한 것 같은데……. 종교에 관심도 많고. 혹시 크리스천이 아닌가. 일요일마다 교회 나가는……?"

"어머, 어떻게 그런 걸 다 아셨어요. 스님은 관상 같은 것도 보시나요?"

"그럼. 보고말고. 척 보면 알게 돼 있어. 학생 얼굴에 쓰여 있는 걸, 뭐. 나는 크리스천이다 하고 말이야. 그건 농담이고, 왜냐하면 절에 자주 오는 학생들은 와서 보니까 말 안 해도 자연히 알게 돼 있거든. 학생처럼 절과 담쌓은 사람들이 아니면 말이야."

"아, 그렇군요. 사실 저는 교회에 나가고 있걸랑요. 우리 식구다요. 할아버지 때부터 믿어왔기 때문에 그래요. 저는 어렸을 때 유아 세례를 받았어요. 아무것도 모르면서 말예요. 엄마가 저 대신 대답을 해줬어요. 목사님이 묻는 말마다 예 혹은 아니요 하고 말예요. 이런 얘기 계속해도 돼요?"

"괜찮아. 안될 게 뭐가 있겠어. 나도 그런 얘기 계속 듣고 싶어지는데 뭘."

"좋아요. 그럼 계속할게요. 저는 이제껏 절이라고는 한 번도 안 가봤어요. 가면 큰일 나걸랑요. 그래서 스님들을 만나면 호기심이 많아요. 스님들의 생활이라든가 스님들은 왜 가족을 버리고 산으로 들어갔을까 하고 말예요."

"그래서 그 책을 읽고 있는 모양이지?"

"맞아요. 왜 스님들은 청춘을 불사르며 고독한 길을 가고 있는가를 알고 싶었거든요."

"그래. 책 내용이 어때. 이해가 잘 돼?"

"아니요. 어려운 불교 전문용어들이 많아서인지 힘든 대목이 많아요. 다만 연애에 관한 얘기는 쏙쏙 들어오는데 말이죠."

"나는 그 책을 두 번 읽어봤는데 재미있던데. 불교를 쉽게 이해할 수도 있고 말이야."

"아, 그래요. 그럼 나도 천천히 두 번은 읽어봐야겠네요. 불교도 이해할 겸 말이죠."

"실은 내가 이번 탁발여행 중에 그 책의 저자를 만나고 오는 길이거든."

"어머, 그러세요. 수덕사 견성암에요?"

"견성암이 아니고 환희대야. 수덕사에서 견성암 쪽으로 올라가다 보면 길 아래로 조그마한 암자가 하나 있거든. 그곳에 계셔……."

"아, 그렇군요. 그럼 일엽스님 만났던 얘기 좀 해 주시면 안 되나요? 여행 중에 있었던 얘기랑요."

"안될 것 없지. 그런데 학생은 어디까지 가나?"

"순천이요. 거기에 고모 댁이 있걸랑요. 스님은 어디까지 가시는데요?"

"마침 잘됐군. 나도 거기서 일단 내려야 하거든. 물론 내려서 버스를 좀 더 타고 가야 하지만 말이야. 그건 그렇고 학생은 이름이 뭐지? 우린 이제껏 얘기는 하면서도 통성명도 안 했잖아. 난 일심이라고 하는데……."

"아참, 그렇군요. 저가 먼저 말씀드렸어야 하는 건데, 죄송해요. 저는 한나예요. 금한나."

"오, 그래. 금이 두 개가 아니고 하나라 이 말이지. 이름이 썩 재미있는걸."

"호호호. 스님도 참 재미있으시네요, 그런 건 아니고요. 성경에 나오는 이름이걸랑요. 선지자 사무엘의 엄마 한나 말예요. 스님 이름은 어떻게 쓰시는데요? 혹시 한일(一)자, 마음심(心)자, 그래서 한마음이란 뜻이 아닌가요? 일심스님."

"어떻게 한문을 그렇게 잘 알지. 혹시 할아버지가 한문 선생님 아니신가? 맞아. 글자는 그렇게 쓰는데, 실제로는 그 반대야. 항상 내 마음속에서는 두 마음이 싸우고 있거든……."

"두 마음이 어떤 건데요?"

"글쎄 한번 알아 맞춰봐. 어떤 것인지를."

나는 한나와 얘기를 주고받으면서 그동안 탁발 다녔던 얘기며, 환희대에서 일엽스님을 만난 얘기를 대충 두서없이 들려주기 시작했다.

설산과는 무량사에서 첫 밤을 보내고 3일 후에 광주에서 만나기로 하고 헤어졌다. 나는 절에서 함께 버스를 타고 읍내 쪽으로 나오다 말고 중간쯤에서 내렸다. 도로에서 얼마 떨어져 있지 않은 곳에 큰 마을이 보였기 때문이다. 드문드문 기와지붕들도 보였고 이 정도의 마을이라면 공사판의 하루 일당 정도는 충분히 나올 것 같아서였다.

　버스가 짐짝처럼 나를 길가에 내려놓고 시커먼 연기를 내뿜으며 읍내 쪽으로 사라져 갔다. 나는 역한 배기가스 냄새를 피해 코를 움켜쥐고 잠시 뒤로 돌아서 있다가는 승강장 곁에 있는 먼지 낀 구멍가게로 들어갔다.

　이제부터 나는 혼자였다. 조금은 긴장된 마음이 가슴을 압박해오기 시작했다. 껌을 한 통 사서 하나를 꺼내 잘근잘근 씹으며 마을 입구로 들어섰다. 하늘가에는 하얀 구름 서너 조각이 흘러 다닐 뿐 날씨는 맑고 좋았다. 길옆 논에는 새끼 친 모가 튼튼히 자라고 있었고 개구리 울음소리도 심심찮게 들려왔다.

　홀가분한 마음으로 떠나온 길이었으나 막상 탁발을 시작하려고 하니 창피한 생각도 없지 않았다. 차원이 다르긴 해도 자꾸만 어릴 적 자주 보았던 동냥아치들의 모습이 떠오르곤 해서였다. 어느 집 하나 반겨줄 것 같지 않은 낯선 동네를 향해 들어가고 있는 나의 발걸음은 조금도 가볍지가 않았다. 농번기의 농촌이라 집에 사람이 있을지도 의문이었고 시기적으로 쌀이 귀할 때인지라 알찬 탁발을 기대하기란 당초부터 무리였다. 하지만 좋아서 떠나온 길인데 해보지도 않고 미리 겁부터 먹고 움츠러들 것까지는 없었다.

태양은 점점 열기를 더해가며 중천으로 떠오르고 있었고, 벌써부터 등허리가 흥건하게 젖어들었다. 가까이 와서 보니 마을은 읍내가 가깝고 넓은 들을 앞에 끼고 있어서 그런지 집들이 크고 깨끗해서 부촌(富村)다운 느낌이 들었다. 나는 기침을 한 번 크게 하고 호흡을 가다듬고 나서 어깨를 활짝 펴고 걸었다. 알찬 탁발을 해서 3일 후 설산을 만날 때는 좀 더 여유 있는 모습으로 나타나고 싶었기 때문이다.

　하지만 공칠 조짐은 마을 초입에 들어서면서부터 감지되기 시작했다. 동네 입구 광장에는 붉은 벽돌의 2층 교회당이 마을 회관 옆에 우람하게 자리 잡고 있었고, 조무래기들 대여섯 명이 코를 흘리며 예배당 앞마당에서 구슬치기를 하고 있다가는 중을 보자 슬금슬금 도망을 가며 놀려대기 시작했다.

　"중중 까까중 어디어디서 왔나. 중대가리는 민대가리 어디어디서 왔나. 중대가리는 조때가리 어디어디서 왔나."

　"이놈의 자식들."

　나는 소리를 버럭 지르며 몇 걸음 쫓아가다 말고 서서 껄껄 웃으며 말했다.

　"요놈의 자식들, 중을 함부로 놀리면 무간지옥에 떨어질 거야."

　교회당 앞을 지나 곧장 파란 대문이 열려 있는 길가 첫 집으로 들어갔다. 집은 문간채가 따로 있는 네 칸 겹집으로 기와집이었고 마당에는 융단처럼 금잔디가 파랗게 깔려있어 시골집치고는 제법 규모가 있어 보였다.

　첫 집이다 보니 시작이 잘되어야 할 텐데 하는 걱정이 앞섰으나 이런 정도의 집이라면 기대를 해도 좋을 것 같다는 느낌이 들었다. 방문 앞 섬돌 위에는 옥색 고무신 한 켤레가 놓여있었고, 방에서는 잔잔한 클래식 음악이 들려왔다. 나는 목소리를 두어 번 가다듬고 나서 목탁을 천천히 두드렸다.

"정구업진언 수리수리 마하수리 수수리 사바하 오방내외안 위제신진언 나무 사만다 못다남 옴도로도로 지미 사바하……."

목탁소리에 맞추어 천수다라니를 신나게 외워나가자, 방문이 비긋이 열리며 젊은 여자가 고개를 삐쭉 내밀고 밖을 내다보았다. 얼굴이 길쭉하고 웨이브 진 머리에 목이 긴 여자였다. 목소리가 조금 떨렸으나 막히지 않고 그런대로 잘 외워지고 있어 다행이었다. 여자가 어서 쌀이라도 한 바가지 듬뿍 퍼 가지고 나와 자루 속에 부어주길 기대하며 계속해서 손에 힘을 주고 목탁을 치며 다라니를 외우고 있었다.

동네조무래기들이 멀찌감치 떨어져서 "중중까까중……" 하는 소리가 들려오기도 했다. 여자가 안에서 무엇을 하는지 조금 꾸물대는 것 같더니 문을 반쯤 열고 나오다 말고 문고리를 잡고 서서 "미안하지만 우리 집은 시주를 할 수가 없는데요. 예수를 믿고 있걸랑요. 다른 집이나 가보시죠." 하고 문을 쾅 닫았다. 천수경을 무난히 다 외우고 나서 "마하반야바라밀다심경……." 하고 반야심경을 신나게 막 외우고 있는 중이었다. 나는 대번에 아랫도리에 힘이 빠지고 말았다. 행여나 하고 마음 졸이며 기대했던 믿음이 수포로 돌아가고 말았기 때문이다. 도적질하다가 들킨 사람 마냥 얼굴이 화끈거리며 달아올랐다. 대문을 뒤로하고 밖으로 나오는데, 뒤통수가 간지러웠다.

두 번째 집으로 들어갔다. 사립문이 열려 있고 방문 앞에 신발은 놓여있는데 사람이 없는 모양인지 아무리 목탁을 두드리고 염불을 외어도 개만 짖어댈 뿐 내다보는 이가 없었다.

세 번째 집에서는 마당으로 들어서기도 전에 거절을 당하고 말았다. 꼬마 아이가 때맞춰 사립문을 닫고 집을 나오며 "우린 교회 나가걸랑요. 들어가 봤자 아무 소용없어요. 괜히 시간만 낭비할 걸요."하고 주머니에 손을 집어넣고 어기적거리며 뒤도 돌아보지 않고 밖으로 나갔다.

읍내에 들어와서는 군청과 읍사무소 경찰서 같은 데도 가리지 않고 들렀다. 천주교 마크가 대문에 붙어있는 경찰서장 사택에도 들어가 목탁을 두드려보았더니 부인이 의외로 웃으며 쌀을 한 됫박이나 들고 나왔다.

탁발여행은 생각처럼 그렇게 낭만적이지는 않았다. 사나운 개가 있는 집들이 많아서 대문을 들어서기조차 쉽지 않았고, 농번기라 빈집들이 적지 않아 허탕 치는 경우가 허다했다. 사립문이 열려있고 방문 앞에 신발들이 놓여있어 행여나 하고 목을 길게 늘어뜨리며 목탁을 열심히 두드리고 천수경과 반야심경까지 목청껏 외워대 보지만 아무런 반응이 없었다.

설령 집에 사람이 있다고는 해도 크리스천가정들이 의외로 많아 목탁을 두드리기도 전에 손을 내젓는 집들이 많았다. 그래도 하루 종일 돌아다니다 보니 배낭이 불룩하게 불어 올랐고 어깨가 묵직했다. 돈으로 시주를 하는 신도들도 적지 않아 호주머니가 두둑해졌고, 밥 사 먹고 잠잘 자리 걱정은 안 해도 될 정도는 되었다.

3일 후 광주에서 설산을 만날 때는 혼자서도 여행을 계속할
수 있다는 자신감을 갖게까지 되었다.
　광주에서는 이틀 밤을 말사에서 묵으며 시내구경도 하고 충
분한 휴식을 취한 다음 설산과 다시 헤어졌다.

　부여 고란사에 도착한 것은 탁발여행을 시작한 지 열흘째 되
는 날이었다. 어둠이 짙게 깔릴 무렵이었고, 어디선가 슬픈 노
랫소리가 들려오기도 했다.
　그동안 광주에서 설산과 헤어진 후 몇 군데 절을 들렀다. 설
산은 제주도로 가기 위해 목포로 떠났고, 나는 백양사로 가기
위해 장성행 버스에 올랐다. 생각 같아서는 나도 설산을 따라
목포로 가서 유달산도 구경하고 제주도까지 동행하고 싶었으나
다음 기회로 미뤘다. 나는 이번 여행의 최종 목적지를 예산 수
덕사로 잡고 있었고, 중간에 부여에도 들려야 했기 때문이다.
수덕사까지 가는 동안 때론 탁발도 해 가면서 평소에 동경하던
절들을 순회하고 싶었다.
　석양 무렵에서야 백양사 일주문에 도착했다.
　어느 가람이든 산수가 수려하지 않은 곳이 있으랴마는 백양
사는 유독 경관이 빼어났다. 절로 들어가는 입구의 맑은 물은
나그네의 발걸음을 한동안 멈추게 했고, 양의 이마처럼 툭 튀
어나온 산꼭대기의 우람한 하얀 바위는 오래도록 시선을 붙들
어 매기에 충분했다. 넉넉하게 자리 잡은 가람과 시원하게 앞
이 툭 터진 전망, 이런 것들이 어우러져 보는 이의 마음을 경탄
케 했고, 젊은 학인들도 많아 절이 활기가 넘쳤다. 언젠가 불암

사를 다녀간 학인들을 한번 만나보고 싶은 생각이 없지도 않았으나 그만두었다.

백양사에서 하룻밤을 보내고 아침 일찍 동쪽으로 능선을 타고 내장사로 넘어갔다. 내장사로 넘어가는 길은 그런대로 운치가 있었고, 스릴이 있어서 좋았다. 내장사 조금 못 미쳐 계곡을 가로질러 가다 보니 낭떠러지 위로 차가 곡예를 하며 굴러가고 있었는데, 산모퉁이를 굽이굽이 돌아가면서 아래를 내려다보니 아찔해서 오줌이 질금질금 나올 정도였다.

내장사는 단풍철이 아니어도 좋았다. 나는 내장사 객실에서도 혼자 풍경소리를 들으며 하룻밤을 묵었다. 그 절 상좌 두 명이 불암사 강원에 유학 와 있으면서 걸핏하면 내장산과 내장사 자랑을 늘어놓아 귀가 아프게 들어서 그런지 언젠가 한번 와본 것 같은 느낌이 들었고, 더욱 정감이 와 닿았다.

금산사는 미륵전이 볼만했다.

8일째 되는 날 내장사를 출발하여 버스를 타고 먼지가 풀풀 일어나는 비포장 국도를 따라 정읍과 신태인을 거쳐 금산사에 도착했다. 신흥 종교의 온상지로 이름난 모악산 자락에 자리 잡은 금산사는 언젠가 한 번 꼭 가보고 싶었던 절로 대가람답게 보물도 많고 볼거리도 많았다. 하지만 나는 객실에서 마음을 졸이며 하룻밤을 묵어야 했다. 거기가 맨 처음 대하는 비구승 절일 뿐더러 그 절 출신 송월주 스님이 사찰정화의 선봉장이었기 때문이다.

전주에서는 변두리에 있는 조그만 절에 가서 하룻밤 신세를 지고 아침 일찍 시내버스를 타고 전주역사로 나와 덕진공원까지 걸었다. 도로는 넓고 평탄했으나 짧지 않은 거리에 걸망을 둘러메고, 양쪽이 논과 밭으로 허허벌판인 비포장도로를 먼지를 뒤집어써 가며 걷기란 쉽지 않았다.

1962년 6월 중순 덕진 역사는 망망대해에 외따로 떨어져 있는 섬처럼 쓸쓸해 보였다. 끝없이 펼쳐진 연꽃밭과 호수가 있는 덕진공원은 나그네가 한 시간쯤 쉬어가기에는 안성맞춤이었다. 덕진에서 버스를 타고 부여까지 가는 데는 중간에서 차를 갈아타는 바람에 3시간이 넘게 걸렸다. 삼례를 거쳐 금마, 여산, 연무대를 차례로 지나 논산으로 갔다가는 거기서 버스를 갈아타고 부여에 도착했다.

부여의 거리는 생각보다 한산했다. 사실 나는 차를 타고 가면서 많이 흥분했었다. '부여 4km' 이정표가 나타나자 거기서부터 마음이 들뜨기 시작했고 산골짜기를 지나가면서 차창 밖으로 내다보이는 산처럼 큼지막한 왕릉을 보고는 백제 고도가 가까워지고 있음을 실감했다. 왕릉 하나만 봐도 다른 고도(古都)와 별 차이가 없을 것이란 생각이 들었기 때문이다.

그러나 막상 부여에 도착해서는 실망이 컸다. 여느 군청 소재지와 다를 게 하나도 없을뿐더러 고도다운 흔적이 별로 눈에 뜨이지 않아서였다. 고색창연한 건물이라든가 무너진 궁궐 터 같은 흔적도 보이지 않았고, 그 흔한 성(城)도 오래된 돌담 하나도 눈에 와 닿지 않았다.

낙화암 쪽으로 발걸음을 옮겨봤다. 크고 작은 소나무와 활엽수가 적당히 뒤섞여 있는 부소산은 동산처럼 낮고 어머니의 젖가슴처럼 부드러운 곡선을 이루고 있어 푸근한 느낌을 갖게 했다. 박쥐처럼 생긴 낙화암 위에는 텅 빈 정자만 서 있을 뿐 사람의 그림자 하나 보이지 않았다. 해거름 녘의 백마강은 푸르다 못해 짙은 검은 색을 띠고 있었고, 조금만 내려다보고 있어도 현기증이 났다. 강의 슬픈 사연을 아는 듯 모르는 듯 강 건너 외딴 마을에서는 저녁밥 짓는 연기가 하얗게 피어오르고 있었고, 하얀 돛단배 하나가 관광객 대여섯 명을 태우고 하류 쪽으로 유유히 흘러가고 있었다.

나는 한동안 바위 위에 걸터앉아 망연히 강물을 내려다보며 바람에 날리는 꽃잎처럼 몸을 날려 떨어져 간 궁녀들을 떠올리며 생각에 잠겼다. 그녀들의 아비규환이 아직도 사라지지 않고 어디선가 메아리처럼 아스라이 들려오는 것만 같았다. 고개를 들고 멀리 하늘을 쳐다봤다. 싱그러운 바람이 콧등을 스치며 지나가고 붉게 물든 저녁놀이 시야에 들어왔다.

갑자기 절벽 아래서 "둥-" 하고 쇠북소리가 들려왔다. 둔중하면서도 은은하게 긴 여운을 남기며 울려 퍼지는 종소리는 나그네의 발걸음을 재촉하기에 충분했다. 그제야 나는 엉덩이를 털고 자리에서 일어나 걸망을 둘러메고 터벅터벅 고란사를 향해 발길을 옮기기 시작했다. 바람이 옷깃을 스치며 지나가고 소나무 가지들이 휘파람소리를 내며 바늘 같은 잎사귀들을 마구 흔들어댔다. 선착장에서 방금 내린 대여섯 명의 관광객들이 노래를 부르며 산길을 올라오고 있었다.

"뱅마가앙에 고요한 다알 바암아……."

술이라도 몇 잔씩 거나하게 걸쳤는지 불콰해진 얼굴로 비틀거리며 가고 있었으나 그들의 애조 띤 목소리는 듣는 이의 마음을 울적하게 만들어 놓기에 충분했다.

고란사는 낙화암 서쪽 깎아지른 듯한 절벽 아래에 제비집처럼 날렵하게 들어앉아 있었다. 백마강을 마당처럼 코앞에 두고 있어서 밥을 먹으면서도 강을 바라볼 수 있었고, 밥 먹다가도 뛰어가 손을 씻을 수 있어서 좋았다. 물결 소리를 들으며 잠들 수도 있었고 잠자다가도 밖으로 나와 시 한 수를 지을 수도 있을 것 같았다.

고란사 주지스님은 일몰 후에 찾아온 객승을 달가워하지는 않았다. 코가 덩실하니 크고 배가 불룩 나온 그는 이쑤시개를 입에 물고 나와 귀찮기라도 한 듯 위아래를 훑어보며, 어느 절에서 왔느냐고 꼬치꼬치 묻고 나서 마지못해 객실로 안내했다.

고란사의 풍경은 낮보다는 밤이 더 좋았다. 요사(寮舍)채에서 때늦은 저녁 공양을 하고 밖으로 나오자 둥그스름한 달이 두 개 시야에 들어왔다. 하나는 낙화암 쪽 소나무 위에 둥실 하니 떠 있었고, 다른 하나는 절 아래 출렁거리는 강물 위에 춤을 추며 떠 있었다.

풍경소리를 들으며 잠을 이루지 못한 사람은 비단 성불사의 객만이 아니었다. 몸을 뒤척이다 말고 소변을 보러 밖으로 나와 보니 하얀 달빛이 은은한 빛을 발하며 강물 위에 은빛 가루를 뿌려대고 있었고 낙화암 쪽에서 두견새 우는소리가 구슬프게 들려왔다.

새벽 예불을 마치고 마당으로 나오자 물안개가 강심을 따라 하얗게 피어오르며 강의 모습을 감추었다. 찰랑거리는 물결소리만이 강이 거기 있다는 걸 말해주고 있을 뿐이었다.

아침에는 주지스님이 귀한 것을 보여주겠다며 절 뒤로 데리고 가더니 암벽 사이에 자생한 고란초를 구경시켜주었다. 동굴처럼 어두컴컴한 이끼 낀 바위틈에서 이슬을 먹고 자란다는 고란초는 길쭉한 잎이 청초하기 이를 데 없었다. 고란 정에서 국자 비슷한 긴 표주박으로 약수를 두어 바가지 떠 마셨다. 기분 때문일까? 시원한 약수 맛이 나그네의 노독을 풀어주기에 충분했다.

은진미륵은 토함산에 있는 석굴암과 더불어 언젠가 한번은 꼭 가보고 싶은 석불 중의 하나였다. 아침 일찍 고란사를 출발하여 왕릉을 보기 위해 능산리까지 걸어 나온 나는 버스를 타고 논산으로 나와 도보로 은진에 있는 관촉사를 들렀다.

나는 석조로 된 미륵보살 입상을 친견하는 동안 벌어진 입을 다물지 못했다. 설명문에서와 같이 땅속 바위 틈새에서 불쑥 솟아나온 듯한 은진미륵은 우선 큰 규모에 압도당할 수밖에 없었고, 덩치 못지않게 후덕한 여인처럼 투박하면서도 은은한 멋을 풍기며 서 있는 모습이 정감이 넘쳤다.

밤에는 주인도 없는 절에서 나그네들끼리 어울려 잤다. 마침 주지스님이 출타 중이었고, 객승이 또 한 사람 있어서 한 방에 들었기 때문이다. 우린 인사를 나누고 그동안 여행 중에 있었던 이야기들을 하는 중에 나는 부여에서 논산으로 나오는 길에 차비가 없어 버스 안내양과 다퉜던 얘기를 들려줬다.

"…… 주머니 속에는 땡전 한 잎이 없었거든요. 그렇다고 그 먼 거리를 걸어서 나올 수도 없고 말이지요. 다행히 승객 중에 내 편을 들어주는 사람이 하나 있었어요. 사십 대 중반쯤 돼 보이는 신사분이였거든요. 그가 벌떡 일어나 점잖게 나무라더군요. '이봐요. 안내양, 아무리 그래도 그렇지. 중간에서 내리라고 한 건 너무 한 것 아니요. 만행 중인 스님이 돈이 어디 있겠어요? 수행자는 한번 봐줄 만도 하잖아요.' 하고 말이지요."

그러자 나보다 두세 살쯤 더 먹어 보이고 키가 크고 덩치가 큰 비구승은 가만히 앉아서 귀 기울여 듣고 있다가는 불쑥 성질을 내며 "거참 잘 하셨수다. 멱살잡이를 안 당한 것만도 다행이로군요." 하고 핀잔을 주더니, 주전자의 물을 한 컵 따라 마시고 나서는 "그걸 지금 자랑이라고 얘기하세요. 창피한 줄 알아야 돼요. 스님 같은 사람들 때문에 중들이 도매금으로 욕을 먹게 되는 거라구요." 하고 입에 거품을 물기까지 했다.

나는 빙긋이 웃으며 '그 정도는 아무것도 아니야. 중들이 폭력도 행사하는데 뭐.' 하고 대꾸를 하려다가 그만두었다. 그러잖아도 총무원 소속이 달라 종단 문제로 입씨름을 하던 후여서 뒷맛이 씁쓸름했다.

공주는 금강이 있어서 행복한 도시 같았다. 아침 일찍 공주로 나온 나는 금강변에 있는 공산성을 쭉 한 바퀴 돌아본 다음 마곡사 쪽으로 방향을 틀었다. 차는 강둑을 따라 한동안 하류 쪽으로 내려가고 있었고 나도 강물을 따라 한없이 내려가고 싶은 충동을 금할 수 없었다. 하지만 차는 더 이상 강물을 따라가지 않고 우측으로 방향을 틀어 산등성이를 넘어가더니 들판이 내려다보이는 갈림길에서 멈췄다. 아낙네 서너 명이 장바구니를 이고 내리고 있는 것을 보자 나도 급히 걸망을 들쳐 메고 그녀들의 뒤를 따라 내렸다. 탁발을 하기 위해서였다. 한동안 탁발은 않고 구경만 하고 다니다 보니 배낭과 주머니가 텅 비어 있었다.

나는 미루나무가 줄지어 서 있는 작은 개천가를 지나 국도에서 얼마 떨어져 있지 않은 마을로 들어갔다.

동네는 조그마한 동산을 중심으로 앞뒤로 널리 퍼져 있어서 웬만한 마을 두 개를 포개놓은 것 같은 느낌을 갖게 했다. 거기서부터 탁발을 시작한 후 국도를 끼고 마곡사 쪽으로 가며 연이틀 동안 온전히 탁발만 했다.

이 동네 저 마을 골목골목을 누비며 한 집이라도 빠질세라 신경을 써가며 탁발을 하던 중 삼거리 외딴집 울타리 너머로 들려오는 정오 뉴스에서 맥아더 장군이 죽었다는 소식도 들었다. '노병은 죽지 않는다. 다만 사라져 갈 뿐'이라 말하던 그 사람도 역사 속으로 사라져 가고 만 것이다.

탁발 12일째 되는 날 밤은 공주군 우성면의 어느 한 농가에서 묵었다. 교회 다니는 젊은 집사 네 집이었다. 그는 친절하게도 이교도에게 먹을 것과 잠자리를 제공해 준 유일한 크리스천이었다. 보통 키에 얼굴이 가무잡잡하고 어깨가 떡 벌어진 그는 허름한 잠바 차림에 장화를 신고 외양간에서 쇠스랑으로 두엄을 끄집어내며 쇠똥을 치우고 있다가는 내가 목탁을 두드리며 염불을 외우자, 손을 털고 나와 탁발 대신 삶은 감자와 미숫가루를 한 컵 타서 내놓았다. 그러고는 내가 잠자리를 걱정하자 흔쾌히 승낙했다.

"스님, 오늘 밤 유할 곳이 마땅찮으면 저희 집에 와서 주무십시오. 누추하지만 이따 제가 교회 갔다 오거든 얘기나 나누며 같이 주무십시다."

그날은 수요일이었고 나는 그가 밤 예배 보러 가고 없는 사이 책상 앞에 앉아서 그가 읽다 둔 성경을 읽어봤다. 붉은 줄이 처져 있어 천천히 읽어보았더니 다음과 같은 글이 씌어 있었다.

'그러므로 무엇이든지 남에게 대접을 받고자 하는 대로 너희도 남을 대접하라. 이것이 율법이요, 선지자니라.'

다음날 밤은 동네 사랑방에서 머슴들과 함께 어울려 잤다. 사곡면의 어느 한적한 마을이었다. 이제 탁발여행도 막바지에 이르고 있었고, 한 집이라도 더 탁발을 하기 위해 늦게까지 돌아다니다 보니 그만 절로 들어가는 차를 놓치고 말았다. 날은 저물어가고 있었고, 시골에 여관 같은 게 있을 리가 만무했다. 별수 없이 사랑방 있는 집을 찾아 윗마을 아랫동네 어두운 밤거리를 헤매고 다녔고, 9시가 조금 지나서야 아랫마을 중간쯤에 있는 어느 여염집의 문간채에 딸린 사랑방에 들 수가 있었다.

사랑방에는 동네 청년들 대여섯 명이 호롱불 앞에 앉아 화투를 치거나 장기를 두고 있다가는 낯선 중이 나타나자 일제히 고개를 들고 쳐다보며 호기심을 나타냈다.

"…… 지나가던 나그네가 하룻밤 신세 좀 지려고 찾아 왔습니다."

나는 문 앞에 서서 허리를 활처럼 꺾고 머리를 숙이며 정중하게 인사를 했다.

"아, 예. 그렇게 하시유. 보시다시피 잠자리는 조금 누추하지만 한데보다는 나을 것이유. 원래 사랑방은 댁 같은 분들을 위해 만들어 놨으니께유. 조금도 부담 갖지 말고 이틀 밤이라도 쉬었다가시유."

연장자인 듯한 머리가 희끗희끗하고 이마에 주름살이 있는 남자가 장기를 두다 말고 담배에 불을 붙이며 말했다. 나는 그제야 안도의 숨을 내쉬며 배낭을 벗어 방 한쪽 구석에 놓고 윗목에 자리를 잡고 앉았다. 칠팔 명쯤 누워서 잘 수 있는 방은 조금 지저분했고 바로 문밖에 소변기가 놓여 있어서 그런지 지린내와 고리타분한 냄새가 문틈으로 풍겨오기도 했다. 색이 누렇게 바랜 벽지에는 군데군데 빈대 자국이 난을 치고 있었고, 장판 바닥은 거뭇거뭇 담뱃불로 구멍이 난 곳이 여기저기 눈에 뜨였다. 하지만 나는 30분쯤 후 주인댁 며느리가 안채에서 한 상 가득 차려온 저녁 밥상을 남김없이 먹어치웠다.

"스님은 어느 절에서 오셨습니까?"

마침내 청년들이 짓고땡을 끝내고 잠자리에 들기 위해 옷을 벗기 시작했고, 청년 하나가 바지를 벗으며 그제야 관심을 나타냈다. 그들은 답답하기라도 한 듯 옷들을 훌훌 벗어 던지고 삼각팬티 하나씩만 달랑 걸치고 있어서 연장자인 한 사람만 빼놓고는 모두가 잔칫날처럼 팬티에 차일을 치고 있었다.

"청계산 불암사에서 왔습니다."

나도 그들처럼 겉옷을 벗어 배낭 위에 얹어놓고 땟국이 절은 목침을 베고 잠자리에 들려다 말고 대답했다. 아랫목 발치에는 금방이라도 이가 스멀스멀 기어 나올 것 같은 홑이불이 깔려있었고, 청년들이 하나둘 홑이불을 잡아당기며 떠들고 들어가 목침을 베고 잠자리에 들기 시작했다.

"절에는 아무나 들어갈 수 있는 겁니까?"

내 곁에 자리를 잡고 누워있는 여드름이 듬성듬성한 사내도 나를 힐끗 쳐다보며 물었다.

"물론이지요. 일정한 요건만 갖춘다면 말이죠."

나는 '그럼은요.' 하고 말하려다 말고 일정한 요건을 더 추가했다.

"이런 걸 물어서 좀 뭣하지만 스님들은 여자 생각나면 어떻게 하죠? 속인들처럼 드러내놓고 연애도 할 수 없고 말이지요."

코가 덩실하고 사팔뜨기인 사내가 그게 가장 궁금하다는 듯이 씨익 웃으며 물었고, 뒤에서 쿡쿡하고 웃는 소리도 들렸다.

"글쎄요. 저는 아직 햇병아리라 잘은 모르지만 다 나름대로 해결하는 방법이 있겠죠, 뭐. 역대 스님네들처럼 말이지요."

나는 얼버무리고 말았다. 이제 그만 좀 물어봤으면 싶었다. 피곤한데다 승려생활에 관해서 아는 것도 많지 않았기 때문이다. 하지만 곁에서 지켜보고 있던 나이 지긋한 사내도 한마디 묻는 걸 싫어하지 않았다.

"스님은 대처승입니까? 비구승입니까?"

"대처승 절에서 왔습니다. 하지만 저는 아직 결혼하지 않았습니다."

마곡사에서는 객실에서 자며 객실 담당인 그 절 학인과도 약간의 언쟁을 벌였다. 키가 작고 얼굴이 두루뭉술하게 생긴 그는 저녁에 방을 안내해 주고 나서 객승 숙박부를 보고 나더니

126

대번에 얼굴색이 변했다.

"가만있어보자. 불암사가 순천 청계산에 있는 대처승 절이 아닙니까?"

"그렇습니다. 그런데 왜요. 대처승은 불자(佛子)가 아닙니까?"

"아니오, 그런 건 아니구요. 예, 아무튼 알았습니다."

그는 일단 숙박부를 접어 한쪽에 놓아두고 나서 못마땅한 표정으로 대처승들을 비난하기 시작했다. 뿐만 아니라 나더러 출가를 하려면 애초에 비구승 절을 찾았어야지 왜 하필 대처승 절로 갔느냐며 점잖게 나무라기까지 했다. 나는 슬그머니 부아가 났다. 그러잖아도 관촉사에서 그런 일로 비구승과 한바탕 다투었던 터라 신경이 날카로워져 있었기 때문이다. 하지만 어쩌겠는가. 그런 일로 불자가 입에 거품을 물고 달려들 필요까지는 없는 거였다. 나는 조용히 말했다.

"불교가 현대화되고 대중화하려면 대처승을 냉대해서는 안 됩니다."

조계종이 태고종과 갈라지기 전이었고, 그들은 만나기만 하면 얼굴을 붉히며 으르렁거리던 때였다.

'덕숭산 수덕사 2km'

삼거리에서 이정표를 보자 마음이 달아오르기 시작했다. 책에서 본 일엽스님의 얼굴이 떠오르고 한두 구절 문장도 생각이 났다.

"…… 피고름 주물렀거나 티끌 하나 만지지 않았거나 손의 정부정을 누가 묻더냐?"

마곡사에서 하룻밤을 보내고 아침 일찍 그 절 원주스님과 동행으로 태화산을 넘었다. 스님은 산 넘어 유구로 오일장을 보러 가는 길이었고, 나는 마지막 순례지 예산 수덕사로 가기 위해서였다. 산을 넘고 내를 몇 번이나 건너 장터로 나왔다. 거기서부터는 걷기도 하고 버스를 타기도 하면서 신례원을 거쳐 예산읍 버스터미널에 도착하고 보니 해가 설핏하니 기울어져 있었다. 절로 들어가는 차편은 끊어져 있었고 별수 없이 여인숙에 가서 하룻밤을 보내야만 했다.

수덕사는 대가람답게 덕숭산 기슭에 웅장하게 자리 잡고 있었고, 주위에 참선 도량인 정혜사와 비구니 선원인 견성암 환희대까지 거느리고 있어서 찾는 이가 많은 절 중의 하나였다. 하지만 나는 대웅전에 들어가 부처님께 참배를 한 다음 경내를 한 바퀴 둘러보고 나서 곧장 환희대로 발걸음을 재촉했다.

개울을 지나 환희대 마당으로 쭈뼛쭈뼛 들어서자, 이제 갓 열여덟 살쯤 돼 보이는 비구니 둘이 나무그늘에 앉아서 나물을 다듬고 있다가는 한 비구니가 벌떡 일어났다. 그녀는 종종걸음으로 다가와 합장을 하고 나서 무슨 일이냐고 물었다. 일엽스님을 뵈러 왔다고 하자, 잠시 기다리라며 방으로 들어갔다 나오더니 손님이 와 계시다며 마루에 앉아서 조금만 기다려달라고 했다.

스님과 대좌를 한 것은 십 분쯤 지나서였다. 스님이 중절모를 쓴 손님과 같이 방문을 열고 나와 배웅을 한 다음 나를 반갑게 맞아주었다. 방으로 들어가 인사가 끝나고 자리에 앉자, 보통 키에 얼굴이 둥그스름하고 조금은 길쭉해 보인 스님이 자주색 뿔테안경을 끼고 앉아 미소 띤 얼굴로 어떻게 왔느냐고 물었다. 그녀는 방문 옆 앉은뱅이책상 곁에 궤짝처럼 나무로 만든 큼지막한 상자를 놓아두고 독자들에게서 온 편지를 넣어두고 있었는데, 내가 한 달 전쯤 편지 보낸 얘기를 꺼내자 단번에 편지의 내용을 기억해냈다.

"아, 생각납니다. 문학을 좋아한다는……."

그녀는 가볍게 무릎을 한번 치며 말했다.

"그래, 아직도 확신이 서지 않았나요?"

스님은 나를 매우 안타깝게 여기고 있는 것 같았다. 내가 아직도 마음의 갈피를 잡지 못하고 방황하고 있는 모습이 편지에 털어놨던 때와 별반 달라 보이지 않은 모양이었다. 그 무렵 나는 이삼 년 절에 있으면서 읽고 싶은 책이나 실컷 읽고 때가 되면 하산을 해서 세속의 꿈을 이루기 위해 노력할 것인지 아니면 절집의 대중들처럼 평생 절간에 묻혀 중노릇을 하며 한 소식 엿볼 것인지를 가지고 씨름하고 있었기 때문이다.

스님은 나더러 자기가 큰절 주지스님에게 얘기해 주겠다며 수덕사에 와서 승려생활을 하면 어떻겠냐고 물었다.

"좋지 않나요. 전통 있는 절에 와서 중노릇을 하면 분위기도 좋을뿐더러 나중에 그 맥을 이어받을 수도 있고 말예요……."

나는 한번 생각해 보겠다고만 말하고 나서 가지고 간 책에 사인만 받고 일어났다.

수덕사를 나와 버스를 타고 신례원과 온양을 거쳐 천안으로 나왔다. 천안에서는 계속 비가 내렸고 찾아갈 만한 절이 마땅찮았다. 별수 없이 역전 부근에서 풀빵을 사 먹으며 시간을 보내다가 불암사로 돌아가기 위해 여수행 밤기차에 올랐다.

"아, 그러셨군요. 그래서 처음 뵐 때 퍽 피곤해 보이셨군요. 16일 동안이나 긴 탁발여행을 하시다니 스님은 대단하시네요. 그것도 모르고 난 얘기를 많이 시켜드렸나 봐요. 귀찮게 말이죠."

"괜찮아, 난 원래 얘기하는 걸 좋아하니까. 긴 시간 가만히 앉아서 남의 얼굴이나 훔쳐보며 심심하게 가는 것보다는 즐겁게 얘기라도 나누며 시간을 때우는 게 더 좋잖아. 같은 의자에 앉아서 가는 것도 보통 인연은 아닐 테니까 말이야."

"그렇군요. 그럼 얘기 계속할까요? 아무 얘기나 마구 지껄이면서 말이죠. 그래도 괜찮아요?"

"괜찮지 않을 리가 있겠어. 난 무슨 얘기든지 듣는 걸 좋아하는데. 걱정하지 말고 얘기해. 날 오빠나 친구처럼 생각하면서 아무렇게나 생각나는 대로 이야기해도 돼. 다 들어 줄 테니까."

"좋아요. 그럼 아무 이야기나 마구 할게요."

소녀는 손수건을 꺼내 입술을 한번 문지르고 나서 말을 이었다.

"이런 이야기 하긴 좀 뭣하지만, 난 일요일에 교회 가기 싫을 때가 가끔 있거든요. 그럴 땐 어떡해야 하죠? 나도 다른 아이들처럼 일요일에는 산으로 들로 나가기도 하고 영화관 같은 델 가서 종일토록 지내고 싶은 생각이 들 때가 있거든요. 내 마음대로 쓰는 시간 말에요. 스님은 그런 생각 들 때가 없나요? 가끔은 승복을 벗고 절에서 나와 자유롭게 행동하며 돌아다니고 싶은 생각 같은 것 말예요. 이를테면 파격 같은 걸 한 번쯤 시도

해보고 싶지 않으시냐 이 말씀예요. 지금처럼 잿빛 제복을 입고 점잖게 앉아있는 것 말고요."

"왜 없겠어. 그런 걸 한두 번 생각해 본 게 아니지. 하지만 실행하는 게 생각처럼 그렇게 쉽지가 않아. 그것은 학생이 교회 가기 싫어도 안갈 수 없는 거나 마찬가지일 거야. 그건 왜 그런 건지 나도 몰라. 모르니까 때론 이렇게 방황하며 번뇌하고 있는 거야."

"어머, 스님들도 번뇌하고 방황할 때가 있어요? 난 스님들은 방황 같은 건 안 하는 줄 알았는데……."

"다른 스님들의 경우는 물어보지 않아서 잘 몰라. 단 내 경우가 그렇다는 얘기지. 그렇다고 날이면 날마다 그런 건 아니고 가끔 그런 생각이 들 때가 있다 이 말이야."

"그렇군요. 그래서 불교에서는 이 세상을 고해(苦海)라고 하는 건가 보죠. 실은 저도 자신이 위선적일 때가 많거든요. 그래서 괴로워요. 기도는 유창하게 하면서 실천은 하나도 못하니까 말이죠. 날마다 주기도문은 외우면서도 남들은 하나도 용서를 못 해줘요. 주기도문에 이런 문구가 있거든요. '우리가 우리에게 죄지은 자를 사하여 준 것 같이 우리 죄를 사하여 주옵시고.'라고."

"그러니까 절대자를 믿는 거지. 성경에도 있잖아. '의인은 없나니 하나도 없다.' 그래서 행위로 구원받는 것이 아니고 믿음을 통해서만 구원을 받을 수 있다고……."

"어머, 어쩜 그렇게 성경을 잘 아세요. 혹시 어렸을 때 주일학교라도 다니셨나요?"

"그런 건 아니고, 어깨너머로 들은 풍월이지 뭐. 때론 시간이 나면 다른 종교의 책을 읽어 보기도 하고……. 기독교를 믿든 불교를 믿든 인간이 괴로운 것은 마찬가지야. 기독교에서는 원죄든 자기가 지은 죄든 죄 때문에 괴롭고, 불교에서는 영겁을 통해서 지은 업(業)과 이생에서 이제껏 살아오면서 집착하며 지은 업 때문에 괴로워. 그러나 우리네 중들에게는 괴로운 게 또 하나 있어. 그건 다름 아닌 성불이야. 성불 하나 때문에 가정도 친구도 애인도 재산마저 모두 버리고 절간에 와 있지만 평생을 투자해도 본전 찾기가 어렵거든. 그래서 중들도 더러는 방황하게 되는 거야. 나처럼……."

"불교나 기독교나 너무 계율에 얽매이지 말고 그냥 편안하게 믿으며 물처럼 구름처럼 살면 안 될까요. 자연의 순리에 적응하면서 말이죠. 흐르는 강물처럼 막힌 것이 있으면 기다렸다가 물이 차면 넘쳐흐르고, 바람에 떠다니는 구름처럼 산이 막히면 비를 내렸다가 다시 구름으로 떠도는 자연의 원리처럼 말이죠. 기독교 신자는 주일성수를 꼭 해야만 죽어서 천국에 들어가고, 스님들은 꼭 삭발을 하고 먹물 옷을 입고 절간에만 틀어박혀서 수도를 해야만 죽어서 극락왕생을 하게 되느냐구요. 사실 따지고 보면 천당과 지옥, 극락세계와 무간지옥 같은 것도 마음의 문제가 아닐까요. 마음을 비우고 허허롭게 살면 천당과 극락세계에 있는 거구요. 마음이 복잡하고 욕심이 많으면 지옥에 있는 거 아닌가요. 복음서에도 그런 말이 있거든요. '마음이 가난한 자는 복이 있나니 천국이 저의 것임이요.' 라고."

"맞아. 그 말이 백 번 타당하다고 생각해. 나도 그런 생각을 진작부터 가지고 있었어. 형식보다는 내용이 더 중요하다는 걸 말이야. 잎사귀보다는 열매가 더 중요한 것 같이. 그러고 보니 학생은 보통내기가 아니 것 같군 그래. 훌륭해."

우린 거기까지 얘기를 하고 나서 잠시 숨을 돌릴 겸 통로를 오가는 이동 매점을 불러 각기 음료수를 하나씩 사 마셨다.

막차를 놓쳤어요

소녀가 산사로 왔다. 수학여행을 마치고 돌아간 지 두 달도 채 지나지 않아서였다. 그동안 우린 일주일이 멀다 하고 편지를 주고받다 보니 이제 어지간히 마음의 교류가 생기고 서로를 신뢰할 수도 있게 되었다.

서너 주일 전까지만 해도 그녀는 친구와 함께 겨울여행을 떠난다고 했었다. 바닷가에 가서 파도 소리를 들으며 백사장을 거닐어보기도 하고, 높은 산에 올라가 눈꽃구경도 해야겠다며 동해안으로 떠난다고 했었다. 그러던 그녀가 갑자기 마음을 바꿔 산사로 오겠다며 편지를 보내온 것은 겨울 방학이 시작되기 두 주쯤 전이었다.

"오빠!(언제부턴가 그녀는 나를 오빠라고 불렀다) 아무래도 안 되겠어요. 친구와의 여행은 당분간 보류할래요. 친구와의 여행일랑 다음 기회로 미루죠, 뭐. 대신 올 크리스마스는 오빠랑 함께 보내고 싶어요. 괜찮죠?"

소녀의 편지를 받고 나서 나는 한동안 설렘과 함께 행복한 고민에 빠지고 말았다. 금녀(禁女)의 집인 청정도량에서 그녀를 어떻게 맞이하고 대해야 할지, 엄두가 나질 않았기 때문이다. 잠은 모텔에서 재운다 하더라도 낮 동안 그녀를 어디로 데리고 다녀야 할 것인지가 난감했다. 더구나 대중생활을 하고 있는 절간에서 비밀을 유지하기란 쉽지 않을 것 같았다. 나는 아직 입산한 지 일 년도 채 안된 햇병아리 사미승에 불과했고 층층시하에 있는 처지였다.

언젠가 한번 선임 학인인 법운과 함께 순천에 나갔다가 역전 부근에 있는 모텔에서 하룻밤을 자고 온 적이 있었는데 그 후로 그는 한때 나와 사이가 멀어지자 나만 보면 얼굴을 붉히며 안절부절못했다. 그가 여자하고 딴방에 들어가 한 시간여 동안 머물다 나온 것을 내가 알고 있었기 때문이다.

소녀가 온다고 하던 날 나는 부랴부랴 탁발여행을 마치고 돌아왔다. 두 번째 만행인 셈이었다. 원래는 한 보름 예정으로 남해안을 거쳐 경상남도 일원을 돌려고도 했으나 갑자기 그녀가 온다는 바람에 일정을 변경했다. 여수에서 방향을 바꿔 배를 타고 고흥반도로 해서 돌아왔는데 그러고 보니 일주일을 앞당긴 여정이 되고 말았다.

서둘러 온다고는 했으나 절에 와보니 해는 이미 서산마루에 걸려 있었고 그녀는 먼저 와서 기다리고 있었다. 나는 적잖이

놀랄 수밖에 없었고 미안한 마음을 금할 수가 없었다. 그것도 모르고 십오 리 길을 걸어오면서 몇 번이나 산모퉁이를 돌아다 봤는지 모른다. 그녀가 혹시 차를 놓치고 걸어서 올지도 모른다는 생각에서였다. 노선버스가 하나 있다고는 해도 하루에 대여섯 번 밖에 다니지 않아서 시간 맞추기가 쉽지 않았고, 더구나 차가 막 떠난 뒤여서 차라리 걷는 게 더 빨랐기 때문이다.

처음에 나는 그녀를 못 알아볼 뻔했다. 오던 길로 주지스님 방에 들려 인사를 하고 서둘러 거처인 벽안당으로 올라가던 길이었다.

한 숙녀가 팔상전 앞 돌계단을 내려오다 말고 서 있었다. 훤칠한 키에 선글라스를 끼고 있었고, 우아한 자태가 패션모델을 연상케도 했다. 겨울 산사를 찾아온 관광객이려니 했다. 그녀 옆을 무심코 지나가는데 여자가 나를 불러 세웠다.

"오빠!"

나는 주위에 나 말고 누가 또 있는가를 둘러봤으나 아무도 보이지 않았다. 나는 멍한 표정으로 그녀를 쳐다봤고 그녀가 생긋 웃으며 손을 내밀었다.

"이게 누구야!"

나는 자신도 모르게 그녀의 손을 덥석 잡았고, 그녀는 손을 맡긴 채 웃기만 했다. 그녀는 이제 완연한 숙녀가 돼 있었다. 나중에 알고 봤더니 언니 옷을 빌려 입은 것이라고 했는데, 말쑥한 양장 차림이라 처음에 나는 누군가 했다. 하얀 블라우스에 빨간 체크무늬 스커트를 받쳐 입은 그녀는 굽 높은 신발에 검은색 선글라스를 끼고 있었고 왼쪽 팔에는 감색 재킷을 걸치고 있었다.

"그래, 벌써 왔댔어? 나는 그것도 모르고 장터 버스 정류소에서 많이 기다렸었지. 걸어오면서도 뒤를 몇 번이나 돌아다보았는지 모른다고. 길모퉁이를 돌아설 때마다 꼭 뒤쫓아 따라올 것만 같아서 말이야."

나는 다소 과장스런 몸짓을 해가며 변명하기에 바빴고 그녀 또한 불만을 감추지 않았다.

"말도 마세요. 나는 행여나 오빠가 쌍바위 버스 정류장까지 마중 나온 줄 알고 얼마나 찾았다구요. 약국 앞에서는 실수도 할 뻔했고 말예요. 등받이 의자에 비스듬히 앉아있는 스님의 뒷모습이 오빠랑 비슷해 보였걸랑요. 그래 내 딴엔 깜짝 놀라게 해주려고 가만가만 다가갔더니 글쎄, 그때 마침 스님이 자리를 털고 일어나지 뭐예요. 하마터면 망신 한 번 톡톡히 당할 뻔했다니까요."

그녀는 금세 새침해지며 눈을 흘겼다. 그녀의 손은 얼음장처럼 차가웠다. 오랫동안 바깥에 있었던지 입술이 새파랗고 귀가 빨갛게 물들어 있었다.

"그동안 혼자 쑥스러워서 혼났어요. 오던 길로 벽안당에 올라가 봤더니 마루에는 먼지가 뽀얗게 쌓여있고 방문에는 자물통이 채워져 있잖아요. 아무런 메모 같은 것도 없고 말예요……."

마침내 우린 모텔을 향해 나란히 걸었다. 달리 갈 곳도 없었고 그렇다고 내가 거처하고 있는 벽안당으로 데리고 갈 수는 없는 일이었기 때문이다.

나는 걸망을 짊어진 채 계속 서너 걸음 앞장서 성큼성큼 걸었다.

범종각에서 둥둥둥둥 북소리가 울리기 시작했다. 저녁 예불 시간이 다가오고 있었고, 하나둘 스님들이 방문을 열고 나와 대웅전으로 발걸음을 옮기기 시작했다. 도포처럼 헐렁한 장삼 자락을 펄럭이며 천천히 걷고 있는 그들의 발걸음이 시간을 초월한 듯 한가해 보이고 어깨에 두른 장밋빛 가사가 석양을 받아 반짝였다. 서쪽 하늘가에는 새털구름 몇 조각이 붉게 빛나고 있었고, 천불전 추녀 끝에는 아직도 녹다가 만 고드름이 주렁주렁 매달려 있었다.

법운수좌가 학인 서너 명과 함께 대웅전으로 들어가다 말고 먼빛으로 우리를 보자 씩 웃으며 손을 흔들었다. 우린 되도록 걸음을 빨리했다. 몇몇 학인들에게는 누이동생이 찾아올 거라고 미리 귀띔을 해둔 터라 마음이 놓였으나 아무래도 노장 스님들에게는 신경이 쓰였기 때문이다.

하지만 나도 이제 더는 청정비구만을 고집할 수는 없게 되었다.

일은 그녀가 온 다음 날 벌어졌다.

"저런, 이걸 어떡하지?"

서둘러 버스 터미널로 들어간 나는 벽에 걸려있는 시간표를 쳐다보다 말고 그만 맥 빠진 소리를 하고 말았다.

"왜요? 뭐가 잘못됐나요?"

은하가 숨 가쁘게 따라와 팔을 붙잡으며 의아한 표정으로 물었고, 나는 말없이 팔짱만 낀 채 잠시 생각에 잠겨봤다. 해는 이미 설핏했고, 갈 길은 멀었기 때문이다.

우린 아침 일찍 순천행 첫차를 타고 불암사를 빠져나왔다. 절에서 온종일 남녀가 함께 지내기도 쑥스러웠고, 그렇다고 어디 데리고 갈만한 마땅한 곳도 없어, 나는 무작정 그녀를 데리고 시내로 나왔다. 더구나 지난밤에는 그녀 혼자 남자들이 득실거리는 모텔에서 밤을 보내게 하고 보니 미안한 감도 없지 않아서였다. 하지만 막차시간을 확인하지 않았던 게 잘못인지도 몰랐다.

"막차가 떠나 버렸대."

"어머, 그럼 어떡하지요?"

그녀가 눈을 갑절로 크게 뜨고 겁먹은 표정으로 물었다. 순천서 불암사까지는 마이크로버스가 2시간 간격으로 운행되고 있었으나, 막차시간을 잘못 알고 있었던 게 화근이었다. 겨울철에는 해가 짧다 보니 한 시간 단축해서 운행하는 걸 몰랐기 때문이다.

영화관에서 시간을 너무 많이 보낸 탓도 없지 않았다. 마침 영화관에서는 〈바람과 함께 사라지다〉가 상영되고 있었고, 우린 중간에서부터 보았던 터라 한 차례 더 보고 나온다는 게 그만 그리되고 말았다.

둘은 적잖이 당황할 수밖에 없었다. 불암사까지 택시를 대절하자니 주머니 사정이 넉넉지 못했고, 그렇다고 모텔에 들자니 둘 다 미성년자라 임검에 걸릴 게 뻔했다. 그나마 다행인 것은 내가 승복을 입고 있지 않았고 그녀 또한 양장차림이어서 함께 시내를 돌아다녀도 불편하지는 않았다.

"어떡한다. 먼 거리에 택시를 대절할 수도 없고, 그렇다고 모텔에 들기도 뭣하고 말이야. 이럴 땐 먼 친척이라도 하나 있었으면 좋으련만."

나는 답답한 나머지 발부리로 돌멩이를 툭 걷어차며 중얼거렸다. 대책이 없기로는 그녀도 마찬가지였다.

"글쎄 말예요. 누가 이럴 줄 알았나요, 뭐."

그녀도 고개를 늘어뜨리고 뾰쪽한 하이힐 뒤꿈치로 땅바닥을 툭툭 내리치며 흙먼지를 일으키고 있다가는 갑자기 불안한 생각이 들었는지 내 손을 덥석 잡았다.

"그럼 어떡하죠, 우리? 밤에 자다가 잡혀가기라도 하면 말예요. 모텔엔 임검 나올 게 뻔하잖아요. 그러다가 집에라도 연락하면 난 어떡해요."

그녀는 발을 동동거리며 울상이었다.

모처럼 시내에 나와서 영화라도 한 편 보자며 영화관으로 데리고 갔던 게 잘못인지도 몰랐다. 우린 순천에 도착하자마자 커피숍에서 차를 한 잔씩 마신 다음 일행과는 헤어졌다. 그러고는 둘만의 시간을 갖기 시작했는데, 편물점에 들러서는 스웨터를 찾았고 식당에서 점심을 들고 나와서는 곧장 영화관으로 향했다.

스웨터는 내가 탁발여행 나갈 때 맞추고 간 것으로 때맞춰 입기에 안성맞춤이었다. 편물점에서 승복을 벗고 청바지와 하얀 와이셔츠에 갈색 스웨터를 받쳐 입고 보니 그런대로 어울렸다. 오랜만에 사복 차림을 하고 나자 한결 자유로웠고, 기분도 그만이었다. 거울을 들여다보니 딴 사람 같았다. 은하가 곁에서 지켜보고 있다가는 알랭 드롱 같다며 추켜세우기까지 했다.

"가만! 아까 그 스웨터 짜는 아줌마 집에 가보면 어떨까?"

순간 나는 묘책이라도 떠오른 듯 손가락을 툭 퉁기며 말했고 은하도 그제야 생기를 되찾으며, "맞아요. 우리 그 집에 한 번 가 봐요. 아주머니가 수더분하게 생겼잖아요." 하고 맞장구를 쳤다. 우린 즉석에서 의기투합한 나머지 손바닥을 쳐들어 짱 하고 부딪쳤다.

그럴 땐 실오라기만한 인연이라도 있으면 무조건 붙잡고 보는 게 현명한 법이다. 우린 옷가게 아주머니가 마치 둘 중 어느 한 사람의 친척이라도 되는 양, 한 가닥 희망을 품고 터벅터벅 그 집을 찾아 나섰다.

주위는 어느덧 보랏빛 황혼이 물들기 시작하고, 징글벨 소리가 마음을 들뜨게 했다. 나는 '크리스마스이브구나.' 하는 생각도 뒤늦게 해봤다. 문득 그녀에게 선물도 하나 해주지 못해 미안한 생각이 없지도 않았다. 길모퉁이에서는 구세군의 자선냄비가 종을 울려대고 있었고, 업소마다 휘황찬란한 네온사인이 성탄절의 분위기를 한껏 고조시키고 있었다. 상점 진열장의 크리스마스트리에도 솜으로 만든 흰 눈이 소복이 쌓여있고, 빨간 모자를 쓴 산타가 검은 장화를 신고 금색으로 만든 종을 치고 있었다.

다행히 옷가게는 아직 문이 닫혀 있지 않았고 아주머니는 우리를 기억해주었다.

"어디 민박할 만한 집이라도 없을까요? 모텔에 들기가 좀 뭐해서요……."

나는 자초지종을 다 얘기하고 나서 어떻게든 기대어볼 요량으로 아주머니 곁으로 바짝 다가서며 말했다. 생각 같아서는 아주머니 손이라도 붙잡고 사정을 하고 싶었다.

"글쎄, 관광지가 아니라서 어디 그럴 만한 집이 있을까? 딱하긴 한데, 우리 집은 방이 여유가 없어서 어떡하지……."

아주머니가 난처한 표정을 지으며 고개를 좌우로 흔들었고 우린 마주 보며 한숨을 쉬었다. 마지막 기대가 깡그리 무너졌기 때문이다. 발걸음을 돌려 가게 문을 막 나오고 있던 참이었다.

"좋아요. 할 수 없지 뭐. 그럼 우리 집에서 같이 자도록 해요. 마침 바깥양반이 당직이라 들어오지 않은 데다 동생들 같으니까 같이 자도 되겠지."

맥 빠진 얼굴로 돌아서 가는 모습이 안 돼 보였던지 아주머니가 우리를 불러 세웠고, 둘은 뛸 듯이 기뻤다.

옷가게 아주머니는 누나처럼 다정했다.

점포가 딸린 방은 그다지 크지는 않았으나 바짝 붙어서 자면 다섯은 충분히 잘 수 있을 것 같았다. 아주머니에게는 서너 살쯤 먹어 뵈는 고만고만한 아이들이 둘이나 있었고, 방은 하나뿐이었다.

나는 누나집이라도 온 것처럼 마음이 놓였고 은하도 그제야 얼굴색을 되찾으며 빙긋이 웃는다. 아주머니는 우리가 대단한 손님이라도 되는 양, 저녁 준비하느라 앞치마를 두르고 쟁반만한 가슴을 출렁거리며 부엌을 왔다 갔다 하고 부산을 떨었다. 우린 윗도리만 벗고 마당가에 있는 수도로 가서 손발과 얼굴을 씻기 시작했다.

"잠은 그냥 자도 되니까 쌀값이나 조금 내면 돼요잉. 반찬이 없어도 흉일랑 보지 말고……."

아주머니가 웃으며 마루 끝에 있는 뒤주 문을 열고 쌀을 조롱 바가지로 서너 번 바가지에 떠 담았고, 우린 그제야 숙박비 걱정에서 헤어날 수가 있어 마주 보고 웃는다.

"그렇게 해도 되겠어요. 아주머니?"

나는 너무도 흡족한 나머지 세수를 하다 말고 고개를 쳐들고 말했다. 물방울들이 얼굴에서 뚝뚝 떨어져 내리며 셔츠가 살갗에 달라붙는다.

"그렇잖으면 어떡하겠어요. 동생 같은 사람들에게……. 실은 내가 보니까 총각이 서글서글해서 맘에 들었어요. 아가씨들이 좋아할 타입이야."

아주머니가 빙긋이 웃으며 은하를 한번 슬쩍 쳐다봤고, 은하는 손으로 얼굴에 물을 끼얹다 말고 생긋 웃으며 나를 쳐다본다. 아주머니가 솥에 쌀을 안쳐놓고 아궁이에 불을 지핀 후에 집을 나갔다가는 콩나물을 바가지에 수북이 사 들고 동네아낙네 둘을 꽁무니에 달고 들어왔다.

검정 몸뻬에 하얀 저고리를 입은 그녀들은 극장의 관객들같이 호기심 어린 눈빛으로 마루 끝에 엉덩이를 걸치고 앉아 우리가 외계인이라도 되는 것처럼 쳐다보며 씽긋씽긋 웃고 있었다. 우린 수건으로 얼굴을 닦으며 마당을 가로질러 방으로 들어가고 있었고, 그녀들은 들어도 상관없다는 듯이 자기네들끼리 재잘거렸다.

"귀때기에 아직 피도 마르지 않은 것들이……. 쯧쯧, 말세야 말세."

얼굴이 떡판같이 길쭉한 아낙네가 한마디 던졌다.

"그렁께 말이여. 누구네 집 자식들인지는 몰라도 부모들 애간장 꽤나 녹이게 생겼구만그랴. 저 가시나 눈웃음치는 것 좀 봐……."

하늘 높은 줄은 모르고 땅 넓은 줄만 아는 뚱뚱보 아낙네도 질세라 한마디 거들었다.

저녁을 들고 나자 아주머니는 방에 요와 이불을 깔아 놓고 이웃집에 가서 놀다 오겠다며 자리를 떴고, 아이들은 저희끼리 그림책을 보거나 장난감을 가지고 놀다가는 일찍 곯아떨어졌다. 윗목에 놓여있는 고물 라디오에서는 캐럴이 연이어 들려오며 성탄절을 구가(謳歌)하고 있었고, 우린 옷도 벗지 않은 채 벽을 기대거나 요를 깔고 모로 누워서 과자를 먹으며 라디오를 듣거나 낮에 봤던 영화 얘기에 열을 올렸다.

"은하, 너는 스칼렛이야. 앞으로 나는 너를 스칼렛으로 부르겠어. 생김새도 그렇고 성깔도 비슷하고 말이야……."

나는 영화 얘기를 하다 말고 턱을 괴고 비스듬히 드러누워 있는 은하의 볼을 두어 번 손가락 끝으로 툭툭 퉁기며 말했다. 그녀는 싫지 않은 표정으로 내 얼굴을 빤히 쳐다보며 눈웃음을 치고 있었고 나는 계속 왈가닥인 스칼렛 역으로 나온 비비안 리가 매력만점이라며 그녀를 많이 닮았다고 추켜세웠다.

"어머, 그럼. 오빠는 레트야? 그 능글맞게 구는 바람둥이……. 난 바람둥이는 싫어."

그녀가 허리를 꼬며 웃는다.

"그래도 얼마나 멋있어. 남성답잖아. 전쟁 중에 위기를 헤쳐 나가는 것도 그렇고……."

"나는요. 레트 역으로 나오는 클라크 게이블이 처음엔 너무 능글맞게 굴어서 미웠걸랑요. 하지만 ……."

그녀가 말을 채 맺기도 전에 "똑똑" 노크 소리가 들렸다. 우린 약속이나 한 듯 동시에 자리에서 일어나 앉으며 문 쪽을 지켜봤고, 아주머니가 머리의 눈을 털며 문을 열고 방으로 들어선다. 밖에는 소리 없이 눈이 내리고 있었다.

"여태 안 자고들 있었네. 피곤들 할 텐데……."

"아줌마 밖에 눈 많이 와요? 우린 아주머니 오시면 자려고 안자고 있었거든요."

"그냥 자지들 그랬어요. 오늘 밤은 화이트크리스마슨데……."

"화이트크리스마스요? 어머 좋아라."

은하가 가볍게 손뼉을 치며 목소리를 높였고, 나도 덩달아 방실거리며 아주머니를 쳐다봤다. 아주머니는 이불 속에 손을 넣어보고 방 안을 한번 둘러본 다음, 횃대에 걸려있는 울긋불긋한 잠옷을 걷어 옷장에 넣고 나서는 아이들 곁으로 간다.

"그럼, 밖은 온통 은빛 세계인 걸……. 오늘 밤에는 산타클로스가 진짜로 올 것 같아. 한번 기대들 해봐요. 혹시 또 알아요. 아이들에게 선물하고 남은 것 있으면 주고 갈는지. 짐 되니까 말이죠."

그녀는 웃으며 아무렇게나 잠들어 있는 아이들 잠자리를 일일이 보살펴주고 나서 은하와 나를 번갈아 쳐다보며 쌩긋 웃는다.

"난 이웃집에 가서 자고 올 테니까 기다리지 말고 그냥들 자
요잉. 문단속 잘하고……."

"아, 그래요? 그럼 우린 미안해서 어떡하죠. 같이 주무셔야
좋을 텐데요."

"난 괜찮아요. 모처럼 만났을 텐데……."

"아무튼 배려해주셔서 고맙습니다. 아이들은 저희가 잘 보
살필게요."

아주머니가 문을 열고 나가자, 나는 문까지 따라 나가 뒤통
수에다 꾸벅 절을 하고 나서 문고리를 걸었다.

"역시 센스가 있는 분이야. 우리 마음속을 훤히 들여다보고
있는 것 같애."

나는 은하를 힐끗 쳐다보며 중얼거렸고, 그녀도 동감이라는
듯이 고개를 끄덕이며 얼굴을 붉힌다.

시계는 어느덧 자정을 넘어서고 있었고, 고물 라디오에서는
쉴 새 없이 성탄절 특집 방송이 가래 끓는 소리를 하며 웅얼웅
얼 흘러나오고 있었다. 거리는 여전히 떠들썩했고, 크리스마스
이브는 점점 무르익어 가고 있었다. 오랜만에 맞는 통금 없는
밤이 사람들의 마음을 뒤흔들어 놓은 것 같았다. 봉창 밖으로
행인들의 발걸음 소리가 연이어 들려오고 간헐적으로 주정꾼
들의 악다구니 소리가 들리기도 한다.

불을 끄고 나자 봉창으로 희미하게 가로등 빛이 스며들어 마
치 달빛이 은은하게 내리비치는 것도 같았다. 우린 윗도리만 벗
고 자리에 누웠다. 라디오에서는 자정을 알리는 시보가 '뚜뚜뚜

뚜' 하고 매미 우는 소리를 냈고, 마감 뉴스를 하는 아나운서의 코맹맹이 소리가 귀청을 때린다.

좀체 잠이 오지 않는다. 처음으로 같은 또래의 여자애와 한 이불 속에서 몸을 맞대고 있다 보니 기분이 아주 이상했다. 온몸에 찌릿찌릿 전류가 흐르는 것도 같고 방바닥이 뜨거운 것도 아닌데 손과 이마에 땀이 나고 속옷이 끈적끈적했다. 몸이 불덩어리처럼 달아오르기도 하고 숨이 가빠 씩씩거리기까지 했다. 어머니나 누나 곁에 누웠을 때와는 전혀 다른 느낌이었다. 은하도 잠이 안 오기는 매한가지인 것 같았다. 그녀도 계속 몸을 이리 뒤척 저리 뒤척하며 가쁜 숨을 몰아쉬곤 했다. 밖에서는 빈 깡통 굴러다니는 소리가 요란하고 파르르 하고 문풍지 떨리는 소리가 들리기도 한다.

나는 마침내 이불을 박차고 일어나 바지도 마저 벗어 버렸다. 아주머니가 자리를 피해 준 것이 화근인지도 몰랐다. 아주머니만 방 어딘가에 누워있었더라면 그런 용감한 행동쯤은 자제할 수도 있었을 터였고, 그런대로 참고 그녀의 손만 만지고도 잘 수 있을 것 같았다. 아이들이 조금만 더 컸더라도 사정은 달라질 수도 있었다. 그러잖아도 새벽녘에 딱 한 번 예기치 않은 일이 벌어지기는 했으나 이내 수습되고 말았다.

나도 처음에는 오누이처럼 그녀의 손만 만지고 자려고 했었다. 아주머니가 있건 없건 상관할 바 아니었다. 자신의 처지와 신분을 생각해야 했고, 또한 흔히 대덕(大德)들은 미녀 앞에서도 목석처럼 행동할 수 있다고 해서였다.

그러나 그건 오산이었다. 시험을 해보기 전에 처음부터 방법을 달리 했어야만 했다. 둘 사이에 강이라도 하나 만들어 낳어야만 옳았을 것이다. 하다못해 세수 대야에 물이라도 두어 바가지 떠다 놓고 떨어져 잤어야만 했다는 말이다. 나는 부처가 아니었고 고승대덕들과도 거리가 멀었을 뿐더러 은하 또한 보살도 아니었기 때문이다.

하지만 우린 대책 없이 잠자리에 들었고, 급기야는 일을 저지르고 말았다. 내가 무심코 그녀의 몸에 손을 대기가 바쁘게 두 사람은 그만 불이 붙고 말았다. 그녀의 몸에 강한 전류가 흐르고 있었기 때문이다.

그 후로 우린 밤새껏 잠 한 숨 이루지 못했다. 그녀는 아랫도리만은 벗으려고 하지 않았다. 하지만 스커트를 입고 있는 것이 다행인지도 몰랐다. 별 수 없이 나는 그녀의 스커트자락을 걷어올려보기도 하고, 지퍼를 끄집어내려 보기도 했다. 그러나 만족할 만큼 잘되지는 않았다. 그녀가 어쩌다 협조를 한다고는 했으나 둘 다 경험이 없다보니 모든 것이 서툴렀다.

"엄마!"

갑자기 한쪽 구석에서 잠들어 있던 꼬마가 이불을 떠들고 일어나며 울음을 터뜨렸다. 두 번째 그녀의 배 위로 올라가 1분도 채 지나지 않아서였다. 밖에서는 여전히 깡통 굴러다니는 소리가 요란했고 우린 동작을 멈추고 신경을 곤두세우며 아이를 지켜보았다. 꼬마가 엄마를 찾으려는 듯 두리번거리더니 신기한 것을 발견이라도 한 듯 우리 곁으로 다가왔고, 우린 이불을 끌어당겨 머리끝까지 뒤집어썼다. 꼬마가 이불을 떠들고 이리저리 얼굴들을 번갈아 들여다보았다.

"엄마, 오줌마려 잉. 엄마 어디 갔어?"

아이가 마침내 털썩 자리에 주저앉으며 울음을 터뜨린다. 우린 계속 이불을 뒤집어쓰고 죽은 듯이 숨을 죽이고 있었고 큰애가 투덜거리며 눈을 비비고 일어나더니 동생을 다독거리며 요강에 쉬를 시킨다. 꼬마는 용무를 마치고도 한동안 방 안을 두리번거리며 엄마를 찾다가는 다시 이불을 떠들고 잠자리를 파고들었다.

그 후로도 우린 두어 번 더 배를 맞대보기는 했으나 서툴기는 매한가지였다.

멀지 않은 곳에서 교회당의 종소리가 들려왔다. 그제야 우린 등을 맞대고 누워 잠을 좀 청해봤으나 잠은 십 리쯤 도망가고 올 줄을 몰랐다.

"기쁘다 구주 오셨네……."

어디선가 성가대의 새벽송 소리가 아련히 들려오고 있었다.

별이 빛나는 밤에

사건이 일어난 것은 내가 그 도시에 간 지 석 달쯤 지난 후였다.

대승암에서 전화가 걸려온 것은 어스름이 짙게 깔린 초저녁 무렵이었고, 나는 요사에서 절 식구들과 더불어 저녁 공양을 하고 있던 중이었다. 그날은 일요일이었고 강원이 쉬는 날이었다. 하지만 비상대기 중이라 외출이 금지되었고, 하루 내내 절에만 있었다.

절에서는 종일토록 허리가 휘도록 땅을 팠다. 몸은 파김치가 되었고 밥맛은 꿀맛처럼 달았다. 나무 심기는 아직 이른 때였으나 시간 있을 때 미리 구덩이를 파놓아야 한다며 주지스님이 설친 때문이다. 나는 울며 겨자 먹기로 작업에 동참했다. 하루 종일 삽질을 하다 보니 손바닥에 동전만한 물집이 생겼고 땀이 나자 쓰리고 아팠다.

전화벨이 울리자 나는 입안 가득 떠 넣은 밥을 씹다 말고 고개를 들어 주지스님을 지켜본다.

'어디서 걸려온 걸까?'

그러잖아도 궁금하던 터에 전화벨 소리만 울리면 하루 내내 신경을 곤두세우곤 했다. 주지스님이 밥숟갈을 뜨다 말고 벌떡 일어나 수화기를 집어 들었다. 순간 방에는 침묵이 흘렀고 나머지 식구들도 숨을 죽이고 주지스님을 지켜본다. 전화를 받고 있는 스님의 안면근육이 가볍게 씰룩인다.

나는 자못 긴장했다. 상황이 긴박하게 돌아가고 있는 것 같았고, 그의 입에서 무슨 말이 떨어질지 몰랐기 때문이다. 물론 진작부터 마음의 준비는 단단히 하고 있었다. 어차피 한번은 부딪쳐야 해결이 날 수밖에 없다면 속히 부딪쳐 보고 싶은 생각도 없지 않았다.

"일심아, 속히 대승암으로 가거라."

수화기를 제자리에 내려놓으며 재촉하듯 스님이 말했다. 그의 얼굴은 벌겋게 상기되어 있었고 손가락 끝이 가볍게 떨리기까지 했다. 만약의 경우를 생각해 밥 한 공기를 게 눈 감추듯 후딱 먹어치우고 또 한 공기를 비우고 있던 중이었다. 나는 밥숟갈을 뜨다 말고 맥없이 상 위에 내려놓았다. 이럴 때는 행동이 민첩해야만 했다.

나는 지체 없이 자리에서 일어났다. 빵모자와 장갑을 챙기고 나서 현관에서 신발을 찾아 신고 절을 나서는 데는 일분도 채 걸리지 않았다. 내가 이곳에 와서 머물러있게 된 것도 다 이런 때를 위해서였기 때문이다.

골짜기 사이로 아슴푸레하게 대승암이 나타났다. 어떻게 달려온 줄도 몰랐다. 연등사에서 대승암까지는 4km가 조금 넘은 거리였으나 단숨에 달려오고 말았다. 땀이 비 오듯 쏟아지고 잔등이 흥건했다.

그동안 나는 매일같이 이 길을 시계추마냥 오가며 지내온 터였으므로 눈감고도 다닐 수 있는 거리였다. 애당초 코딱지만 한 암자에다 강원이랍시고 자리를 잡은 게 무리인지도 몰랐다. 때문에 우리는 밤에는 뿔뿔이 흩어져 제각기 연고가 있는 절에 가서 자고, 낮에는 대승암에 모여 강의를 듣거나 떼 지어 관계 기관을 방문해야만 했다.

어쩜 기관을 방문하는 일이 우리의 주 임무인지도 몰랐다. 전국에서 우수한 학인들만 골라 강원을 연다고 했던 금산스님의 말과는 달리 우리는 개원 첫날부터 떼 지어 중앙청으로 시위를 하러 가야만 했기 때문이다. 오죽 급했으면 그러랴 싶기도 했다.

한껏 기대를 가지고 간 그 도시에서 뭔가 일이 잘못 돌아가고 있다는 징후를 느낀 것은 시위를 가던 그날부터였다. 하긴 그 덕택에 생전 처음 광화문 네거리를 활보하며 구경도 하고 높은 사람들한테 함부로 대들며 큰소리치기도 했으니 그만하면 서울에 온 보람이 있었는지도 모른다. 보통 사람 같았으면 감히 그 근처를 얼쩡거리지도 못했을 중앙청 정문을 거침없이 통과할 수 있었던 것도 따지고 보면 잿빛염의를 걸치지 않았으면 어림도 없는 일이었다. 더욱이 군사쿠데타가 일어난 지 얼마 되지 않아 정문에는 군인들이 총을 메고 보초를 서서 출입자를 일일이 점검하고 있었으니까 말이다.

그 후로 우린 걸핏하면 중앙청으로 몰려가서 문교부 문예체육 국장실에 죽치고 앉아 담당 공무원을 닦아세우곤 했다. 중앙청 4층에 자리 잡고 있는 문예체육 국장실은 우리의 단골시위장이었다. 곱슬머리에 단구인 담당국장은 꽤 젊잖게 생긴 사람이었으나, 우리하고는 만날 때마다 얼굴을 붉히며 설전을 벌이기가 일쑤였다. 시위하러 갈 때마다 나는 빠지지 않고 따라갔다. 가봤댔자 큰 역할을 한 것도 없이 겨우 숫자 채우는 데나 기여할 뿐이지만 나름대로 긍지를 가질 만도했다.

종교의 힘은 대단했다. 사무실에서 큰소리를 치며 마구 떠들어도 누구 하나 제지하는 사람 없었고 드러내놓고 싫은 기색 하나 보이지 않았다. 시위장에서는 강원도에서 올라온 백담수좌가 맡아 놓고 판을 벌였다. 그는 다변가였다. 서릿발 같던 국장도 그 앞에서는 꼼짝을 못했다.

"정부에서는 왜 편파적인 정책을 쓰느냔 말예요. 비구는 절에 남고 대처승은 물러가라. 그게 있을 수나 있는 일이에요? 국장은 이 나라 헌법에 명시된 정교분리의 원칙도 모르시나요. 어서 장관이나 데려와요."

장관은 우리가 갈 때마다 피하고 만나주질 않았다. 언젠가 한 번 우린 거기서 청담 일행과 맞닥뜨리기도 했다. 그날은 어느 때보다 늦은 시각이라 부랴부랴 엘리베이터를 타고 4층으로 올라가 국장실 문을 막 열고 들어서려던 참이었다. 선참자들이 앉아있는 걸 볼 수 있었다. 그들은 한눈에 보아도 비구승들이 분명했다. 우린 그 무렵 불공 드릴 때를 제외하고는 거의가 간편한 복장을 하고 다닌 데 비해 그들은 거리에 나다닐 때도 가슴에 보랏빛 가사와 장삼을 걸치고 거드름을 피우고 다니기 일쑤여서 당장 표가 났다. 어디서 많이 보았던 얼굴들이었다.

응접실에서 국장과 마주앉아 담소를 나누고 있던 그들은 우리가 안으로 들어서자 머쓱한 표정을 지으며 자리에서 일어났다. 우린 통로와 입구에서 일제히 걸음을 멈추고 그들을 지켜봤다.

"봐라. 앞에 있는 저분이 그 유명한 청담이다. 비구승단의 거두인 셈이지."

정수가 내 옆구리를 쿡 찌르며 속삭이듯 말했다. 그러고는 빙긋이 웃으며 엄지손가락을 치켜세웠다. 순간 나는 호기심에 끌려 한동안 그를 쳐다보았다.

"그래도 얼굴 생김새는 머슴같이 보이는데……. 옆에 있는 분은 누구지? 잘 먹어서 그런지 신수가 훤해 보이네."

"으응, 손경산이라는 분이지. 종단에서 두 번째 가는 인물이야."

그는 손가락 두 개를 펴 보이며 말했다.

"아하, 그래서 둘이 쌍둥이처럼 붙어 다니는구나."

나는 빈정거리듯 말했다. 하지만 우린 합장도 안 한 채 어색한 웃음만 흘릴 뿐 말 한마디 건네지 않고 지나치고 말았다. 흔히 해오던 먹물 옷 입은 사람들끼리의 최소한의 예의마저 무시했던 것이다.

국장이 뒤뚱거리며 넥타이를 만지고 뒤따라 나왔다. 그는 우리에게는 일별도 하지 않고 그들하고만 얘기를 나누며 밖으로 나갔다. 점심때가 가까워져 오고 있었고 우린 주인 없는 방에서 떠나는 그들의 뒷모습만 꿩 놓친 매 마냥 멀거니 바라보고 있다가는 국장과는 말 한마디 건네 보지 못하고 맥없이 돌아오고 말았다. 우린 작전을 바꿔야만 했다.

다음 날 아침 일찍 우린 택시 십여 대에 분승하여 문교부 장관 공관으로 쳐들어갔다. 아담한 2층 양옥에 키 큰 전나무가 대문에서 현관 입구까지 두 줄로 빽빽이 들어찬 대궐 같은 집이었다. 현관에 이르러 우린 다짜고짜 장관 면담을 요청하며 농성을 벌였다.

"어머나, 귀하신 스님네들이 아침부터 웬일들이세요. 장관님은 각의가 있으시다며 새벽부터 등청하고 안 계시는데요."

식사를 하다말고 비서관들과 함께 나온 장관 부인이 난처한 표정을 지으며 너스레를 떨었다. 그러자 농성은 일시에 잠잠해졌고 나는 타고 갈 차가 아직도 대기하고 있는지 뒤를 돌아다보았다.

"허참……."

백담이 마른기침을 두어 번 하더니 말했다.

"좋습니다. 그럼 우린 일단 안으로 들어가서 장관님이 퇴청하실 때까지 기다리겠습니다."

그는 마치 자기 집이라도 되는 듯이 현관문을 열고 안으로 들어가려고 했고, 비서가 재빠르게 앞을 가로막았다. 그와 동시에 우린 안으로 밀고 들어가며 진입을 시도했고, 장관부인과 비서관들이 이를 저지하며 몸싸움을 벌였다. 덕택에 나는 코뼈가 부러져 일주일 동안 병원 신세를 져야만 했다.

암자가 가까워졌는데도 주위는 암흑 속에서 괴괴하기만 하다. 상황이 이미 끝난 지도 몰랐다. 마음이 한결 가벼워진다. 촉각을 곤두세우며 조심스럽게 일주문 안으로 발을 들여놓는다. 분위기는 자못 살벌했다. 마당을 가로질러 법당 앞으로 한 걸음 한 걸음 다가가 본다.

"야아-옹."

하마터면 소리를 지를 뻔했다. 긴장된 탓에 그만 섬돌에서 웅크리고 있는 고양이의 꼬리를 밟을 뻔했다.

법당은 횅댕그렇했다. 한동안 난타전이 있었던지 돌쩌귀가 나간 문들이 비스듬히 넘어져 있었고, 법당 안에는 초 한 자루 켜져 있지 않았다. 어디선가 웅성거리는 소리만 들릴 뿐 사람의 그림자 하나 보이지 않는다.

처음 당하는 실제 상황에 나는 적잖이 당황할 수밖에 없었다. 이야기는 많이 들어서 알고 있었다. 하지만 유사시 어떻게 대처해야 할지 선뜻 감이 잡히지 않았다.

내가 몸담고 있는 본사만 해도 이태 전까지는 한 지붕 밑에서 두 집 살림을 하며 걸핏하면 쌈박질을 했다는 말을 들었지만 실제 겪어보지는 못했다. 내가 입산하기 두어 달 전에 비구니들이 몽땅 절을 떠나버렸기 때문이다.

소리나는 쪽으로 가만가만 발걸음을 옮겨본다. 별빛만이 희미한 가운데 암자 뒤쪽 송림 사이로 사람의 그림자가 희뜩희뜩 보인다. 흡사 매복이라도 하고 있는 듯 낮은 자세로 소나무 숲 사이에 끼어있어서 누가 누군지 전혀 알 수가 없었다. 그 속에서 누군가가 내게 말을 걸었다.

"야, 이 얌생이 새끼. 너 왜 이제 오니? 우린 여기서 박 터지게 피를 보고 있었는데 말이야."

정수가 무리 가운데서 잠방이에 장어처럼 불거져 나오며 힐난조로 말했다. 그의 목소리가 평소와는 달리 매우 격앙되어 있었다.

"야, 이 캥거루 새끼. 아직 안 죽고 살아있었구나. 그래 좀 늦었다. 어쩔 테야."

나는 그의 앞으로 바짝 다가서서 손을 잡고 흔들며 손전등으로 그의 얼굴을 비춰봤다.

'아니 이럴 수가!'

순간 나는 경악을 금치 못했다. 그의 얼굴 한쪽이 형편없이 일그러져 있었고, 어깻죽지 옷이 찢겨 맨살이 훤히 드러났다. 왼쪽 눈언저리가 도도록이 부어올랐는가 하면 터진 입술 가장자리에는 피가 엉겨있었다.

'세상에!'

나는 말이 잘 나오지를 않았다. 피가 역류하기 시작했고 손끝이 가늘게 떨렸다. 그는 오전에만 절에 있었고 오후에는 주로 체육관에 다니며 복싱을 했다. 언젠가 그는 나와 단둘이 있을 때 푸념처럼 얘기한 적이 있었다.

"일심아, 제발 이런 짓 않고서도 어디 밥 먹을 만한 데가 없을까?"

가무잡잡한 피부에 근육질인 그는 웰터급 세계챔피언이 유일한 꿈이라고 했다. 평소 같았으면 아직 도장(道場)에나 있을 시간이었으나 그는 오늘 금산스님으로부터 특명을 받았다고 했다. 나 같은 약골이야 이미 되찾은 절을 지키는 데나 쓰일 뿐이지만 빼앗긴 절을 탈환하는 데는 정수 같은 프로가 필요했기 때문이다.

밤은 칠흑같이 어두워가고 있었다. 나는 고아로 자라 의지가 지없는 그가 너무 측은해 보여 등을 두드려주며 몇 마디 위로의 말을 하고 있던 중이었다.

갑자기 어디선가 왁자지껄한 소리가 들렸다. 누군가 달려가는 소리가 들리고 "저놈 잡아라." 하는 다급한 목소리도 들렸다. 이어서 쫓고 쫓기는 소리가 어수선하게 들렸다. 순간 나는 자세를 낮추며 귀를 쫑긋했다. 금방 또 상황이 벌어지는가 해서였다. 소리는 법당 쪽에서 났다. 나는 그쪽으로 부리나케 달려가 봤다.

"허허, 요런 개뼈다귀 같은 놈의 새끼를 보았나. 그래, 하필이면 쥐새끼처럼 불상 뒤에 숨어있을 게 뭐람."

백담이 허탈하게 웃으며 말했다. 비구승 하나가 대웅전 안에 숨어있다가 도망쳤다고 했다. 첩보활동을 위해 본존불 뒤에 숨어있는 걸 백담이 용케 발견하고 잡으려고 하자 삼십육계 났다는 것이다.

밤이 깊어가고 있었다. 기온이 뚝 떨어지고 살갗에 소름이 돋았다.

'옷이라도 좀 두꺼운 걸 입고 올걸.'

순간 나는 준비 없이 성급하게 뛰어온 걸 후회했다. 뱃속에서 꼬르륵 소리가 났다. 배가 몹시 고팠다.

'이럴 줄 알았으면 밥이라도 좀 든든히 먹고 오는 건데……'

하긴 그 절에서는 이제껏 한 번도 배부르게 먹어본 적이 없었다. 식사 때마다 불청객처럼 좌불안석인데다 주지스님과 함께 공양이라도 할라치면 여간 신경이 쓰이는 게 아니었다. 처음 담아주는 공깃밥을 먹고 나서 더 먹으려고 하면 왜 그렇게 눈치가 보이던지 구차한 마음에 아예 수저를 놓아버린 적이 한두 번이 아니었다.

하늘에는 쏟아질 듯 별들이 빽빽이 들어차 있었고, 학인들은 끼리끼리 모여앉아 잡담을 하거나 조금 전에 벌어졌던 상황들에 대해 과장해서 무용담을 늘어놓고 있었다. 나는 엉거주춤 그들 곁에 붙어 앉아 귀를 기울였다. 정보에 의하면 적들은 반드시 또 한 차례 기습을 시도해올 거라고 했다. 그때가 언제일지는 모르지만 우리 쪽에서도 만반의 준비태세를 갖춰야만 했다.

'군인은 단 한 번의 전투를 위해서 존재한다'고 하던 진성수좌의 말이 생각났다. 따지고 보면 군인들이 평상시 그토록 많은 시간을 내어 땀을 흘리며 훈련을 쌓는 것도 한번 써먹기 위해서라고 했다. 우리도 마찬가지였다.

조직은 일사불란하게 이루어졌다. 다섯 명이 한 조가 되어 요소요소에 배치되어 경계태세를 갖추었고 옹색하나마 무기도 갖췄다. 무기라 해봤자 기껏해야 야구 방망이나 몽둥이가 고작이었으나 그 정도면 충분했다. 땅바닥에 굴러다니는 돌멩이들도 주어다가 수북이 쌓아놓았다. 그것은 흡사 정월 대보름이나 팔월 한가위 같은 때 아래 윗마을 아이들이 편을 갈라 병정놀이를 하던 것과 별반 다르지 않았다.

멀리 보이는 도심의 밤거리가 아름다웠다. 오늘 밤 이런 일만 일어나지 않았더라면 나는 어쩜 영화관에 가 있었을지도 몰랐다. 서울에 올라온 후 나는 틈만 나면 밤거리에 나다니는 걸 좋아했다. 혼자서 가만히 사찰을 빠져나와 영화관에도 가고 오색찬란한 밤거리를 걷다 보면 무료함도 사라지고 생기를 되찾을 수 있어서 좋았다. '아, 정말이지 그동안 밤의 외출이 아니었더라면 나는 어떻게 이런 생활을 견디어 낼 수 있었을까?' 생각하면 그저 아득할 뿐이었다.

황야의 짐승들처럼 무리 지어 시위를 하러 다니다가도 같은 또래의 젊은이들을 만나면 왜 그렇게 주눅이 들던지. 얼굴이 화끈거려 꽁무니를 사리곤 한 적이 한두 번이 아니었다. 서울이라는 이 거대 도시에 와서 내가 할 수 있는 일이란 고작 이런 일뿐이라니 한심하다는 생각에 앞서 자괴감마저 들었다.

따분한 생활 가운데서도 이따금 찾게 되는 영화관에서의 영화 관람이나 밤의 '쇼' 구경은 내게 활력을 주었다. 국도극장에서 상영하는 〈석가모니〉는 학인들과 함께 앞다퉈 가서 관람했다. 왕자의 신분으로 사랑하는 아내와 아들까지 버리고 출가득도하는 인간 석가모니의 고뇌에 찬 행적은 나를 고무시키기에 족했다. 대한극장에서 개봉된 〈성 베드로〉는 혼자 가서 연속 관람을 했다. 72mm 대형 화면에 시원스럽게 펼쳐진 우직한 베드로의 신앙적 기복이 돋보이는 영화였다.

매일 밤 환상의 콤비를 이루며 극장가의 주가를 올리고 있는 서영춘과 백금녀 쇼는 극장을 옮겨가며 장기간 공연을 하였는데, 나도 덩달아 '스카라'로 '오스카'로 쫓아다니며 구경을 해야만 직성이 풀리곤 했다. 생전 처음 보는 '쇼' 관람은 단번에 내 혼을 쑥 뽑아놓고 말았다. 반라의 미희들이 다리를 번쩍번쩍 쳐들며 엉덩이를 뱰뱰 틀어댈 적에는 아랫도리가 축축이 젖어들곤 했다.

우리 조는 절 후문을 맡았다. 편성은 그런대로 맘에 들었다. 복싱선수인 정수 외에도 합기도 2단인 진성수좌와 태권도 초단인 일봉수좌 그리고 우리의 대변인 격인 백담수좌가 끼어있었기 때문이다. 보통 키에 얼굴이 둥글넓적한 진성수좌는 이제 갓 군에서 제대하고 돌아왔다. 이를테면 친가에 돌아온 셈이다.

진성은 어려서부터 절에 들어와 자란 때문인지 천성이 비단결처럼 고왔다. 내가 처음 그곳 생활에 적응을 못 해 동요하고 있을 때도 그는 동생처럼 다독거리며 돌봐주기도 했다. 키가 크고 이마가 훤한 일봉수좌는 중(僧)의 아들이었다. 그의 아버지는 칠성산 성불사에서 주지로 있었고, 어머니와 형 그리고 동생까지도 출가해서 경기도와 강원도 일원에서 승려생활을 하고 있었다.

언젠가 한 번 그들 가족 모두가 대승암에 모인 적이 있었다. 고향에 행사가 있어 정읍에 내려가는 길에 하룻밤 묵은 것이었다. 그 자리에서 일봉은 가족을 일일이 소개하고 나서 감회어린 표정으로 다음과 같이 말했다.

"나와 우리 형제들은 부모님에게 감사할 일을 남다르게 하나 더 가지고 있습니다. 그것은 여느 부모들보다 유별나게 우리를 낳고 길러주었기 때문은 아닙니다. 다름 아닌 우리 가족 모두가 출가하게 된 것입니다."

형제들 또한 인정한다는 듯이 고개를 끄덕였다. 나는 그 말을 듣고 나서 신앙의 힘이 얼마나 큰 것인지를 새삼스레 느끼게 되었다. 175cm쯤 된 키에 얼굴이 오이처럼 길쭉한 백담수좌는 설악산 토굴에서 십 년 동안 생식을 하며 무술을 익혔다고 떠들어댔는데, 평소에도 그는 누더기를 걸치고 다니며 도인 행세를 했다. 그에게는 동생이라며 가끔 절로 찾아오는 대학생 타입의 아가씨가 있어서 학인들로부터 빈축과 선망을 동시에 받기도 했다.

정수와 나는 소나무 밑 돌무더기 위에 나란히 앉았다. 물론 윗사람들이 알아서 잘하겠지만 시간이 갈수록 나는 조금씩 불안해졌다.

"애, 정수야, 우리 괜찮을까? 듣자하니 저쪽 애들은 깡패들을 동원한다는데 말이야……."

나는 궁금한 나머지 물었다.

"맘 놓아도 돼. 우리도 다 만반의 준비가 되어 있다구. 붙었다 하면 금방 끝내주게 되어있으니까 말이야."

정수가 씨익 웃으며 자신 있게 말하고 나서 턱으로 소나무 숲의 으슥한 곳을 가리켰다. 그러고 보니 아까부터 낯모르는 얼굴들이 더러 보이기는 했다. 빵모자 아니면 챙이 긴 유격대 모자를 깊숙이 눌러쓴 이들, 승복은 입었으나 머리가 길었고 말투가 거칠어 어딘가 좀 어색해 보이는 사람들이 무리 중에 끼어있기는 했다.

그때서야 나는 조금 안심이 되었다. 방심은 금물이었다. 토요일인 어제 오후 느닷없이 쳐들어온 비구승들에게 대항 한 번 제대로 해보지 못하고 절을 내주고만 것은 방심 때문이었다. 그동안 우리가 대승암에 강원을 세우고 난 이래 눈엣가시처럼 여기며 호시탐탐 기회를 엿보고 있던 그들이 토요일 오후 경비가 허술한 틈을 타 재빨리 절을 점령해버린 탓에 우린 졸지에 둥지를 잃은 새 꼴이 되고 말았다. 절을 빼앗기고 나서 다시 찾기까지 만 하루 동안을 우린 허탈감 속에 빠져있어야만 했고 배전의 노력을 기울여야만 했다.

골짜기로부터 부엉이 우는 소리가 간간이 들려올 뿐 주위는 사뭇 조용하기만 하다. 두런거리던 소리도 잠잠해지고 동쪽 하늘에는 실낱같은 눈썹달이 고개를 내밀며 떠오른다.

낙엽이 두껍게 깔린 땅 위에 누워서 한동안 별들의 움직임을 바라보고 있던 나는 한기를 느낀 나머지 옷을 털고 일어났다. 도무지 추워서 견딜 수가 없었다. '무슨 좋은 수가 없을까?' 잠시 생각해보다가 머리에 손을 얹고 토끼뜀질을 해본다. 좌우로 서너 번 왔다 갔다 하며 30번을 헤아리고 나자 숨이 가빠오며 몸이 조금 풀리는 것도 같았다.

다음에는 기마자세로 서서 양팔을 번갈아 기압을 주고 내뻗으며 태권도 기본 동작을 흉내 내보기도 한다. 어쩌면 잠시 뒤에 있을지도 모를 위기상황에 대처하기 위한 본능적인 행동인지도 몰랐다. 몽둥이도 거뜬히 막아낼 수 있다며 틈날 때마다 정수가 가르쳐준 상단 막기, 하단 막기 그리고 무기 없이도 상대를 일격에 무너뜨릴 수 있다는 이단옆차기 등을 연습했다. 한동안 몸을 움직이고 나니 이마에서 송알송알 땀이 나고 추위가 약간 가시는 것도 같았다.

밤이 꽤 깊었다. 나는 다시 돌무더기 위에 낙엽을 깔고 벌렁 드러눕는다. 등허리가 괴이고 옆구리가 쿡쿡 찔렸으나 그래도 맨바닥보다는 습기가 덜해 나은 것도 같았다. 별들이 쏟아질 듯 눈에 들어온다. 하나둘……. 나는 별들을 헤아려보기 시작한다. 저 많은 별 중에 내 별은 어디 있을까?

문득 한 철학자의 말이 떠오른다. 그는 '밤하늘에 무수히 반짝이는 별들과 내 마음속의 도덕률, 그것이 우리 인간의 마음을 무한히 신비의 세계로 이끌어가고 있다'고 했다. 나는 그 말을 곱씹어보면서 인간의 어두운 면을 생각해본다. 동물이면서도 결코 동물적인 탐욕에만 머무를 수 없는 인간의 양심, 그것이 나를 고뇌케 했다.

입산하고 처음 몇 달 동안 나는 얼마나 많은 날을 갈등 속에서 보내야 했던가. 처음 겪는 대중생활에 적응을 못 한 나머지 하루에도 몇 번씩 보따리를 쌌다 풀었다 하며 갈팡질팡했다. 함께 행자생활을 하다가 끝내 보따리를 싸들고 떠나던 진묵의 초라한 모습이 떠오르기도 하고 나만 보면 이유 없이 못살게 굴었던 묵원수좌의 얼굴이 생각나기도 한다. 성장배경과 출신성분이 전혀 다른 사람들이 한자리에 모여서 공동생활을 하기란 생각보다 쉽지가 않았다.

어느 날 새벽, 나는 하도 피곤한 나머지 예불에도 불참하고 넓은 방에서 혼자 잠을 자고 있었다. 예불에 불참해서는 안 된다는 걸 알면서도 하루 종일 반찬 장만하랴, 틈나는 대로 천수경 외우랴 정말이지 눈코 뜰 새 없이 바빴다.

한참 단잠을 자고 있을 때였다. 갑자기 머리가 목침에서 굴러 떨어지며 박살이 나는 것처럼 아팠다. 누가 사정없이 발로 찬 것 같았다. 깜짝 놀라 일어나보니 묵원수좌가 가사 장삼을 걸치고 문지방을 나가고 있는 걸 볼 수 있었다. 나는 영문을 몰라 얼결에 머리를 감싸며 "아이고 머리야, 누가 내 머리 발로 찼어. 머리 아파 죽겠네. 씨팔……." 하고 숨넘어가는 소리를 질렀으나 그는 뒤도 돌아보지 않고 대웅전 쪽으로 유유히 사라졌다.

갑자기 별똥별 하나가 서쪽 하늘을 가로지르며 떨어져 내린다. 양손을 깍지 끼어 머리를 받친 채 한동안 별자리를 지켜보고 있던 나는 내가 왜 여기 있게 되었나를 생각해본다. 축축한 땅에 오래도록 누워 있던 탓인지 몸은 천근이나 된 듯 무거웠고 손과 발이 저리기 시작한다.

금산스님이 불암사를 찾아온 것은 지난 늦가을이었다.

그동안 불암사에는 걸핏하면 중앙에서 간부 스님들이 다녀가곤 했다. 그중에서도 조명철 스님은 대중들의 기대를 한몸에 받으며 왔다 간 인물 중 하나였다. 스님들이 그러는데 총무원에서 두 번째로 높은 스님이라고 했다. 보통 키에 뚱뚱하고 둥글넓적한 얼굴에 이마가 벗겨졌으며 주먹코인 그는 금테안경을 끼고 있었는데 검정 실크 두루마기에 중절모를 쓰고 차에서 내렸다.

　일주문 앞 작은 주차장에서 양쪽에 도열한 간부스님들과 일일이 악수를 나눈 그는, 주지스님 방으로 가서 차를 한 잔 마신 다음, 곧장 만세루 대강당에 모여 있는 대중들 앞으로 나와 최근의 종단사정에 대해 일장 연설을 하기 시작했다. 귀한 스님이 오신다고 하자 순천에서까지 신도들이 몰려와서 강단에는 발 디딜 틈이 없었고 긴장된 가운데 연설을 경청했다.

　연설을 시작한 지 5분도 채 안 돼 그의 양 볼에서는 눈물이 주르르 흘러내렸고, 장내는 일시에 숙연해졌다. 그는 감정이 복받친 듯 몇 번이나 말을 잇지 못하고 한숨을 쉬며 손수건을 얼굴로 가져갔다. 여기저기서 '나무아미타불 관세음보살'을 부르는 소리가 들리고 작은 기침소리가 들리기도 했다. 그의 연설은 청중을 사로잡는데 조금도 부족함이 없었다. 생김새도 그럴듯한 데다 식견 또한 뛰어나보였고 무엇보다 종단을 사랑하는 열정이 대단했기 때문이다.

　연설이 끝나자 우레와 같은 박수가 터져 나왔고, 청중들은 서로 얼굴을 마주 보며 흐뭇한 표정을 감추지 않았다. 저렇게 훌륭한 분이 종단에 버티고 있는 한, 비구승들이 아무리 날뛴다고 해도 조금도 흔들리지 않을 거라고 생각해서였다.

　하지만 몇 달 후 서울에서 날아온 소식은 우리를 실망케 하기에 충분했다. 그가 비구승단으로 넘어가고 말았다는 것이었다. 스님들은 그의 눈물이 가식이었다고 이구동성으로 혀를 찼다.

　총무원에서 요직을 맡고 있다는 금산스님은 사십 대 중반쯤 되어보였고 우람한 체구에 적당히 벗겨진 이마가 호인다운 풍

모였다. 달변인데다 얼굴은 넓적하고 상대를 쏘아보는 듯한 방울만한 눈엔 두툼한 뿔테안경을 끼고 있어서 중후한 느낌마저 갖게 했다. 주지스님을 예방하는 자리에서 그는 대뜸 찾아온 용건부터 말했다.

"주지스님, 불암사에서도 장래가 촉망되는 학인 두 명만 선발해주십시오. 똑똑하고 성실한 아이들로 말입니다. 아직은 장소가 협소하다보니 그 이상은 어려울 것 같습니다……."

그는 총무원 산하에 시대감각에 맞는 인재를 양성하기 위해 중앙에 강원을 설립한다며 원생들을 모집하기 위해 전국을 순회한다고 했다. 곁에서 차 시중을 들고 있던 나는 귀가 번쩍 뜨였다.

"주지스님, 저를 보내주시면 안 되겠습니까?"

그가 돌아가고 나자 나는 맨 먼저 지원을 했고, 주지스님으로부터 서울에 가서 얼마간 있어도 좋다는 승낙을 받았다.

걸망 하나만 달랑 둘러메고 서울로 향하는 발걸음은 마냥 가볍기만 했다. 야간열차를 타고 밤새껏 잠 한숨 제대로 이루지 못했건만 서울역에 내려서도 전혀 피곤한 줄 몰랐다. 마중 나온 사람 하나 없어도 서운하지 않았다. 오직 서울이라는 이 거대 도시에 와서 아무런 걱정 없이도 먹고 자고 할 수 있다는 한 가지 사실만이 나를 안도케 했을 뿐이었다.

전국에서 올라온 학인들의 수는 사십여 명쯤 되었다. 강원도와 충청도, 전라도와 경상도 그리고 경기도 일원에 이르기까지 이름 있는 절에서 한두 명씩은 다 온 셈이었다. 나를 빼놓고는 모두가 하나같이 덩치가 좋고 꽤나 똑똑해 뵈는 학인들이었다.

그러나 불평은 개원식을 하는 첫날부터 쏟아져 나왔다.

"뭐야 이거. 우리 절에 있는 강원보다도 못하잖아. 절도 코딱지만 하고 말이야. 숙식을 따로 해결하라니 이게 도대체가 어떻게 돌아가는 판 속이야. 이럴 줄 알았으면 안 오는 건데 말이야……."

충청도에서 올라온 두 명은 개원식만 마치고 흔적 없이 사라지기도 했다. 내가 십여 리쯤 떨어져 있는 연등사를 오간 것도 그런 맥락에서였다. 연등사는 불암사의 말사였고 주지가 불암사 출신이어서 나를 받아들이는데 조금도 꺼리지 않았다.

그동안 나는 오전에는 대승암에 가서 강의를 듣고 오후에는 주로 학인들과 함께 나들이를 했다. 서대문에 있는 총무원과 중앙청 외에도 때론 표 나지 않게 조계사에 가서 절을 구경하는 척하며 그쪽 동네의 동정을 살펴보기도 하고, 법륜사에서 열린 법회에 참석해서 신앙의 갈증을 풀기도 했다.

가끔은 금남의 집인 탑골승방에도 가서 쓸데없이 비구니들의 요사를 기웃거리며 돌아다니기도 했다. 안마당 깊숙이 빨랫줄에 걸려 있는 여승들의 브래지어나 울긋불긋한 속옷들을 쳐다보며 정수와 함께 낄낄거리기도 하고, 오누이들처럼 한자리에 앉아 법문을 들으며 법열에 잠겨보기도 했다. 탑골승방에서는 법회가 있을 때마다 꼭 우리의 강사인 덕암스님을 초빙해가곤 했는데, 그때마다 나와 정수는 빠지지 않고 스님을 따라가곤 했다.

180cm의 훤칠한 키에 넓은 이마와 콧마루가 시원한 덕암스님이 법사로 초빙된 것은 그의 청산유수 같은 법문 외에도 그

가 보기 드문 미남인 때문이라고들 말하곤 했다. 실제로 그의 법회에는 유독 여신도들이 구름처럼 몰려들곤 해서 남자 스님들의 부러움과 질시를 한몸에 받기도 했는데, 지난봄에 불암사를 방문할 때는 익산에서 귀금속 가게를 운영하는 미모의 여신도가 동행하기도 했다.

비구니들 가운데는 은하와 같은 또래의 소녀들도 더러는 눈에 뜨였다. 화장기 하나 없는 창백한 얼굴에 눈을 내리깔고 앉아 법문을 듣고 있는 모습이 쓸쓸해 보인 것은 무엇 때문일까.

은하와 소식이 두절된 지도 벌써 서너 달이 지났다. 순천에서 크리스마스이브를 나와 함께 보낸 그녀는 다녀간 지 몇 달도 안 돼 이듬해 봄에 다시 찾아왔다. 첫 직장인 보육원에서 근무를 시작한 지 한 달쯤 지난 후였다.

경내에는 벚꽃이 만발했고 산에는 다시 나무에 물이 오르고 가지에 새순이 돋아나고 있었다. 산으로 들어간 지도 일 년이 거의 다 되어가고 있었지만 아직도 나는 마음속으로 세간과 출세간의 틈바구니에서 갈피를 잡지 못하고 방황하고 있던 때였다. 하루에도 수없이 파지를 내며 글을 썼다가는 지우고 다시 쓰고 하느라 머리가 아팠다. 종교적 입장에서 글을 쓴다며 고백할 것도 없으면서 '나의 고백'이라고 써놓고 생각이 떠오르지 않아 쩔쩔매는가 하면, 대화할 것도 없으면서 '마음과의 대화'라고 써놓고는 진도가 나가지 않아 하루에도 서너 시간씩 책상 앞에 앉아 볼펜을 빙빙 돌리며 혼자서 끙끙 앓고 있던 때이기도 했다.

그녀는 이제 제법 숙녀다운 티를 내고 있었다. 하늘색 원피스에 검정 선글라스를 끼고 하이힐을 신은 그녀가 네모난 여행용 가방을 들고는 또각또각 발걸음도 가볍게 벽안당에 나타났다. 절에 도착하자마자 모텔에 방을 정하고 짐을 푼 다음 곧장 내가 있는 방으로 올라왔고, 가방 속에서 두툼한 대학노트 한 권을 꺼냈다.

"여기다 소설을 쓰세요. 그럼 내가 책을 내 드릴게."

그녀가 빙긋이 웃으며 말했다. 그녀는 여고를 졸업하고 나서 근 일 년 동안 삼촌이 운영하고 있는 보육원에 가서 보모로 일하고 있었는데 그 일로 가족과 갈등을 겪고 있던 중이었다. 벌써부터 생에 대한 회의를 갖기 시작했고 인생을 슬픈 눈으로 바라보기도 했다. 그것이 나와 무관치 않은 것은 그녀가 보낸 편지에서도 잘 나타나있었다.

"오빠, 나는 오빠 생각만 하면 눈물이 나. '하루 종일 산속에 묻혀 하늘과 구름만 쳐다보며 무슨 생각을 하고 있을까' 하고. 하루에도 그런 생각을 수없이 하고 있다 보면 불현듯 '나도 수녀원으로 들어가 버릴까?' 하는 생각이 들기도 해. 그러다가 마침내 결단을 내린 거야. 어려운 아이들을 도와야겠다고 말야."

나는 그런 편지를 받을 때마다 마음이 편치 않았다. 나로 인해 한 소녀가 눈물을 흘리고 있다는 것은 생각만 해도 가슴이 아렸기 때문이다.

은하가 오던 날, 나는 그녀를 데리고 길상암 쪽으로 산책을 나갔다. 해가 두어 뼘쯤 남아있었다. 이윽고 우린 반쯤 허물어진 이끼 낀 돌담 사이로 들어섰다. 폐허가 된 암자에는 무너진 건물 잔해와 야생초가 무성했고, 기와지붕이 반쯤 허물어져있는 퇴락한 건물더미 곁에는 백목련 한그루가 서 있었다. 우린 목련꽃 그늘에 자리를 잡고 앉았다.

숲 속 멀리서는 꾀꼬리 소리가 은은하게 들려오고 있었고 가까운 곳에서는 이따금 딱따구리 소리가 들려오기도 했다. 우린 그동안 편지로 주고받았거나 미처 전하지 못하고 마음속에 간직하고 있었던 이런저런 이야기들을 두서없이 하다가는 날이 어두워지는 것도 모르고 급기야는 자기들이 믿고 있는 종교에 이르기까지 얘기에 열을 올렸다.

"그러고 보면 인연이란 참 묘한 것이란 말이야. 어떻게 전혀 예기치도 않은 곳에서 생각지도 못한 사람을 만나게도 되고 금세 친하게까지 되었느냐 이거지. 생전 얼굴 한 번 보지 않았던 사람들이 처음 만나자마자 눈이 맞고 선뜻 가까워지게 되었느냐 이 말이야. 그것도 천리 길 멀리 떨어져 있으면서도……."

"그거야 생각하기 나름이겠지 뭐. 첫눈에 마음이 끌렸다든가 하는……."

"끌린다는 게 우연이 아니라 이 말이지, 내 말은. 아무래도 난 우리에겐 전생의 특별한 인연이 있었던 건 아닌가 하고 생각해. 이를테면 한 사람이 다른 한 사람에게 크게 신세를 졌다든가 하는……."

"무슨 신세?"

"이런 말 하긴 좀 쑥스럽지만 아마도 내가 전생에 은하네 집에서 머슴살이를 했던 게 아닌가 생각이 돼. 그래서 은하가 그 은혜 갚으려고 먼 데서 이렇게 찾아다니는지도 모르겠다는 생각이 들고 말이야. 어쩜 구박을 많이 했는지도 모르지. 미안한 생각이 들 정도로……."

"그렇다면 이번에는 내가 오빠네 집에 가서 식모살이라도 해야 될지 모르겠네. 그 은혜 갚으려고 말이지."

"맞아. 그렇게 해야 마땅한 도리인지도 모르지."

"하지만 난 그렇게 생각하지 않아. 내가 이렇게 오빠를 찾아다닌 것은 전생의 인연 때문이 아니라 전적으로 하나님의 오묘하신 섭리 때문이야. 나는 그렇게 믿고 있어. 하나님은 창세전부터 우리의 만남을 예정해 놓았다고 말이지. 이를테면 꿈속에서 누가 나타나 몇 월 며칠에 어디를 가거라. 그러면 거기서 어떠 어떠한 사람을 만나게 되리라 하는 것과 같아. 성경에 다 그렇게 쓰여 있어. 택한 자의 앞길은 하나님이 다 예정해놓았다고.

지난가을 내가 청계산 불암사로 수학여행 차 단풍구경을 온 것과 오빠가 그때 불암사에 와서 승려생활을 하고 있는 것이 맞아떨어진 것도 만세 전부터 하나님이 예정해 놓은 것이라고 나는 믿고 있어. 아! 믿는 자들에게 복이 있을진저."

그녀가 두 팔을 높이 쳐들고 과장되게 흔들며 목사가 강단에서 설교라도 하듯 유창하게 떠들어댔다.

"별수 없군 그래. 서로 종자가 다르니까……. 불교에서는 인연이 없는 중생은 부처님도 제도(濟度)할 수 없다고 말했거든. 나로서도 어쩔 수가 없다, 이 말씀이야. 아무리 친한 사이라 할지라도 말이야."

"좋아, 그럼 나도 할 말은 있어. 기독교에서도 택함 받지 않은 백성은 구원받을 수 없다고 말했거든."

그녀가 잘라 말했다.

초승달이 반쯤 무너진 기와지붕 위로 떠오르고 있었고 하늘에는 별들이 하나둘 모습을 나타내기 시작했다. 골짜기 깊숙한 곳에서는 두견새 우는 소리가 끊어질 듯 이어지고 있었고, 찬 공기가 옷깃을 떠들고 맨살 위로 기어 들어왔다. 나는 가만히 팔을 내밀어 그녀의 어깨를 끌어안았고, 그녀는 기다리고 있었다는 듯이 고개를 들고 은근한 눈빛으로 얼굴을 쳐다본 다음 몸을 기댔다.

지루하고 고통스러운 정적이 흘렀다. 갑자기 멀리서 개 짖는 소리가 들려오고 몸이 움츠러들기 시작한다.

새벽이 가까이 다가오는 시각이었다. 첫닭이 울고 난 지도 꽤 오랜 시간이 지났고, 별들도 자리를 바꿔 동쪽 하늘에는 어느덧 샛별이 환한 자태를 뽐내고 있었다.

"월월! 월월월월……."

이윽고 개 짖는 소리가 하나둘씩 늘어나기 시작한다. '아, 또 저놈의 개 짖는 소리!' 나는 자신도 모르게 탄식처럼 속으로 중얼거렸다. 어려서부터 나는 개 짖는 소리만 들으면 오금을 펴지 못했다. 마치 저승사자가 문밖에 나타나기라도 한 것 같아 진저리를 치곤 했다.

개 짖는 소리가 들리자 그것이 마치 무슨 신호이기라도 하듯이 여기저기서 웅성거리는 소리가 들리고 나무들 사이로 희뜩희뜩 하나둘씩 사람들의 모습이 나타나기 시작한다. 나도 그제야 옷을 털고 몸을 일으킨다. 기지개를 켜고 입이 찢어지도록 하품을 한 다음 으슥한 곳으로 가서 바지춤을 내리고 볼일을 보기 시작한다. 진작부터 마려운 걸 참았던 탓인지 손아귀에 가득 찬 탱탱 부은 바나나가 기세 좋게 물줄기를 뿜으며 포물선을 긋는다.

개 짖는 소리는 큰길에서 대승암으로 들어오는 골목길 초입쯤에서 난 것 같았다. 오줌을 누고 나자 몸이 부르르 떨렸다. 밤의 냉기가 사정없이 살갗을 파고들었고, 또 한 번 입이 찢어지도록 하품이 나왔다. 온몸이 쇳덩이처럼 무겁고 중심을 잡고 걷기도 힘이 들었다.

그때도 개 짖는 소리는 저렇게 멀리서부터 들려왔다. 6·25 동란 때였다. 형이 군에서 탈영을 한 바람에 우리 집은 졸지에 쑥대밭이 되고 말았다. 밤만 되면 경찰과 특무대사람들이 예고 없이 들이닥쳤다.

밤이 이슥해지면 한길 가까이 있는 아랫마을에서부터 개 짖는 소리가 들리고 그때부터 우리 가족은 사색이 되어 가슴을 조이며 불안에 떨어야만 했다. 연이어 골목길에서 뚜벅뚜벅 워커 소리가 들려오고 개 짖는 소리가 극에 달하면 우린 얼른 불을 끄고 자는 척했다.

이윽고 사립문 흔들리는 소리가 들리고 나면 큰형은 냅다 뒷문으로 도망을 쳤고, 남은 가족들은 어둠 속에서 사시나무 떨듯 공포에 떨었다. 다가올 위기에 속수무책일 수밖에 없는 우리는 그제야 형을 원망할 수밖에 없었다.

노크도 없이 방문을 연 그들이 손전등을 비추면 나는 눈이 부셔 이불속으로 몸을 감췄고, 그들이 확인이라도 하듯 구둣

발로 들어와 이불을 홱 제치고 나면, 어머니와 나는 영락없이 포수에게 생포된 두 마리의 짐승 같았다. 그들이 꿩 대신 닭이라고 어머니를 끌고 나가면 나는 어머니의 손을 잡고 떨어지지 않으려고 발버둥 쳤고, 다음은 또 내 차례인 줄 알고 각오하고 있어야만 했다.

이불속에서도 나는 분에 못 이겨 두 주먹을 불끈 쥐고 몸을 파르르 떨었다. 그때 나는 겨우 초등학교 2학년이었는데 그들이 어둠 속으로 데리고 가 몇 번이나 카빈총의 노리쇠를 후퇴 전진시키며 형의 행방을 가르쳐주지 않으면 모조리 쏴 죽여버리고 말겠다고 협박을 해도 나는 이를 악물고 도리질을 했다.

"월월월월······."

개 짖는 소리가 끊어질 듯 이어지고 있었다. 나는 허리띠를 풀어 옷을 한 번 추스른 다음 질끈 동여맸다. 운동화 끈도 풀어 다시 단단히 묶고 행전도 조여 맸다. 정수가 양팔을 가볍게 내뻗으며 소나무 사이에서 워밍업을 했다. 녀석은 마치 무슨 시합에라도 나갈 것 같은 태세다. 그가 새도복싱을 하며 팔을 내뻗을 때마다 어깻죽지의 찢어진 옷자락이 기폭처럼 팔랑거린다.

그때 6·25만 일어나지 않았어도 나는 지금 여기에 있지 않았을지도 모른다. 결국 형은 붙잡혀갔고 군 형무소에서 모진 고문을 당해 반신불수가 되어 돌아왔다. 그동안 부모들은 감옥에 있는 형의 뒷수발을 하느라 가산을 날리고 말았다. 형을 빼내 주겠다는 브로커들의 농간에 빠져 논밭을 팔아댔기 때문이었다.

개 짖는 소리가 점점 가까워지기 시작한다. 머리털이 쭈뼛거리며 손에 땀이 나고 입이 바싹바싹 탔다.

아랫동네에 있는 예배당에서 차임벨 소리가 들려온다. 신도들에게 새벽 기도회를 알리는 그 맑고 청아한 음악이 이교도인 내게도 어쩌면 그렇게 평화스럽게 들리는지 몰랐다. 계곡 위에 있는 암자에서도 목탁소리가 들리고 연이어 법고소리와 종소리가 새벽 공기를 가르며 사방으로 울려 퍼진다.

여명 직전의 칠흑 같은 어둠이 잠시 대지를 집어삼키고 있을 무렵이었다.

"월월월월……."

개 짖는 소리가 절정에 달했다. 골목 어딘가에서 사람들의 발걸음 소리가 들리고 웅성거리는 소리도 들려온다.

'기어코 올 것이 오고 말았구나.'

나는 속으로 중얼거리며 호주머니에서 장갑을 꺼내 양손에 끼었다. 그러고는 입술을 지그시 깨물며 허리를 굽혀 몽실몽실한 돌멩이들을 골라 호주머니에 가득히 집어넣고 양손에도 하나씩 들었다.

주사위는 던져졌다. 나는 입을 앙다물고 적들이 눈앞에 나타나기만을 숨죽여 기다렸다. 몸이 굳어지며 손발이 가볍게 떨린다. 고개를 들어 정수를 힐끗 쳐다본다. 그는 눈을 감고 합장을 하고 부동자세로 서서 뭔가 열심히 중얼거리고 있다. 염불을 외우며 부처님에게 기도를 하고 있는 것 같았다.

결전의 시간은 시시각각 다가오고 있었다. 그동안 나는 겉으로는 땅에서 돌멩이를 주워 모으고 야구방망이와 몽둥이를 가

저다 놓고 싸움에 대비를 하면서도 속으로는 저들이 나타나지 않기를 얼마나 바랐는지 모른다. 부처님 관세음보살님이 영향력을 발휘해 저들의 마음을 돌려주시기를 빌었다. 충돌 없이 날이 밝아지기를 고대하기도 했다.

갑자기 어디선가 호루라기 소리가 들리고 사람들의 달음박질 소리도 났다. 어둠 저편으로 희끗희끗한 무리가 떼 지어 몰려오고 있었다. 이윽고 돌팔매가 공중을 날았다. 나도 들고 있던 돌멩이를 적진을 향해 사정없이 던졌다. 이어서 호주머니에 들어있던 돌멩이들도 꺼내 맞은편 희끗희끗한 무리를 향해 냅다 던지기 시작했다.

머리 위로 돌멩이들이 우박처럼 쏟아져 내리고 급기야는 몸들이 뒤엉켰다. 야구방망이와 몽둥이가 획획 바람을 갈랐다. 사방에서 아우성이 들리고 "이 새끼 죽여라!" 하는 소리도 났다. 치고받고 일진일퇴가 거듭되었다.

시간이 갈수록 싸움은 점점 치열해졌고 아비규환은 계속되었다. 곁에서 야구방망이를 휘두르며 상대의 어깨를 내리치던 정수가 "아이고!" 하며 픽 쓰러진다. 나도 이리 뛰고 저리 뛰며 몇 놈 쥐어박기는 했으나 결정적인 타격은 주지 못했다. 손에 야구 방망이를 들고 있었으나 차마 그걸로 상대의 머리를 내려칠 수는 없었기 때문이다.

누군가 사정없이 엉덩이를 발로 찼다. 나는 비틀거리며 서너 걸음 뒤로 물러났다. 얼핏 보니 우리 편 학인 놈이 잘 모르고 걷어찬 것 같았다. 정신없이 뛰어다니다 보니 피아간의 구분도 없어지고 누가 누군지도 가늠하기 힘들어졌다. 비표를 달았다고는 해도 깜깜해서 구분하기가 힘들었다. 모두가 회색 바탕의 바지저고리에 빵모자를 눌러썼거나 챙이 긴 모자를 쓰고 있어서였다. 전쟁이 일어나면 이럴까도 싶었다. 총칼만 안 들었다 뿐이지 육박전이나 다름없었기 때문이다.

나는 그만 맥이 빠지고 말았다. 아무리 둘러봐도 낯익은 얼굴들이 보이지 않아서였다. 겁이 덜컥 났다. 당황한 나머지 뒤로 몇 걸음 물러섰다가 계곡 위의 암자로 도망을 쳤다. 천생 그 길밖에 빠져나갈 구멍이 없었고 암자의 스님들과는 몇 번 놀러가서 안면이 있었기 때문이다.

마침 대문이 열려있었다. 도피성이라도 되는 듯이 나는 안으로 뛰어들었다. 누군가 갑자기 앞을 가로막으며 멱살을 잡았다.

"대처냐? 비구냐?"

뭉뚝한 손이 멱살을 잡고 흔들며 다그쳐 물었다. 한 사내가 곁에서 몽둥이를 들고 있었고 빵모자 밑으로 긴 머리카락이 나풀거렸다.

"대처다."

얼결에 나는 사실대로 말하고 말았다. 얼핏 보니 어젯밤 소나무 밑에서 본 사람들과 머리 길이가 비슷해 보여서였다. 순간 상대방의 눈꼬리가 하늘로 치솟은 것 같더니 그와 동시에 나는 턱을 강타 당하고 낭떠러지 아래로 곤두박질쳤다. 실로 눈 깜빡할 순간이었다.

엎어진 내 몸을 그들이 수없이 발길질했다. 눈에 불이 번쩍하고 수많은 노란 별들이 눈 속으로 쏟아져 들어왔다. 그러고는 의식이 가물가물했다.

누군가 몸을 흔들어 눈을 떠보니 한 여인이 곁에 앉아있었다.

"응, 이제 깨어나는구먼. 세상에 이럴 수가 있나 그래. 해도 해도 너무하지. 이게 지옥이 아니고 뭣이여. 자비 문중에서 이런 일이 일어나다니. 남부끄러울 일이야……. 나무아미타불 관세음보살."

여자가 목이 메어 말을 채 잇지 못했다. 평소에도 나를 아들처럼 생각된다며 아껴주던 공양주 보살이었다. 그녀는 여고를 다니는 딸 하나를 데리고 절 뒷방에서 생활을 하며 부엌일을 도맡아 하고 있었다. 그녀는 나를 일으켜 세우려고 안간힘이었다. 마침내 나는 공양주 보살에 의지해서 낑낑거리며 자리에서 일어났다.

희붐하게 날이 밝아오고 있었다.

간신히 정신을 차린 나는 고개를 숙여 자신의 몰골을 한 번 내려다본다. 옷이 찢기고 코와 입에서는 아직도 검붉은 피가 흘러나오고 있었다. 옆구리가 결리고 머리가 띵하니 아팠다. 주위를 살펴보니 언제 그랬냐는 듯이 사방이 조용했다. 상황이 모두 끝난 것 같았다.

나는 손수건을 꺼내 턱을 감싸고 비틀거리며 연등사 쪽으로 발걸음을 옮기기 시작했다. 치료를 하려면 아무래도 안면이 있는 그쪽 동네로 가야만 했고 무엇보다도 속히 이곳을 벗어나고 싶어서였다. 눈물이 하염없이 양 뺨을 타고 흘러내린다.

처음 서울역에 내렸던 때가 생각났다. 부푼 가슴을 안고 서울역에 내렸을 때의 그 두려움과 설렘이 엊그제 같기만 했다. 걸망 하나만 달랑 둘러메고 사고무친한 서울에 와서 3개월여 동안 지내온 일들이 눈앞에 어른거렸다.

입속에서 뭔가 자갈 같은 게 씹혔다. 나는 가던 길을 멈추고 길가에 쭈그리고 앉아 입안을 오물거려 맨땅에 침을 뱉었다. 핏덩이 속에서 뭔가 하얀 것이 튀어나왔다. 나는 그걸 확인하기 위해 손가락으로 희끄무레한 가래침을 헤적여본다. 부러진 생니 두 조각이 살점과 함께 붙어있었다.

출근길의 사람들이 길을 가다 말고 힐끗힐끗 쳐다본다. 나는 벌떡 일어나 벌에 쏘인 사람처럼 얼굴을 웅크리고 뛰기 시작했다. 얼굴이 화끈거리고 다리가 후들후들 떨린다. 좀체 피가 멈추지 않는다. 하지만 지혈을 위한 아무런 조치도 할 수 없었다.

유리집 앞을 지나면서 잠시 얼굴을 들여다본다. 땟국 묻은 자국이 양 뺨에 얼룩져 있었고 찢어진 입술과 잇몸 사이에서 피가 계속 흘러나온다. 피로 물든 빨간 손수건이 보기에 흉했다. 오늘따라 길이 왜 이렇게 멀게만 느껴지는지 모르겠다. 다리가 자꾸만 휘청거리고 등허리에 땀이 흥건했다.

십여 리 길을 허겁지겁 달려오다 보니 어느새 낯익은 동네에 도착했다. 치과는 목조로 된 낡은 2층 건물에 있었고 문 열 시간은 아직 일렀다. 하지만 이 골목로 어디 가서 마땅히 기다릴 만한 곳도 없었고, 무엇보다 이가 욱신거리며 아파 견딜 수가 없었다.

나는 좁고 가파른 계단을 비틀거리며 2층으로 올라갔다. 계단이 심하게 삐걱거리며 신경을 건드린다. 다급한 나머지 나는 굳게 잠겨있는 치과의 문을 마구 두드린다. 이윽고 안에서 인기척이 나고 문이 열린다. 방금 잠자리에서 일어난 듯 간호사가 가운도 걸치지 않은 채 선하품을 하며 나왔다가는 기겁을 하고 들어가 버린다. 나는 문고리를 잡고 그 자리에서 풀썩 주저앉아 악을 버럭버럭 썼다.

오전 10시쯤에 백담수좌와 함께 성북경찰서로 갔다. 경찰서 수사과에는 비구승들도 많이 와 있어서 먹물들로 북새통을 이루었다. 우린 각기 따로 조서를 받았다. 물론 나는 피해자의 입장에서였다. 거긴 금산스님도 와있었고 몇몇 비구승단의 거물들의 얼굴도 보였다.

정수가 머리에 붕대를 감고 한쪽에서 조서를 받고 있다가는 나를 보자 싱긋 웃는다. 우린 눈인사만 나누고 서로 모른척하며 얼굴을 돌린다. 그의 찌그러진 얼굴이 더욱 초췌해 보인다.

"저기 누더기 같은 옷 걸치고 있는 납자(衲子)보이지. 저 친구가 지난번에 대법정에서 할복한 중이래. 독종들이야……."

백담이 맨 뒷자리에 앉아 수사를 지휘하고 있는 형사에게 손을 내저으며 거세게 항의하고 있는 중을 가리키며 서글픈 표정으로 말했다. 나는 섬뜩한 느낌이 들었다.

조서가 끝나고 잠시 대기실에서 기다리고 있는 동안 정수가 내게로 왔다.

"일심아, 그동안 수고가 많았지. 난 이제 중노릇 다 때려치우고 시골로 내려가기로 했다. 거기 먼 친척뻘 되는 분이 포도농장을 하고 계시거든. 조그마한 읍 소재지인데 거기 가서 복싱 도장이라도 하나 운영하며 조용하게 살 거야."

그가 힘없이 웃으며 손을 내밀었다. 조사가 끝났으니 치료를 받으러 병원에 가봐야 한다고 했다.

"그래, 잘 생각했다. 치료가 끝나는 대로 한번 만나서 송별회라도 하도록 하자."

우리는 손을 잡고 가볍게 흔들며 악수를 하고 헤어졌다. 나도 치료가 끝나는 대로 곧장 이 도시를 떠나야겠다고 생각했다. 온몸이 찌뿌드드하고 의치(義齒)에 맞닿은 잇몸이 욱신거렸다.

이교도와는 친구가 될 수 없어

미포 가는 길은 생각처럼 그렇게 멀지는 않았다. 전주에서 서북쪽으로 반나절쯤 버스를 타고 가다 보니 자그마한 읍 소재지가 나왔고, 거기서 다시 반 시간가량 완행버스를 타고 가면 닿을 수 있는 거리였다.

은하의 고향은 포구가 있는 한적한 어촌으로 괭이갈매기가 무척이나 많이 날고 있었고, 인근에는 해당화가 탐스럽게 피는 해수욕장이 자리하고 있어서 여름 내내 피서객들이 붐비는 이름난 곳이었다. 언젠가도 그녀는 고향 자랑을 한껏 늘어놓으며, "일단 한번 와 보시라니깐요. 여름 한 철은 끝내줄 테니까요." 했다.

내가 서둘러 은하의 고향 미포를 찾아간 것은 그녀로부터 소식이 끊긴 지 3개월쯤 지나서였다. 그때 나는 한동안 서울의 한 강원에 가 있었는데 그러잖아도 궁금하던 터에 사건이 일어나자 휴강한 틈을 내어 잠시 불암사를 다녀가는 길이었다. 갑자기 절을 떠나있는 바람에 미처 연락을 못한 탓도 있었고, 서울에서는 처음 얼마 동안 편지를 주고 받을만한 장소가 마땅치 않아 선뜻 펜을 들지 못한 탓도 없지 않았다. 서너 번 그녀의 집으로 편지를 띄워봤으나 종무소식이었다.

그녀를 만난 지도 어느덧 2년이 가까워지고 있었고. 그동안 그녀는 불암사를 수차례 다녀갔다. 그러던 그녀한테서 갑자기 연락이 끊기자 나는 적잖이 애가 탔다. 마침내 나는 그녀를 찾아 나서게 되었고 생각 밖의 3박 4일 동안 긴 여정에 올라야 했다.

산으로 들어온 지도 어느덧 두 해가 지나고 있었고 그동안 나는 절에서 많은 것을 느끼고 깨달았다. 걸망 하나만 달랑 둘러메고 국토의 절반을 돌아다니며 세상 사람들의 사는 모습을 피부로 느껴보기도 하고 명산대찰을 두루 돌아다니며 출가자들의 다양한 모습을 접해보기도 했다. 희한하게도 나는 산에 들어가서 많은 사람을 만나고 사귀기까지 했는데, 그러고 보면 사람 사는 곳이란 어디를 가나(한꺼풀 벗겨놓고 보면 생김새가 비슷하듯) 마음이 통하기는 마찬가지라는 것이 여실히 증명되고도 남았다. 절도 사람이 사는 곳임에는 분명했기 때문이다.

절은 사계절 내내 관광객들의 발걸음이 끊이지 않았다. 덕택에 나는 거기 있는 동안 많은 부류의 사람들과 접촉을 가졌고 인연을 맺게도 되었다. 남자와 여자, 신앙인과 무신론자, 기독교인과 불교도인 등 여러 부류의 사람들이 나에게 다가와 말을 걸고는 개인적으로 가까워지기를 게을리 하지 않았다.

나는 수동적이었으나 그들은 능동적이었으며, 나는 소극적이었으나 그들은 적극적이었다. 나는 매사에 부정적인데 반해 그들은 긍정적이었고, 나는 매인 몸이었지만 그들은 자유로운 몸이었다. 때문에 그들은 먼 길 마다않고 찾아오기도 하고 편지를 보내오기도 했다.

대부분이 내 또래였고 더러는 한두 살쯤 더 먹었거나 덜 먹은 사람들도 있었는데, 그들은 십여 미터쯤 앞에서부터 호기심 어린 눈빛으로 다가와 사진을 한 장 같이 찍자고하든가 절을 좀 안내해달라고 해서 말을 걸어오곤 했다. 그들의 표정은 하나같이 부드럽고 따뜻했다. 때문에 나는 사문으로서도 그들과 어울리는데 조금도 부담을 느끼지 않았고 허심탄회하게 대할 수가 있었다.

"참 좋으시겠어요. 세상 근심걱정 훌훌 다 털어버리고 이런 곳에 와서 자연과 벗하며 생활한다는 게 말예요……" 하고 말하는 사람이 있는가하면 혹자는 "외롭고 답답하지 않으세요? 세상과 담을 쌓고 허구한 날 이렇게 하늘과 구름만 바라보며 지내야 하는 수도생활이 말예요……" 하고 묻는 사람도 없지 않았는데, 그중의 하나가 정은하였다.

여행은 언제나 무미건조한 일상생활에 활력을 주기에 충분했다. 때는 늦은 봄날이었고, 나들이하기에는 그지없이 좋은 날씨였다. 마침 지난밤에 비가 알맞게 내려서 대기는 신선하고 하늘은 더할 나위 없이 맑고 고왔다. 편지 봉투 하나만 달랑 들고 전날 석양 무렵 화평읍에 도착한 나는 여인숙에서 자고 아침 일찍 첫차로 가려던 생각을 바꾸어 걸어가기로 했다. 버스를 기다리는 시간이면 걸어서도 충분히 갈 수 있는 거리였고 또한 시골길은 가능한 걷는 게 좋아서였다. 뿐만 아니라 은하가 걸었던 그 길을 나도 한번 걸어보고 싶었고 그녀가 맡았던 흙냄새를 맡으며 몸으로 느껴보는 것도 좋을 것 같아서였다.

어제 버스를 타고 읍내로 들어올 때만 해도 도로변의 낡은 집들이 뿌연 먼지로 뒤덮여있어서 황량하기 그지없었고 뒷골목의 쓰레기는 악취를 풍겼으나 아침 일찍 들판으로 길을 나서자 눈앞에 펼쳐진 푸른 대지가 생동감을 주었다.

땅은 알맞게 젖어 있었고 바람이 불어도 먼지 하나 일어나지 않은 길은 걷기에 쾌적하기만 했다. 길동무 하나 없어도 적적하지 않았다. 길옆 보리밭에서는 연둣빛 이삭이 앞다퉈 고개를 내밀고 있었고 새들이 풀숲과 덤불 속에서 노래했다. 길가 언덕 아래에는 질경이와 쑥 돌미나리가 지천으로 깔려있었고 눈송이처럼 눈부시게 하얀 찔레꽃이 덤불을 이루며 무더기로 피어있었다. 나는 자신도 모르게 휘파람을 불며 인적 없는 들길을 한동안 걸었다.

길옆에 있는 모든 것들이 나와 대화를 하고 싶어 안달을 하는 것만 같았고 양지 바른 언덕바지에 뾰쪽뾰쪽 올라오는 삘기라든가 하다못해 발부리에 차이는 돌멩이까지도 시골의 정취를 느끼는 데 한몫을 했다. 나는 언젠가는 한번 은하의 발끝에 차였을 지도 모를 길가에 굴러다니는 조그마한 돌멩이를 발로 툭 걷어차 보기도 하고 그녀가 코를 벌름거리며 가까이 대보았을 것도 같은 찔레꽃 가지를 들고 향기를 맡아보기도 했다. 구불구불 가파른 언덕길을 오를 때는 전신에 땀이 나고 숨이 턱에까지 차올라 윗도리를 벗어 어깨에 걸치며 걷기도 했다.

이윽고 고갯마루에 오르자 바람이 마중을 나와 주었다. 바닷물에 목욕이라도 하고 온 듯 짭조름한 바람은 기다리고 있었다는 듯이 덥석 나를 끌어안았고 나는 바람의 과분한 환영을 받으며 풀밭에 털썩 주저앉았다. 쪽빛 바다가 시원스럽게 시야에 펼쳐졌다. 멀리 포구가 보이고 우거진 송림 사이로 노랗고 빨간 지붕이 해안선을 따라 즐비하게 늘어선 집들이 한눈에 들어왔다. 흡사 뱀의 허물처럼 기다랗게 뻗어있는 하얀 모래밭이 푸른 바다와 송림 사이를 갈라놓았고 흰 띠를 두른 까치를 연상케도 했다.

나는 고갯마루에 앉아 호주머니에서 손수건을 꺼내 이마의 땀을 닦은 다음 한적한 포구의 풍경을 내려다보며 잠시 생각에 잠겨봤다.

'저 많은 집들 가운데 은하네 집은 어디쯤 자리하고 있을까. 그녀의 집에는 지금 누가 살고 있으며 그녀의 가족들은 나를 냉대하지나 않을 런지. 내 행색(그때 나는 절에서 한 달에 두세 번 산을 지키러 다닐 때 입었던 빛바랜 헐렁한 남색셔츠에 광부처럼 헤진 당꼬바지를 입었고 박박 깎은 머리에는 여름철 중들이 흔히 쓰고 다니는 차양이 넓은 헬멧 같은 모자를 쓰고 있었다)을 보고 내가 어디서 왔다는 것을 알게 된다면 주소는커녕 집 안에 발을 들여 놓게 나 할는지……'

생각이 그런 데에까지 미치자 나는 그만 달팽이같이 몸이 오그라들고 말았다. 어쩌면 헛걸음치고 돌아갈지도 모른다는 생각이 들자 그제야 나는 아무렇게나 걸치고 나온 무성의한 옷차림에 신경이 쓰이기 시작했다.

멀리 포구로부터 일진의 바람이 불어왔다. 바람은 나뭇가지와 풀잎을 흔들고 완만하게 펼쳐진 들판의 보리밭을 파도처럼 출렁거리며 다가와 내 목과 얼굴을 끌어안았다. 부드럽고 온화한 바람이 몸을 어루만지며 속삭이는 것 같아 필경 은하의 집에 들려 그녀의 소식을 전해준 것이려니 생각하고 귀를 기울여보지만 알아들을 수가 없어 입술만 삐죽 내밀고 바람과 키스했다. 그러자 바람은 심술이라도 난 듯 머리 위에 얹어있는 모자를 벗겨 사정없이 길바닥에 내 동댕이치고 말았다. 뭔가 소통이 잘 안된 모양이었다. 모자는 데굴데굴 굴러가 풀숲에 쳐박혔고 나는 멍하니 앉아 바람이 들판을 거쳐 물마루처럼 퍼져나가다가는 언덕 위로 사라지는 장면을 넋을 놓고 바라봤다.

한동안 고갯마루에 앉아 땀을 식히며 포구를 내려다보고 있던 나는 이윽고 엉덩이를 털고 일어나 모자를 집어 쓰고 요철이 심한 황톳길을 터벅터벅 내려가기 시작했다. 빈 소달구지가 삐거덕거리며 지나가고 잠시 뒤에 버스도 한 대 털털거리며 지나갔다.

은하네 집은 바닷가 모퉁이를 돌아 처음 골목의 두 번째 집이었다. 물어물어 찾아간 그녀의 집에는 그러나 대문이 굳게 잠겨 있었고 사람의 그림자 하나 얼씬거리지 않았다. 나는 대문 사이로 안을 들여다보고 있다가는 주먹으로 양철대문을 두어 번 쾅쾅 두드려보기도 하고 밀어보기도 했으나 요지부동이었다. 갯냄새가 물씬 풍기는 그녀의 집 마당에는 야생초가 무성했다. 방문 앞에는 신발 한 켤레 놓여있지 않았고 마루에는 먼지가 뽀얗게 앉아 있을 뿐이었다.

읍내로 되돌아 나왔다. 한동안 쪽지 하나만 들고 고개를 갸웃거리며 이 골목 저 골목을 헤매고 다니다가는 이윽고 파란 대문이 있는 어느 한 집 앞에 이르러 초인종을 눌렀다. 은하네 집 이웃에 사는 구멍가게 아주머니가 읍내에 살고 있는 언니의 주소를 가르쳐주었기 때문이었다. 1분쯤 있다가 한 여자가 신발을 질질 끌고 나와 대문 사이로 얼굴을 내밀고 누굴 찾느냐고 물었다.

"혹시 여기가 정은하 씨 언니 집이 아닌가요?"

나는 더듬거리며 물었다.

"맞는데요. 실례지만 댁은 누구신지?"

삼십 대 중반쯤 돼 보이는 여자가 눈을 둥그렇게 뜨고 경계하는 표정으로 물었다. 그녀는 한 손으로 대문 고리를 잡고 있었고 여차하면 문을 닫고 들어가겠다는 표정이 역력했다. 눈이 크고 보통 키에 갸름한 얼굴이었다. 다행히 언니는 나를 박대하지 않았다.

"예, 저는 불암사에서 왔는데요……."

"불암사요?"

여자가 관심을 나타내며 이리 저리 뜯어보고 나더니 "아, 그러세요. 일단 안으로 들어오시죠." 하고 대문을 열어주었다.

나는 그제야 마음을 좀 가라앉히며 대문 안으로 발을 들여

놓았다. 금잔디가 융단처럼 부드럽게 깔려있는 마당에는 오래된 모과나무 한그루가 대문 옆에 그늘을 드리우고 있었고, 넝쿨장미가 뒤덮고 있는 울타리 위에는 탐스러운 꽃송이들이 여기저기 무더기로 피어있었다. 지붕 위에 기와가 얹어있는 전통한옥인 그 집은 은하의 큰언니가 살고 있었다.

여자가 방문을 닫고 들어가더니 잠시 후에 문을 활짝 열어놓으며 안으로 들어오라고 했다. 나는 섬돌 위에서 주춤거리다가 신발을 벗고 마루로 올라섰다. 네댓 평쯤 된 방 아랫목에는 꽃무늬가 있는 방석이 하나 깔려있었고, 그 앞에는 땅콩과 마른 오징어, 과자 따위가 들어있는 쟁반이 놓여있었다. 마루로 나간 여자가 어딘가로 전화를 걸었다.

나는 엉거주춤 방석 위에 앉아서 과자를 하나 집어 입 안에 넣고 씹으며 방 안을 둘러봤다. 방에는 예수 냄새가 물씬 풍기는 것들로 가득 차 있었다. 입구 벽 위에는 장발의 예수가 비탄에 찬 얼굴로 붉고 푸른 가운을 걸치고 어둑한 골짜기에서 바위에 비스듬히 기대고 앉아 하늘을 쳐다보며 기도하는 모습의 사진이 걸려 있었고, 맞은편 벽에는 예수가 열두 제자와 최후의 만찬을 하고 있는 장면의 그림이 걸려있는 게 보였다.

벽에 맞닿아있는 앉은뱅이책상 위에는 성경과 찬송가가 서너 권 포개져 있었고 그 곁에는 울긋불긋한 전도지가 산처럼 쌓여있었다. 나는 그중의 한 장을 들고 펼쳐봤다. 강물이 흐르고 있는 초원에 양떼를 몰고 가는 목자가 그려져 있었고 그 밑에는 '여호와는 나의 목자시니 내게 부족함이 없으리로다.' 라는 글귀가 씌어있었다. 순간 나는 승복을 안 입고 오길 잘했다

190

고 생각했다.

"차 한 잔 드세요."

언니가 소반에 녹차를 두 잔 타 가지고 와 한 잔을 내 앞으로 내밀며 말했다. 그러고는 자기도 컵을 들고 한 모금 홀짝 마시고는 나를 빤히 쳐다보며 "그래, 우리 은하를 찾아 오셨다고요? 세상에 그 먼 데서……" 하고 처음보다는 부드럽게 말을 꺼내며 보일락 말락 미소까지 머금었다.

"편지를 서너 번 띄웠으나 연락이 없어서……."

나는 녹차를 한 모금 마시고 나서 그제야 마음이 좀 놓인다는 듯이 멋쩍게 웃으며 말했다.

"그래요? 그 편지는 내가 다 치우고 말았는데……."

여자가 입가를 살짝 말아 올리며 조금은 비웃는 투로 말했다.

"아, 예……."

나는 그녀를 쳐다보며 뭔가 더 말을 하려다가는 그만두었다. 체구는 작았으나 꽤 다부진 면이 있었고 상대를 제압하려는 듯한 단호한 의지가 얼굴 여기저기에 엿보이기까지 해서였다.

"동생한테서 얘기는 많이 들었어요. 수학여행 가서 알게 됐다는 걸 말이죠. 심성이 착하다고 하더군요. 하지만 보시다시피 우리는 크리스천이잖아요. 더구나 댁은 입산수도하는 스님이고 말예요. 스님과 교회 다니는 처녀가 사귄다고 해봐요. 어울릴 것 같아요? 남들이 들으면 웃을 일이에요. 물론 단순한 호기심으로 친구처럼 사귀고 있다는 걸 모르지는 않아요. 그 아이가 원래 호기심이 많은 편이거든요. 어려서부터 뭐든지 색다른 것만 보면 가지려고 하고 낯선 사람에게도 곧잘 말을 걸곤

하는 애예요. 허우대만 멀쩡하다뿐이지 아직 철이 덜 들었거든요. 하지만 남녀관계란 함부로 단정할 순 없는 거예요. 만에 하나 오래 사귀다가 정이라도 들면 나중에 어떻게 감당하려고 그래요? 우리 교인들은 우상 숭배하는 걸 제일 싫어하거든요. 십계명에 분명히 언급되어 있어요. 나 외에 다른 신들을 믿지 말고 우상에게 절하지도 말라고 말이에요. 그래서 교인들은 절에도 안 갈 뿐더러 그 사람들하고는 사귀지도 않는 게 불문율처럼 되어 있어요. 더구나 우리 가정은 할아버지 때부터 믿어온 뿌리 깊은 기독교 집안이거든요. 아버지가 2대째 장로고 어머니가 교회 권사예요. 어머니가 댁에서 편지 온 걸 보시고 집안에 한바탕 소동이 났어요. 발신지가 절로 돼 있었거든요. 그 후로 동생은 집을 떠났고, 어머니는 몸져 눕기까지 했어요. 아무리 친구로 사귄다고는 하지만……."

그녀는 기다리기라도 했다는 듯이 청산유수로 말을 하고 나서 삭발한 내 머리를 흘끔흘끔 쳐다보며 잔을 들고 녹차를 한 모금 마셨다.

나는 한동안 아무 말 않고 그저 묵묵히 듣고만 있었다. 섣불리 대응했다가는 주소는커녕 원망만 사고 돌아갈지도 모른다는 생각이 들었기 때문이다. 하지만 그녀의 말이 길어질수록 나는 내심 초조해지기 시작했고 이런 때는 침묵이 꼭 금만은 아니라는 생각도 들었다. 다른 건 몰라도 종교적인 편견이 인간관계에 얼마나 많은 부정적인 영향을 미치는가에 대해 생각이 미치자 더 이상 잠자코 듣고만 있을 수는 없었다. 마침내 나는 입을 열었다.

"우정 어린 충고 기탄없이 말씀해 주셔서 감사합니다. 하지만 집에서는 뭔가 오해를 하고 계신 것 같네요. 솔직히 말해서 우린 미래를 약속했다거나 너 아니면 못 살겠다고 하는 그런 사이는 아닙니다. 단지 서로 마음이 통하고 끌려서 만나는 것뿐입니다. 종교가 다르다고 해서 사귀지 말라는 법은 없잖습니까. 인간이 중요하지 종교가 중요하진 않으니까요. 종교란 경우에 따라서는 바뀔 수도 있는 겁니다. 인류 역사상 훌륭한 인물 중에는 개종한 분들도 많으니까요……. 석가모니 부처님도 인간의 문제를 해결하기 위해 왕자의 자리도 헌신짝처럼 버리고 출가하여 6년 동안 고행을 하며 설산수도를 했습니다. 성경에는 예수님도 인간을 위해서 하늘의 보좌를 버리고 성육신 했다가 십자가상에서 피 흘려 돌아가셨다고 하시지 않았습니까? 인간의 문제를 해결해 주지 않는 종교는 종교가 아닙니다. 우리의 이런 만남도 종교 간의 편견과 벽을 허무는데 조금이라도 일조를 할 수 있다면 나름대로 의미가 있는 것입니다. 왜 말씀 한마디로 천지를 창조하신 전능하신 하느님이 다른 종교를 다 없애버리지 않고 공존하게 하는 것도 나름대로 뜻이 있다고 보지 않으십니까. 예정 가운데서 성도의 발길을 인도하시는 분이 하느님이라고 한다면 우리의 만남도 하느님의 섭리 가운데 이루어진 것이라곤 생각되지 않으신지요. 믿는 자들에게는 모든 것이 합력하여 선을 이룬다는 말도 있잖습니까? 우린 어디까지나 친구로 사귀는 것뿐입니다. 인생이라는 먼 길을 떠나는 나그네 길에서 무료한 나머지 잠시 만나 함께 길을 가며 이야기를 나누는 길동무라는 뜻입니다. 우리네 삶이란 언제 어디서 어떻게 될지 모르잖습니까. 아까도 말씀드렸지만 우린 단지 서로 마음이 통하고 끌려서 만나는 것일 뿐 그 이상도 이하도 아닙니다. 이해해 주십시오."

나는 그쯤 해서 말을 마쳤다. 기왕에 입을 연 김에 하고 싶은 말을 더 하고도 싶었지만 그 정도에서 말문을 닫고 말았다. 그러자 여자의 얼굴이 붉으락푸르락 해지며 가쁜 숨을 몰아쉬기 시작했다.

"마침 어머니가 안 계셔서 다행이네요. 그렇잖음 또 한 차례 소동이 났을 텐데 말이에요……."

여자가 계속해서 사설을 늘어놓고 있는 사이 누가 밖에서 "언니." 하고 부르는 소리가 들렸다. 여자와 나는 동시에 고개를 돌려 마당을 내다봤고 날씬한 몸매에 녹색 원피스를 입은 여자가 또각또각 마당을 가로질러 오고 있는 게 보였다. 여자는 어깨까지 내려온 긴 머리에 두꺼운 안경을 끼었다.

"누가 왔어요?"

그녀가 신발을 벗고 마루로 올라서며 물었다.

"응, 어서 오너라."

여자가 벌떡 일어나 반갑게 맞으며 그녀의 손을 끌고 다른 방으로 들어갔다. 나는 은하의 마음고생이 예상을 뛰어넘고 있음을 실감했다. 그들은 잠시 후 함께 방으로 들어왔다.

"은하 둘째 언니예요."

이십 대 중반쯤 돼 보인 그녀가 맞은편 자리에 앉으며 말했다. 갸름한 얼굴에 광대뼈가 약간 튀어나왔고, 이마가 넓은 걸 보니 은하와 많이 닮았다.

"아, 예. 군청에 다니신다는……."

나는 원병이라도 얻은 느낌이 들어 벌떡 자리에서 일어나 허리를 굽히며 인사를 했다. 언젠가 은하가 "집에서 나를 이해해 주는 사람은 군청에 다니는 작은언니밖에 없어……." 라고 말하던 것이 기억났기 때문이다.

"아무튼 주소는 가르쳐 드릴게요. 여기까지 왔는데 그냥 돌려보낼 수는 없을 것 같네요. 하지만 앞으로는 집까지 찾아오는 건 삼가줬으면 해요. 어른들이 이해를 못 하시거든요. 오늘은 엄마가 안 계셔서 운이 따른 거예요. 이웃 사람들이라도 알게 되면 곤란하고 말이지요."

그녀는 고개를 숙여 콧등 아래로 내려온 안경을 손가락 끝으로 밀어 올리고 나서 볼펜을 들고 메모지에 주소를 적었다.

그제야 나는 마음을 좀 놓으며 허리를 폈다.

"동생에게 혹시 전하실 말씀이라도……."

나는 작은 언니가 건네준 엽서만한 메모지를 받아들고 나서 두 여자를 번갈아 쳐다보며 물었다.

"아, 아니에요."

큰언니가 손을 내저으며 냉정하게 말을 잘랐다. 그러자 둘째 언니가 보기에 딱했던지 "그냥 안부나 좀 전해주세요. 모두 잘 있다고 말예요. 그리고 집에 연락 자주 하라고도 일러주시구요." 하고 그녀는 한쪽 눈을 찡긋해 보이며 빙긋이 웃었다.

그 일로 궁금한 나머지 나중에 나는 은하에게 한 번 물어본 적이 있었다.

"은하야, 그때 있잖아. 작은언니가 무슨 맘 먹고 내게 주소를 가르쳐 줬을까. 그 거지같은 몰골의 내게 말이야……."

"아, 그거?"

은하가 씨익 웃으며 나를 한 번 쳐다보고 나서 "코가 잘생겨서 가르쳐준 거래." 하고 말했다.

"정말?"

나는 정색을 하며 다시 물었고 "그럼, 정말이지 않고." 하고 그녀도 지지 않고 고개를 쳐들고 응수를 하다가는 "아니, 그건 농담이고 실은 사람이 하도 순진해보여서 가르쳐 준 거래. 안 가르쳐주면 울고 돌아갈 것 같아서 말이야." 하고 빙긋이 웃었다.

"맞아, 그랬을지도 모르지." 나도 맞장구를 쳐줬다.

골목길을 빠져나오고 나서야 나는 안도의 숨을 내쉬며 어깨를 좀 펼 수 있었다. 연락이 두절되고 나서 그동안 얼마나 많은 날을 허탈한 심경 가운데서 보냈는지 모른다. 은하가 천사원을 그만두고 자립하기 위해 뭔가 기술을 익혀야겠다고 하던 말은 언젠가 들어서 알고 있었다.

"안정적인 직업이 필요할 것 같애. 그래야 나중에 여유를 가지고 꿈을 펼쳐볼 수도 있고 말이야……."

비록 또 한 번의 긴 여정이 남아있긴 했으나 은하를 찾을 수 있다는 확신이 서고 보니 마음은 한없이 가벼웠다.

Y시를 가려면 수원까지 가서 기차를 바꿔 타야만 했다. 은하는 Y시의 한 종교기관에서 운영하는 직업 훈련원에 가 있다고 했다. 집을 나온 그녀는 다니던 교회 목사 추천으로 거기서 양재기술을 배우고 있다고 했다. 풍문으로 설핏 전해들은 소식과

별 차이가 없었다. 그땐 막연히 수원 근교의 어느 병원에 입원해 있다는 말을 듣고 무턱대고 수원 인근의 병원들을 다 뒤져 보면 어떨까 하는 생각을 가져 보기도 했으니 말이다.

서둘러 버스를 타고 기차역으로 나가 서울행 야간열차에 올랐다. 기차는 만원이었고 나는 입석 차표를 가지고 안으로 들어가다 말고 통로 중간쯤에서 걸음을 멈췄다. 더 들어가 봐야 뾰족한 수도 없을 것 같았고, 콩나물시루처럼 사람들이 앞뒤로 빼곡히 들어차 있어서 뚫고 들어가기도 쉽지 않았다. 나는 사람들 사이에 끼어 의자 모서리에 등을 기대고 섰다. 긴장이 풀려서일까, 피로가 한꺼번에 몰려왔다. 눈을 감았다.

사실 내가 3년여 동안 절에 있으면서 알고 지냈던 여자가 은하 한 사람만은 아니었다.

그런데도 왜 나는 지금도 그녀만 못 잊어 하고, 그녀를 찾아 돌아다녔던 때를 회상하며 그리워하고 있는 것일까. 그것은 단지 그녀의 늘씬한 몸매라든가 해맑은 미소 때문만은 아니었다. 그녀만큼 나에게 몸과 마음을 아낌없이 주고 떠난 여자는 없었기 때문이다.

기차가 잠시 후에 수원역에 도착한다는 안내방송이 나왔다. 사람들이 기지개를 켜고 일어나 짐을 챙기기 시작했고, 나도 눈을 비비며 내릴 준비를 했다. 이윽고 차가 멎자 승객들이 앞다퉈 내리기 시작했고, 나도 그들 사이에 끼어 차에서 내렸다. 몸이 찌뿌드드하고 머리가 띵하니 아팠다. 야간기차는 천안을 지나자 통로가 조금 헐거워졌고, 평택역을 지나서야 비로소 빈자리가 하나둘 생기기 시작했다. 나는 그제야 자리를 하나 차지

할 수 있었고 눈도 좀 붙일 수가 있었다.

밖은 깜깜했고 새벽 공기는 차가웠다. 대합실에는 새벽차를 타러 나온 몇몇 사람들만이 나무의자에 띄엄띄엄 웅크리고 앉아있을 뿐 연탄난로마저 꺼져있었고, 수여선 승차권을 가진 승객들 대부분이 역 대합실을 빠져나가고 있었다. 크고 작은 보따리와 가방 같은 휴대품을 머리에 이거나 들고 무리지어 가고 있는 그들을 보자, 나는 대합실의 의자에 앉으려다말고 무리를 쫓아가 한 사람을 붙들고 물었다.

"잠시 후에 차를 바꿔 타야 하는데 어디로들 가시죠?"

"잠시 후에 차를 탄다고요? 천만에요."

Y시행 기차를 타려면 앞으로 네 시간 반은 더 기다려야 하는데 천생 여인숙 같은 데라도 가서 한숨씩 자고 나와야 한다고 했다. 별수 없이 나도 그들 속에 끼어들었고 행동을 같이하기로 맘먹었다. 불이 훤히 켜져 있는 역 광장에는 사람들이 대낮처럼 왕래하고 있었고 길 건너 나이트클럽에도 사람들이 들락거리며 네온사인이 반짝였다.

승객들이 떼 지어 들어가고 있는 곳은 역에서 얼마 떨어져있지 않은 2층 건물로 여인숙과 식당을 겸하고 있었다. 그러나 나는 여인숙에서 몸만 녹이다 나왔을 뿐 잠은 이루지 못했다. 사람들이 한꺼번에 들이닥친 나머지 여인숙은 집 전체가 떠들썩했고, 게다가 방마다 엷은 베니어판으로 칸막이를 해서 옆방의 코 고는 소리까지 고스란히 들렸다.

피곤한 나머지 옷도 벗지 않은 채 베개를 베고 누워 잠을 막 청해보려는 중이었다. 옆방에서 젊은 남녀의 목소리가 들려오

기 시작하다가는 어느 순간 잠잠해지더니 이윽고 거친 숨소리
가 들려오기 시작했다.

날이 밝아서야 Y시행 꼬마 열차에 오를 수 있었다.

자비사의 밤

　무등산 자락에 있는 자비사에서 급한 연락이 온 것은 내가 서울의 대승암에서 분규에 휘말려 떠밀려 내려온 지 한 달도 채 지나지 않은 때였다. 그동안 나는 불암사에 와 있으면서 시오 리나 떨어져있는 읍내 치과에 다니며 동강 난 치아를 때웠고, 그제야 겨우 마른밥을 먹기 시작하며 심리적인 안정을 취하던 중이었다.

　처음에 나는 못 들은 척했다. 절에 남아서 선방에나 들어가 그동안 못한 참선이나 하고 있으려고 했다. 입산한 지는 그럭저럭 두 해가 지나고 있었으나 나는 이제껏 선방에 들어가 좌선 한 번 제대로 해보지 못했기 때문이다. 이미 한번 경험을 한데다가 그런 데는 백번 참여해도 득 될게 없다는 생각에서였다.

　그러나 주지스님의 생각은 달랐다. 잘못된 일을 보고도 팔짱만 끼고 있다면 거기에 동조하는 거나 다름없고 급기야는 악업을 하나 더 짓는 거나 마찬가지라는 것이었다. 나는 결국 비상 대기조에 합류하게 되었고, 모두 16명인 우린 그 날 중으로 광주행 버스에 올랐다.

날이 어둑해질 무렵에서야 광주에 도착한 우린 먼저 시내 중심가에 자리 잡고 있는 정각사로 갔다. 거기서 충분한 정보를 얻어들은 다음 상황에 대처할 수 있는 작전을 세워야만 했기 때문이다.

정각사 주지스님은 우리 일행을 칙사처럼 대접해주었다. 키가 크고 시원한 이마에 금테안경을 낀 그는 도시 사찰의 주지답게 깔끔한 외모에 선비 스타일로 검정 두루마기에 중절모를 쓰고 있었는데, 모자만 벗지 않았더라면 아무도 그가 승려라는 것을 눈치채지 못 할 뻔했다.

요사채에 정성 들여 저녁 공양을 준비해놓고 있던 그는 자비사 주지 아들 내외와 같이 버스터미널에까지 마중을 나와 있었고, 먼 길 오느라 수고가 많았다며 아들 또래의 학인들 손을 일일이 돌아가면서 잡고 허리를 숙여 사의를 표시했다.

식사는 고기만 없었달 뿐 산해진미로 상다리가 휘어지도록 성찬이었다. 주지는 공양 중에 자비사 사태에 대해서 설명을 하면서도 대접이 소홀해서 죄송하다는 말을 몇 번이나 되풀이했다.

자비사는 재판이 진행 중인 절이었으나 서로 기득권을 갖기 위해 뺏고 빼앗기기를 서너 차례 반복하고 있는 절이었고 정각사 스님이 자비사 사태에 대해서 발 벗고 나선 것은 남의 사찰이라고 해서 팔짱만 끼고 서서 강 건너 불 보듯 할 수만은 없다는 데에 인식을 같이 했기 때문이다. 두 절 다 신도들이 많고 시주가 많이 들어오는 알짜배기 절인 데다 대처승 절로써 비구승들이 정화대상으로 삼고 있는 데에 공통점이 있었다. 알뜰살뜰 수십 년간 가꾸어놓은 절을 내놓으라는 것은 날강도 같은 짓으로 스님들에게서 생계수단을 빼앗는 거나 다름이 없었다.

서둘러 공양을 마친 후 일행은 잠시 휴식을 취한 다음, 자비사 주지스님 아들의 안내로 야음을 틈타 자비사로 이동을 하기로 했다. 비구승들이 언제 들이닥칠지 몰랐기 때문이다.

아버지가 갑자기 뇌출혈로 쓰러져 병원에 입원해있는 바람에 아버지 대신 총대를 둘러맨 그는 삼십 대 중반쯤 돼 보였고, 아버지와는 달리 시장에서 건어물 장사를 하고 있었는데, 키는 작았으나 얼굴이 까무잡잡하고 어깨가 떡 벌어져 다부진 인상을 풍기고 있었다.

택시가 큰길을 벗어나 비포장도로로 접어들었다. 차가 털털거리기 시작했고 속력이 현저히 줄어들었다. 기사가 몸을 앞으로 바짝 당기며 운전대를 쥐고 있는 손에 힘을 주기 시작했고, 수시로 기어를 바꿔 넣느라 손과 발이 바삐 움직였다. 길은 좁고 굴곡이 많았으며 요철이 심해 엉덩이가 들썩거리고 흡사 조각배라도 타고 있는 것처럼 몸이 심하게 좌우로 흔들렸다. 머리가 띵하니 아프고 속이 울렁거려 토할 것도 같았다.

나는 창문 개폐기의 손잡이를 돌려 창문을 반쯤 내렸다. 찬바람이 기다리고 있었다는 듯이 차내로 몰려들었고 그제야 좀 견딜만해졌다. 버스로 세 시간여 동안 비포장도로를 달려온 데다 저녁을 늦게 먹는 바람에 과식을 했고 급하게 먹다 보니 체한 것도 같았다. 몸이 파김치처럼 축 늘어지며 손발 하나 까딱하고 싶지 않았다. 차는 털털거리며 비탈길로 계속 올라가고 있었고 으스름한 달빛 아래 길 양쪽 언덕배기에는 게딱지같은 집들이 더덕더덕 붙어있는 걸 볼 수 있었다.

골짜기는 길고 골은 깊었다. 차 안에는 여전히 무거운 침묵이 흐르고 있었다. 누구 하나 입을 벌려 말하는 사람이 없었고 귀 기울이며 듣고 싶어 하는 사람도 없었다. 고개를 돌려 뒷자리를 바라봤다. 설산이 수박만한 머리를 숙이고 꾸벅꾸벅 졸고 있었고 법운이 엉덩이를 들썩거리며 입이 찢어지게 하품을 했다. 벽암은 창문 옆의 손잡이를 잡고 뭔가 골몰히 생각을 하며 밖을 응시하고 있었다.

문득 한 달 전 서울의 안암동 골짜기에서 당했던 일이 떠올랐다. 그때도 상황은 이와 비슷했고 피아간에 부상자가 속출했다. 몸싸움은 한 시간도 채 걸리지 않았다. 새벽 미명에 그들은 쳐들어왔고 날이 밝아짐과 동시에 상황은 종료되었다.

절은 빼앗는 것보다 지키기가 더 힘들었다. 그때도 그랬다. 날이 어두워지기가 바쁘게 대처승들은 전광석화처럼 작전을 감행했고 어렵잖게 절을 되찾을 수 있었다. 그러나 우린 날이 채 밝기도 전에 절을 다시 비구승패들의 손에 넘겨주고야 말았다.

오늘은 또 어떤 결과가 일어날 지 아무도 예측할 수 없었다. 대승암에서처럼 호언장담하고 있다가 일거에 전선이 무너져 절을 고스란히 침입자들에게 넘겨주고 말게 될 것인지 아니면 대처승들을 만만하게 보고 기회만 있으면 절을 뺏으려고 드는 그들을 초전박살을 내고 말 것인지 아무도 장담할 수 없는 일이었다.

그러나 나도 이제 이런 일에는 이력이나 있었고, 어떻게 하면 상처 하나 입지 않고 상황이 끝나고 나서도 멀쩡하게 절로 돌아갈 수 있는지 그 요령쯤은 알게 되었다. 눈앞에서 어떠한 상황이 벌어진다 해도 두 번 다시 이를 부러뜨리거나 안대를 하고 다녀야 하는 일은 결단코 일어나지 않을 것이라 다짐해본다.

이윽고 택시가 털털거리며 동네 앞 주차장에 도착했다. 마을은 어둠 속에 잠들어있었고 사람의 그림자 하나 보이지 않았다. 이어서 나머지 택시들도 속속들이 도착했고 일행은 하나둘씩 배낭을 둘러메고 차에서 내리기 시작했다. 총만 안 들었다 뿐이지 흡사 완전군장을 하고 전장에 뛰어든 군인들과 진배없었다. 정신무장은 물론 나만 빼놓고 다 무술 유단자들이기 때문이다.

나는 배낭을 벗어 벤치 위에 내려놓고 옷의 먼지를 턴 다음 가볍게 맨손체조를 하며 앉았다 일어섰다를 반복했다. 코끝이 싸하고 매웠다. 밤이 깊어가고 있었고, 골짜기는 고요 속에 잠겨있었다.

네 대의 택시에 분승한 우린 출발한 지 30분쯤 후에 절에서 500m쯤 떨어져있는 사하촌 입구에 도착한 것이다. 설산이 양손을 소매 끝에 집어넣어 팔짱을 끼고 눈으로 학인들의 얼굴을 확인해가며 인원을 점검하고 있었고, 법운이 빵모자를 깊숙이 눌러쓰고 돈주머니를 들고 택시기사들을 일일이 찾아다니며 팁까지 포함해 서운치 않게 택시비를 지불하고 있었다. 별빛이 적요한 가운데 이지러진 달이 희미하게 골짜기를 비춰주고 있었다. 택시들이 먼지를 일으키며 차를 돌려 주차장을 빠져나가고 있었고 가까이서 개 짖는 소리가 들려왔다.

'아, 또 저 개 짖는 소리!'

나는 개 짖는 소리만 들으면 불길한 생각을 떨쳐 버리지 못했다. 그때도 비구승들은 개 짖는 소리와 함께 쳐들어 왔다. 나는 어릴 때부터 개 짖는 소리만 들으면 주눅이 들어 오금을 펴지 못했다. 그때도 마찬가지였다.

모두 16명인 우린 자비사 주지 아들의 안내로 좁고 꾸불꾸불한 고샅길로 들어섰다. 뚜벅뚜벅 발걸음 소리가 들리자 개들이 또 여기저기서 짖어대기 시작했다. 우리는 되도록 발걸음 소리를 죽여 가며 걸음을 빨리했다. 숨이 턱에 와 닿고 땀이 비오듯 쏟아졌다. 마을을 속히 벗어나야만 할 것 같았다. 빌어먹을! 하마터면 넘어질 뻔했다. 길바닥에 깔려있는 돌멩이를 잘못 밟아 몸이 휘청거렸다. 이윽고 골짜기 사이로 희미하게 자비사의 일주문이 나타났다. 개 짖는 소리가 잦아들기 시작했고 골짜기 능선 위에 위치한 자비사는 어둠 속에 묻혀 적막에 싸여 있었다.

절에 도착한 우린 일단 절 입구 양쪽에 보초 두 명씩만 세워놓고 요사채 큰방으로 들어가 옷도 벗지 않고 새벽을 기다리며 새우잠을 잤다. 경험에 의하면 대부분의 작전은 어둠이 시작되는 초저녁이거나 아니면 어둠이 물러가는 새벽녘에 이루어졌기 때문이다. 새벽이 되려면 아직도 서너 시간의 여유가 있었고, 우린 그 사이에 돌아가면서 눈을 조금씩 붙여야만 했다.

잠결에 어디선가 개 짖는 소리가 아득히 들려왔다. 여기저기서 "비상! 비상!" 하고 외치는 소리가 들리고 법당 앞마당에서는 사람들의 발걸음 소리와 웅성거리는 소리도 들렸다. 정보는 정확했다. 십여 명이 한방에 콩나물시루처럼 들어차 벽에 등을 기대거나 배낭을 베고 아무렇게나 누워 눈을 붙이고 있던 우린 불이라도 난 것처럼 벌떡 일어났고 눈을 비비며 앞다퉈 방을 뛰쳐나갔다.

밖은 어느새 희끄무레하게 먼동이 터오고 있었고 별빛은 희미하게 잦아들고 있었다. 우린 각자 정해진 위치로 뛰어갔다. 울타리가 없는 절은 아무데서나 통행이 가능했고, 엄폐물은 주로 절 가장자리에 심어져있는 키 작은 정원수에 의존할 수밖에 없었다. 학인들이 네댓 명씩 조를 짜서 나무 밑에 몸을 납작 엎드리며 고개만 삐쭉 내밀고 아래를 내려다보고 있었다.

개 짖는 소리는 사하촌 입구 주차장 부근에서 나는 것 같았다. 여기저기서 두런거리는 소리가 들리고 하품을 하거나 기침하는 소리도 났다. 나는 운동화 끈을 단단히 졸라 맨 다음 설산과 법운이 기다리고 있는 일주문 옆으로 다가갔다.

절은 언덕 위에 자리하고 있었고 마을에서 올라오는 길은 하나밖에 없었다. 개 짖는 소리가 점점 가까워지고 있었고, 나는 땅 위에 납작 엎드려 아래를 내려다보며 침을 꿀꺽 삼켰다. 등을 벽에 기대고 잠을 잤더니 한쪽 어깨가 결리고 허리가 아팠다. 학인들 옆에는 만약의 경우를 대비해 야구방망이가 서너 개씩 관목 밑에 감춰져있었고 돌무더기도 서너 군데 독장처럼 쌓여있었다. 개 짖는 소리가 잦아들고 별들이 하나둘 모습을 감추기 시작했다. 희끗희끗 회색 옷을 입은 사람들이 떼를 지어 새까맣게 언덕 위로 몰려오기 시작했다. 비구승 패들이었다.

그러나 자비사에서는 더 이상 폭력사태는 일어나지 않았다. 형사들이 어느새 나타나서 지켜보고 있었고, 비구승 패들이 이십여 명쯤 떼 지어 올라오긴 했으나 무기 같은 건 손에 들고 있지 않았다. 형사들이 잠복하고 있다는 걸 알고 있는 것 같았다.

사복 경찰들의 옷깃 사이로 삐죽 나온 권총 손잡이가 가끔 눈에 뜨이기도 하고, 한쪽 가슴이 불룩이 솟아올라 녹음기를 휴대하고 있다는 걸 금방 알 수 있었다. 그들은 재빨리 완충지대를 설정해놓고 만일의 사태에 대비하고 있었고 양측은 서로 꼬투리를 잡히지 않으려고 무력 사용은 자제했다.

비구승 패들도 이쪽과 마찬가지로 기껏해야 스무 살 안팎의 혈기왕성한 젊은이들로 아직은 세속에 물들지 않고 순수해보였다. 그러나 그들은 어디서 많이 해보았는지 주먹만 휘두르지 않았다 뿐이지 팔과 어깨로 밀며 몸싸움을 벌려 어렵잖게 대웅전 앞마당까지 밀고 들어오는데 성공하고 말았다. 한동안 몸들이 얽히고설켜 밀고 당기기를 시작한 지 삼십 분도 채 지나지 않아서였다. 그중에서도 앞장선 두 사내는 달변에 체격까지 갖추고 있어서 상대하기가 쉽지 않았다.

쌍방은 대웅전 앞마당 한가운데서 진을 치고 설전을 벌이며 대치했다. 침입자들은 방어망을 뚫고 대웅전으로 들어가려고 육탄공세를 계속 시도했고, 자비사 측 학인들은 적어도 대웅전만은 뺏기지 않으려고 스크럼을 짜고 온몸으로 막았다. 그들은 대법원 판결로 이미 결판이 났다며 대처승은 마땅히 절을 비구승들에게 넘기고 떠나야 한다고 입에 거품을 물었다. 현재 진행 중인 재판도 소송을 취하하고 절을 비워줄 것을 요구했고 자비사 측에 서 있는 학인들은 날강도 같은 놈들이라며 좋은 말로 할 때 물러가지 않으면 폭력을 써서라도 밀어내겠다고 으름장을 놓았다.

그래도 이번엔 양반이었다. 쌍방이 양쪽으로 늘어서서 세를 과시하며 대치 중이면서도 겉으로는 제법 출가자들답게 비폭력을 외치고 있었기 때문이다. 형사들은 종교인들의 골치 아픈 싸움에 말려들지 않겠다는 듯이 뒷자리에 뒷짐만 짚고 서서 구경을 하고 있었는데 말은 안 해도 입술을 삐죽거리며 비웃고 있는 걸 엿볼 수 있었다.

앞장서서 얼굴에 핏대를 올리며 목소리를 높이고 있는 설산과 비구승 사내는 흡사 노련한 야구 감독처럼 얼굴에 침을 튀기며 말싸움들만 하고 있었다. 나 역시 가만히 있지만은 않았다. 양쪽 사이를 오가며 비폭력 인도주의를 외치고 있었는데, 말싸움을 하다말고 흥분한 나머지 주먹을 불끈 쥐고 상대를 쥐어박으려고 하거나 금방이라도 달려들어 멱살이라도 잡을 것 같은 기세가 엿보이는 사람이면 피아(彼我)를 가리지 않고 쫓아가 제지를 하곤 했다. 마침내 그들은 기발한 아이디어라도 되는 듯이 한목소리로 구호를 외치기 시작했다.

"대처승은 중이 아니다. 절을 비우고 물러가라."

한 사내가 앞으로 나와 주먹을 불끈 쥐고 팔을 높이 쳐들어

선창을 하자 나머지 패들도 일제히 주먹을 쥐고 팔을 쳐들며 "물러가라. 물러가라." 하고 복창을 했다.

그러자 이쪽에서도 질세라 더 큰 소리로 대꾸하기 시작했다. "비구승들이야말로 날강도들이다. 꺼져라."

설산이 재빨리 앞으로 나가 주먹을 불쑥 내밀며 선창하자 나머지 학인들도 일제히 주먹을 내밀며 "꺼져라. 꺼져라." 하고 복창을 했다.

그렇게 두어 시간 동안 공방을 벌여도 아무런 소득이 없자 비구승 패들은 마치 법원에서 나온 집달리라도 되는 양 자기네들이 재판에서 이겨 절을 접수하러 왔다며 요사채 여기저기를 돌아다니며 기물과 문에다 노란 딱지를 붙여놓고 점잖게 돌아갔다. 학인들은 그들이 돌아감과 동시에 모조리 종이를 떼어 찢어내 버리고 말았다.

그 후로도 그들은 서너 번 더 절에 떼 지어 왔으나 물리적인 충돌은 일어나지 않았다. 다만 세만 과시하고 돌아가곤 했는데, 형사들이 상주하고 있었고 재판이 진행 중에 있어서 섣불리 행동을 했다간 손해 볼 것이 뻔해보였기 때문이다. 학인들은 근 한 달여 동안 절을 지키고 있으면서 그동안 재판이 열리고 있는 날은 법원에 떼지어가서 한자리에 둘러앉아 시위성 방청도 하며 판사들에게 무언의 압력을 넣곤 했는데 상대방 측도 마찬가지였다.

늦잠자기

은하가 마지막으로 불암사를 다녀간 것은 그녀가 직업교육
원을 수료하고 나서 한 달쯤 지나서였다. 그녀는 모텔에서 이틀
밤을 묵고 갔다. 자기도 이제 어엿한 의상 디자이너가 되었다며
좋아했고 가까운 시일 내에 서울에다 의상실을 내겠다며 장소
를 물색 중이라고도 했다.

"친구와 동업을 하기로 했어. 명동에 가게를 하나 알아보고
있는 중이거든." 하고 그녀는 자신에 찬 음성으로 말했다. 반년
쯤 전과는 사뭇 달라진 모습이었다.

어렵사리 주소를 손에 쥔 나는 기차와 여인숙을 오가며 하
룻밤을 보낸 후 오후 3시쯤에 Y시에 도착했다.

직업교육원은 시내 중심가에 있었고 초등학교 시골 분교만
한 크기에 붉은 벽돌의 아담한 2층 건물이었다.

안내실에 면회를 신청하고 나서 1층 로비에서 기다리던 나는 초조함을 금치 못했다. 은하가 어떤 모습으로 나타날 지 궁금했기 때문이다. 집을 떠난 지 서너 달쯤 되었고 더구나 그녀가 한동안 병원에 입원해있었다는 말을 들었던 터라 궁금증은 더했다.

로비에서 팔짱을 끼고 서너 걸음씩 좌우로 왔다 갔다 하며 5분쯤 기다리자 은하가 나타났다. 중앙에 있는 널따란 2층 계단을 통해 내려오고 있는 그녀는 혼자만 빠져 나오기가 멋쩍었던지 소녀를 하나 옆구리에 달고 나왔다. 소녀는 호기심에 찬 눈으로 나를 쳐다보며 은하의 곁에 바짝 붙어서 따라오고 있었는데, 그녀가 혹시라도 떼어놓기라도 할까 봐 그런지 은하의 손을 꼭 쥐고 놓아주질 않았다.

은하는 초췌한 모습이었고 옷차림도 수수한 편이었다. 하얀 블라우스에 검정 스커트를 걸치고 신발도 운동화를 신고 있었다. 실습 중에 나온 때문인지 그녀의 목에는 가느다란 줄자가 걸려 있었고, 웨이브 진 머리에는 하얀 실오라기 하나가 붙어있었다. 그녀는 뜻밖이라는 듯 두 눈을 동그랗게 뜨고 사뿐사뿐 내게로 다가왔다. 나도 몇 발자국 그녀 앞으로 다가갔고 우린 두어 걸음을 사이에 두고 마주 보며 걸음을 멈췄다.

우린 악수도 하지 않았다. 물론 포옹도 하지 않았고, 키스 같은 것은 더더구나 하지 않았다. 다만 한동안 마주 보고 서서 웃기만 했다. 한껏 기대를 가지고 따라 나온 소녀가 양쪽을 번갈아 쳐다보며 실망스러운 표정을 감추지 않았다.

면회는 싱겁게 끝났다.

그날 밤 나는 여인숙에서 혼자 잤다. 밤은 길고 지루했다. 아침 일찍 여인숙으로 찾아온 은하가 미안한 표정을 감추지 않으며 식사나 같이하자고 했다. 나는 그제야 그녀와 자리를 함께할 수 있었고 그간의 사정을 이야기해줄 수도 있었다. 식사 중에 그녀는 웃으며 기숙사 규율이 무척 엄하다고 말했다.

그녀는 내가 절에 있던 3년여 동안 계절이 바뀔 때마다 한두 번씩은 꼭 다녀가곤 했는데 단 한 번 여염집에서 불가피하게 같이 보낸 하룻밤을 제하고는 매번 모텔에서 혼자 자고 갔다. 밤에는 물론이고 낮 동안에도 둘이 함께 있는 시간은 극히 짧았으나 그녀는 개의치 않았다. 편지로 충분히 교감이 되어서 인지는 몰라도 와서 얼굴 한 번 쳐다보고 말 몇 마디 나누면 그걸로 흡족해했다.

나 또한 크게 다르지 않았다. 그녀가 온다고 하면 그날을 손꼽아 기다리며 기대에 부풀어 있긴 했으나 막상 그녀가 나타나면 "오, 왔어?" 하고 손 한 번 잡아보고 싱겁게 웃으면 그만이었는데 그걸로 충분했기 때문이다.

하지만 그날 아침에는 달랐다. 작심이라도 한 듯 지난밤 혼자 모텔에서 묵은 그녀가 그날따라 방 안에서 뭉그적거리며 시간을 지체하더니 그만 버스를 놓치고 말았다.

아침 공양이 끝난 후 서둘러 그녀의 모텔로 찾아간 나는 대번에 눈이 휘둥그레지고 말았다. 차 시간이 다 되어가고 있는데도 방문 앞에 신발만 놓여있을 뿐 안에서는 아무런 기척이 없었기 때문이다. 당황한 나머지 나는 문을 세차게 두드렸고 그제야 그녀는 이불을 떠들고 일어나 하품을 하며 문을 열어주었다.

"야, 이게 어떻게 된 거야?"

"어머, 벌써 시간이 이렇게 됐네!"

짐도 챙겨놓지 않은 그녀는 그제야 잠옷 바람으로 머리에 수건을 두르고 욕실로 들어가더니 이번에는 시간이 지나도 나올 줄을 몰랐다. 주차장에서는 경음기 소리가 연이어 들려오고 있었고 나는 기다리다 못해 또 욕실 문을 두드렸다.

지난밤에는 절에 제(祭)가 있어 자리를 비울 수가 없었다. 뿐만 아니라 때가 때인지라 나는 몸조심해야만 했다. 하지만 은하의 생각은 달랐다. 그러잖아도 그녀는 절에 올 때마다 모텔에서 혼자 묵어야 했지만 그날 저녁에는 내가 얼굴 한 번 내보이지 않고 잘 자라는 말 한마디 없자 혼자 잡지만 뒤적거리며 시간을 보내다가는 늦게야 잠자리에 들었고 그 바람에 늦잠을 자고 말았다는 것이다.

그날은 내가 절에서 쫓겨나기 한 달쯤 전이었다.

절은 온통 긴장감으로 팽배해있었고 태풍전야와 같이 정적이 감돌고 있었다. 어느 날 난데없이 불교신문사 주필로 있던 해봉(海峰)스님이 총무원으로부터 불암사의 새 주지 임명장을 가지고 나타났기 때문이다. 한 절에 주지가 둘이 있게 되자 대중은 곧바로 둘로 나뉘었고 평화로웠던 절은 졸지에 분규의 소용돌이에 휘말리고 말았다. 긴장은 날로 고조되어갔고 도량(道場)은 엉망이 되었다. 신도들은 낙엽처럼 떨어져나갔고 구경꾼들은 도처에서 몰려들었다.

2시간 간격으로 있는 노선버스를 놓치고 나자 나는 하릴없이 그녀를 한 시간 가까이 걸리는 산 넘어 국도까지 바래다주어야만 했는데 여간 신경이 쓰이는 게 아니었다. 모텔과 절간이 넘어지면 코 닿을만한 곳에 있다 보니 절 식구들의 시선을 피하기가 쉽지 않았고, 국도를 가려면 천생 절을 가로질러야 했기 때문이다. 그녀가 절에 자주 오다 보니 얼굴을 기억하고 있는 스님들이 적지 않았고, 둘이서 경내를 걷다 보면 뒤돌아서서 쑥덕거리는 사람들도 없지 않았다.

모텔을 나와 해우소 앞을 지날 때였다. 언제나 그렇듯 나는 앞장서 걸었고 그녀는 십여 미터쯤 떨어져 산책이라도 하듯 흐느적거리며 따라왔다. 주지스님이 때맞춰 그곳에서 볼일을 보고 나오다가 나와 눈이 마주쳤다. 나는 걸음을 멈추고 멋쩍은 표정으로 뒤를 돌아보았고 은하는 걸음을 멈추지 않고 다가왔다.

나는 그녀가 방향을 바꿔 다른 쪽으로 가주거나 지나쳐가기를 바랐으나 눈치 없이 어느새 내 곁에 다가와서 바짝 붙어 섰다. 그러잖아도 내가 해봉에게 붙어 그의 시자(侍者)가 된 뒤부터는 절 식구들이 눈에 가시처럼 생각하고 있던 터였고, 주지스님은 더해 배은망덕한 놈이라며 학인들에게 상종을 못 하도록 엄포를 놓고 있었기 때문이다.

그는 바지춤을 여미며 가래침을 뱉고 나오다가 얼른 발바닥으로 문질러 흔적을 지우고는 우릴 쳐다봤다. 주지가 사문(沙門)이 아가씨와 앞서거니 뒤서거니 하며 모텔에서 나오는 걸 보고도 아무 말은 안 했으나 뒤끝이 꺼림칙했다.

쑥색 투피스에 굽 높은 신발로 정장을 한 그녀를 데리고 개울을 건너고 가파른 산길을 오르내리기란 생각보다 쉽지 않았다. 산은 이미 늦가을로 접어들었고 두 사람 외에 산길을 걷는 사람은 없었다. 다만 숲으로 들어서기 전 절 옆에서 개울을 건널 때 약간의 촌극이 있었고 몇몇 구경꾼들의 야유를 받았을 뿐 한 시간여 동안의 한적한 산길은 두 사람만의 시간을 갖기에 충분했다.

개울은 지난밤 내린 비로 물이 갑절이나 불어나 있었고 징검다리마저 물속에 잠겨버렸다. 별수 없이 나는 은하를 업고 건너야 했다. 개울가에 앉아 신발과 양말을 벗고 승복바짓가랑이를 허벅지 위까지 똘똘 걷어 올린 다음 그녀를 등에 업었다. 맞은편 밭에서는 절 머슴 서너 명과 행자 두세 명이 김장배추를 뽑으며 밭일을 하고 있었고 심검당 옆 은행나무 아래서는 관광객 네댓 명이 노랗게 떨어져있는 은행잎 위에 앉아 포즈를 취하며 사진을 찍느라 떠들썩했다.

물은 허벅지까지 차올랐고 물살이 제법 세찼다. 바닥에 깔린 돌멩이들은 미끄러웠고 등허리에 실려 있는 체중은 만만치가 않았다. 어디선가 "우우⋯⋯." 하고 야유하는 소리가 들렸다. 나는 참다못해 뒤를 돌아보다가는 발을 헛디뎠고 순간 몸이 기우뚱하더니 옆으로 넘어지고 말았다. 다행히 옅은 곳이라 물에 빠진 생쥐 꼴은 면했으나 둘 다 옷이 조금 젖었고 은하는 팔꿈치가 까져 피가 흐르기까지 했다. 구경꾼들은 일제히 손뼉을 치며 환호했다. 밭에서 김장배추를 뽑으며 얌전히 일을 하고 있던 무리도 자기들만 못 본 척하고 있을 수는 없다는 듯이 손을 털고 일어나 손뼉을 치며 합세했다.

　길은 좁고 험했다. 관목 숲길을 벗어나 호젓한 산길로 접어들었다. 산에는 반쯤 떨어져나간 낙엽들이 융단처럼 깔려있었고 둘은 스펀지처럼 푹신한 감촉을 발로 느끼며 가르마같이 하얗게 드러난 산길을 말없이 걸었다. 전후좌우로 활처럼 휘어진 고갯길을 돌고 또 돌았다. 큰절에서는 마지(摩旨)라도 올리는지 목탁소리가 끊이지 않고 들려오고 있었고 계곡 깊숙한 떡갈나무 숲에서는 딱따구리의 나무 쪼아대는 소리가 연이어 들려왔다. 출가자에게 그 정도의 산길은 식은 죽 먹기였으나 나들이 차림으로 단장한 숙녀는 그렇질 못했다. 윗도리를 벗어 들고 손수건을 적시며 따라왔으나 백 미터쯤 가다가는 쉬고 고개 하나 넘고 나면 또 쉬고 하느라 길게 걷지를 못했다. 나는 이마에 땀은커녕 벗어들었던 옷을 다시 껴입었다.

　까투리 한 마리가 잿빛 날개를 펄럭이며 길가 덤불 속에서 푸드덕 날아오르기도 하고 누르스름한 고라니 한 마리가 10여 미터쯤 전방에서 귀를 쫑긋하고 서 있다가는 두 사람이 길옆에 앉아있는 것을 보자 흠칫 놀라 능선 쪽으로 줄행랑을 치기도 했다. 마지막 고개를 넘을 때는 은하가 핸드백과 윗도리를 벗어 나에게 맡기고 자기는 신발을 벗어 양손에 하나씩 들고 절룩거리며 맨발로 걷기도 했다.

　낙엽 깔린 후미진 산길을 걸으며 나눴던 수많은 대화는 지금 기억에 다 남아있지 않으나 그 눈빛 그 애잔한 모습은 아직도 나의 가슴속에 고스란히 남아있다.

　은하는 내가 절에 있는 동안 단 한 번도 드러내놓고 하산을 권유하거나 그에 관해 이야기한 적은 없었다. 수없이 편지를 보내오고 찾아온 가운데서도 말이다. 하지만 대화 중에 이따금 말없이 바라보는 그녀의 은근한 눈빛, 무심코 내쉬는 한숨 속에서 나는 그녀의 의중을 읽곤 했다.

고갯마루에 나란히 앉아 땀을 식히며 이런저런 이야기를 나누고 있던 중이었다.

"난 절에 올 때마다 느끼는 건데 이해 안 가는 것이 좀 있거든."

은하가 신발을 벗어 발 옆에 가지런히 놓아두고 무릎에 깍지 끼고 앉아 산 밑을 한동안 내려다보고 있다가는 마침내 속내를 내비치기 시작했다.

"스님들에 관해서 말이야. 뭔데?"

나는 궁금한 나머지 그녀를 빤히 쳐다보며 관심을 나타냈다.

"아무래도 스님들은 좀 이율배반적인 것 같아. 신도들한테는 매사에 집착을 끊어라, 단순하게 살아라. 라고 말하면서도 정작 자기네들은 대단한 집착을 하고 있거든……."

"성불에 대한 집착 말이야?"

은하가 말은 않고 고개만 끄덕였다. 나는 그녀 곁에 턱을 괴고 잔디밭에 비스듬히 누워 바람결에 나풀거리는 그녀의 귀밑머리를 보며 이야기에 귀를 기울이고 있다가는 일어나 앉으며 대꾸했다.

"그건 차원이 다른 거지. 성불이란 어디까지나 삶과 죽음의 굴레로부터 해탈하기 위해 도를 닦아 무아의 경지에 이르려는 고차원적인 것이고, 집착이란 이기적인 생각에서 맹목적으로 아무것에나 애착을 갖는 저차원적인 것으로 그런 걸 끊어야 행복해진다고 말하는 것이겠지. 이를테면 집착에도 차원이 있다는 것이 아닐까."

"그런 성불에 대한 집착마저 끊어버리면 안될까. 어차피 무아의 경계에 들어가려면 자신의 모든 것을 버려야 하는 것처럼……. 인간은 자연의 산물로 자연에서 왔다가 자연으로 돌아가는 것인데 그냥 자연스럽게 살다가 자연스럽게 죽으면 되는 걸 가지고 왜 그렇게 자연의 법칙에서 벗어나려고 발버둥을 치고 있느냐 그 말이야. 그렇다고 생로병사의 한계를 가지고 태어난 인간이 신처럼 불사의 경지에 이를 수는 없잖아……. 언젠가 형은 내게 말해줬었지. 불교의 핵심교리는 '고집멸도(苦集滅道)'라고. '모든 고통은 집착으로부터 온다. 따라서 집착을 멸해야 도의 경지에 이른다.' 하고 말이야."

"대단한데. 어디서 그렇게 배웠지?"

"오다가다 들은 풍월이지 뭐. 형한테서 들은 것도 좀 있고……."

"하긴 그래. 나도 그래서 지금 고민 중이야. 사람은 이 땅에 와서 잠시 머물렀다 가는 것뿐인데 집착하는 것들이 어찌 그리도 많은가 하고 말이야. 그리하여 어떤 자들은 이 땅에서 천년만년 살 것처럼 준비만 하다가 세상을 뜨기도 하고, 또 어떤 자들은 현세에 대한 삶은 차치하고 내세에 대한 삶만 준비하다가 세상을 뜨고 만단 말이지. 정작 이생에서의 삶은 소홀히 한 채. 그러고 보면 인간이란 욕심 때문에 하루도 평안한 날이 없는 것 같아. 이 모든 것들이 지나친 집착으로부터 비롯된 것이 아닐까. 인생은 찰나라고 하는데 말이지……. 나도 내년에는 군대를 가야 하는데 군대 갔다 와서도 산에 들어와 있을지 그건 나도 잘 모르겠어."

"군대 갔다 와서도 다시 산에 들어와 있는 건 난 반대야."

은하가 내 얼굴을 빠히 쳐다보며 단호하게 말했다.

"아무리 성불이 좋다고는 하지만 지상에서 단 한 번 밖에 주어지지 않은 생을 송두리째 바쳐가며 육체를 억압하는 삶은 생의 진실한 자세가 아니라고 봐. 어떤 사람들은 토굴 속에서 일생을 보낸다고도 하고 어떤 사람은 말 한마디 않고 평생을 묵언으로 지낸다고도 하지만 잘못 생각하고 있는 것 같아. 유년과 노년기를 빼면 기껏해야 사오십 년밖에 활동하지 못하는 길지 않은 생을 세상과 더불어 적극적으로 살지 않고 산에 들어가 본능을 억제하며 소극적으로 사는 것은 옳지 않다고 봐. 생육하고 번성하라는 하느님의 창조원리에도 어긋나는 셈이거든……."

공중에는 하늘 높이 솔개 한 마리가 선회하고 있었고 멀리 산 아랫마을에서는 하얀 연기가 피어오르고 있었다.

국도변 삼거리에서 버스를 기다리는 사람은 스님과 아가씨 두 사람 외에 아무도 없었다. 물레방앗간이 있는 삼거리 안동네에서는 대여섯 명의 아이들이 길거리에 나와서 팽이치기를 하거나 딱지치기를 하고 있었고 국도에서 십여 미터쯤 떨어져 있는 물레방앗간에서는 물레방아 돌아가는 소리만이 덜커덩덜커덩하고 들려오고 있었다. 추수가 끝난 빈 들판에는 논둑이나 냇가에 잎 떨어진 나무들만이 드문드문 서 있을 뿐 사람의 그림자 하나 보이지 않는다. 도로 아래에 있는 빈 논바닥에는 벼이삭 잘려나간 밑둥치들만이 누렇게 남아있는 가운데 낡아빠진 허수아비 하나가 청승맞게 서 있었고 검정 개 한 마리가 그 주위를 맴돌며 짖어대고 있었다. 부옇게 흐린 하늘에는 갖가지 형상을 한 크고 작은 구름이 군데군데 흘러다니고 있었고 늙은 태양은 구름 속을 들어갔다 나왔다 하며 초췌한 모습을 쉽게 떨쳐버리지 못한다.

스님과 아가씨는 도로변에 나란히 서서 말 한마디 없이 산모퉁이만 바라보고 있었고 검정 개는 더 이상 짖기를 포기하고 꼬리를 내리고 마을 쪽으로 줄행랑을 친다. 초가집 지붕에 빨간 고추가 널려있기도 한 50여 가구쯤 되는 마을에서는 닭 우는 소리와 개 짖는 소리가 번갈아 들려오기도 했고 물레방앗간 앞에서는 누런 소 한 마리가 입에 침을 질질 흘리며 되새김질을 하고 있다가는 멍에를 메고 달구지를 끌고 갈 준비를 하고 있었다.

직행버스와 화물차가 먼지를 일으키며 도로를 질주했고 소달구지도 한 대 풍경소리를 울리며 지나가고 있었으나, 광주행 완행버스는 좀처럼 나타나지를 않는다. 아가씨가 스님의 어깨에 앉아있는 뽀얀 먼지를 털어주며 주지스님 문제는 잘 해결될 것 같으냐고 물었고, 스님은 고개를 좌우로 흔들며 쉽게 해결될 것 같지 않다고 말한다.

"힘들 것 같아. 비록 무소유를 표방하는 절집이라 할지라도 이상과 현실은 늘 괴리가 있기 마련이거든. 생존이 걸려있는 문제니까 말이야……."

　스님이 아가씨의 등을 가볍게 두들겨주며 너무 걱정하지 말
라고 말했고 아가씨는 고개를 끄덕이면서도 안타까운 표정을
감추지 않는다. 이윽고 버스 한 대가 부연 먼지를 일으키며 산
모퉁이를 돌아오자 스님이 손을 들어 차를 정차시켰고 아가씨
가 손을 내밀어 악수를 하고는 버스에 오른다. 차의 문이 닫히
고 버스가 꽁무니로 검은 연기를 내뿜으며 출발하자 스님은 한
걸음 뒤로 물러서며 버스를 향해 손을 흔들었고 아가씨는 의자
에 앉아 손수건으로 눈가를 훔치며 차창 밖의 스님을 향해 손
을 흔든다. 스님은 버스가 산모퉁이를 돌아 시야에서 사라지는
것을 보고 나서야 발걸음을 옮기기 시작한다.

산문축출

"땅 땅 땅."

이윽고 폐회를 알리는 의사봉 두드리는 소리가 희미하게 들린다. 이제야 비로소 회의가 끝난 모양이다. 한 줄기 찬바람이 얼굴을 스치고 지나간다.

"땡그랑 땡그랑-."

풍경소리도 덩달아 들려온다. 비는 여전히 오락가락하며 멈출 줄을 모른다.

마침내 방문이 열리고 스님들이 앞다퉈 밖으로 쏟아져 나오기 시작한다. 헐렁한 바지 끝에 행전을 매거나 대님을 치고 반두루마기를 걸친 학인들은 평소 같잖게 하나같이 굳은 표정들이다. 누구 하나 입을 열어 말을 하거나 입 한번 벙긋하지 않았고, 10여 미터쯤 떨어져 맞은편 객실 앞에 앉아있는 내게는 눈길 한번 주지 않는다. 법운과 설산도 그들 중에 끼어있었으나 애써 나를 외면했다. 하품을 하며 3호 객실 앞에서 지루하게 대기하고 있던 신참 학인 두 명이 자리에서 벌떡 일어났고, 나도 그제야 허리를 펴고 엉덩이를 털며 자리에서 서서히 몸을 일으켰다.

스님들이 댓돌 위에서 신발을 찾아 신느라 다소 술렁인다. 모두가 하나같이 흰 고무신인데다 사이즈가 비슷한 신발은 바꿔 신기가 십상이었다. "퍽!" 하고 부엌에서 사기그릇 깨지는 소리가 났다. 행자 둘이 부엌으로 뛰어 들어갔고 공양주 보살이 피가 뚝뚝 떨어지는 손을 들고 절룩거리며 밖으로 나온다.

학인 두 사람이 별로 무거울 것도 없는 수레를 앞뒤에서 끌고 밀며 설선당 뒷문을 향해 나가고 있었고, 나도 서너 걸음 떨어져 묵묵히 그 뒤를 따르기 시작한다. 객실과 사무실 창고 앞을 차례로 지나고 마지막으로 네모난 뒷문을 빠져나가다 말고 고개를 돌려 잠시 뒤를 돌아본다. 그동안 식사 때만 되면 이곳에 와서 공양을 하고 차도 마시며 얘기를 나눴던 수많은 날이 떠오르고 몇몇 사람들의 얼굴이 오버랩 되며 스쳐 지나간다.

스님들이 장사진을 이루며 내 뒤를 따르기 시작한다. 마치 귀한 사람 배웅이라도 하는 것처럼. 하지만 실상은 미운오리새끼 하나 합법적으로 산문 밖까지 밀어내기 위해서였다. 주지스님을 필두로 30여 명의 대중이 득도(得度) 순으로 초파일 행사 때 제등행렬을 이루듯 따라나선다.

대중의 힘은 대단했다. 무엇이든 한번 결정하고 나면 그다음에는 인정사정 볼 것 없이 집행하는 일만 남았다. '일사부재리'

원칙에 따라 어느 누구도 변경하거나 거역하지는 못한다. 그렇다. 나는 지금 입 한번 벙긋하지 못하고 산문축출을 당하고 있는 것이다.

주지스님이 지팡이를 짚고 뒤뚱거리며 힘겹게 따라오고 있다. 스님은 몇 해 전에 뇌졸중으로 쓰러져 반신불수가 된 다음부터는 지팡이를 짚고 다녔는데, 나 때문에 고생이 많은 것 같아 일말의 미안한 감을 떨쳐버릴 수가 없다. 입산 후 2년 반여 동안 주지스님의 총애를 받으며 지냈던 날들이 떠오른다.

스님은 산책을 하거나 가까운 곳에 산행을 할 때v 마다 상좌인 법운을 젖혀두고 꼭 나를 데리고 다니곤 했다. 키만 한 장대 같은 지팡이를 짚고 절룩거리며 능선을 오를 때는 내가 옆에서 팔을 의지해드리고는 했다. 봄날에는 두릅이나 취나물 더덕 같은 것도 제법 채취했고 가을에는 머루, 다래, 버섯도 따오곤 했다. 스님은 어느 골짜기 어느 능선에 무엇이 많다는 걸 정확히 알고 계셨다.

어느 봄날 오후였다. 산책을 나갔다가 낫으로 지팡이를 만들 나무를 자르다 그만 손을 베고 말았다. 손바닥에 피가 낭자하자 스님은 손수 자기 옷을 찢어 싸매주기까지 했다. 15세에 출가해 득도한 후 전국의 강원과 선방을 두루 거친 스님은 참선을 많이 해 한때는 생불로까지 칭송을 받았다고 했다. 하지만 결혼을 하고 나서부터는 한쪽 날개가 꺾이고 말았다. 슬하에는 중학교 3학년인 아들과 초등학교 6학년인 딸 남매를 두고 있었다. 언젠가 스님의 심부름으로 고흥에 있는 그의 생가를 방문한 적이 있었는데 출가자의 옛집은 너무나 초라했다.

이제 헤어질 시간이 점점 다가오고 있었다. 나는 입술을 굳게 다물며 냉정함을 잃지 않으려고 노력했다. 굳이 악수를 하거나 뺨을 맞대고 포옹을 한 다음 손을 흔들며 떠나지는 못하더라도, 그리하여 축출당한 자가 힘없는 발걸음으로 돌아서 가는 모습을 보고 설령 눈물 한두 방울 흘려주는 사람이 없을지라도 나는 결코 외로워하거나 슬퍼하지 않을 자신이 있었다.

물론 전혀 예기치 못한 일은 아니었다. 충돌은 일어나지 않았어도 두세 달 전부터 내홍은 지속되고 있었고 언젠가는 결판이 나고야말 상황이 전개되고 있었기 때문이다.

그렇다고 나에게 되돌아갈 집이 없는 건 아니었다. 따뜻이 맞이해줄 부모나 형제가 없는 것도 아니었고, 하산을 고대하며 기다리는 사람 또한 없는 건 아니었다. 그동안 산에서 내려가야겠다고 한두 번 다짐한 것도 아니었고, 설령 누가 나서서 계속 머물러있어 달라고 두 손 붙잡고 애원을 한다 해도 뿌리치고 내려갈 마음의 준비는 충분히 되어있었다. 그러나 막상 아침 일찍 절에서 대중회의가 열리고, 거기서 산문축출이라는 전대미문의 안건이 만장일치로 가결되었을 때 내 마음은 허전하다 못해 씁쓸하기까지 했다.

구경꾼들은 많았다. 9시가 막 지나고 있었고, 주차장 쪽에서는 순천행 마이크로버스가 경적을 울려대며 출발 신호를 알리고 있었다. 비가 부슬부슬 내리는 가운데 나머지 절 식구들도 문밖까지 따라 나와 무언의 배웅을 해주고 있다. 구경꾼 중에는 국회의원 선거에서 세 번이나 낙선하고 절에 들어와서 빈집

을 고쳐 수양하고 있는 정일도 선생도 있었고, 절에서 고시공
부를 하며 아침저녁으로 인사를 주고받았던 학생들도 십여 명
쯤 나와 있었다. 공양주 보살도 손에 붕대를 감고 행자 서너 명
과 수각 앞에까지 따라 나와 눈물을 글썽이며 지켜보고 있었
고, 절 머슴 서너 명도 지게를 지고 일터를 향해 밖으로 나가려
다 말고 멈춰 서서 지켜보며 좀체 보기 드문 광경을 놓치려 하
지 않는다.

모텔 주인 방 여사도 화장을 하다말고 헐레벌떡 대문 밖에까
지 뛰어나와 속눈썹이 반쯤 떨어져 덜렁거리는 것도 모르고 눈
시울을 붉혔고, 가사 도우미 봉순이는 밥을 푸다 말고 주걱을
들고 나와 밥풀을 뜯어 먹으며 안쓰러운 표정을 감추지 않는다.

아, 또 한사람의 모습이 눈에 들어온다. 종무소 앞 돌계단 옆
왕벚나무 밑에 한 여인이 멀찌감치 서서 지켜보고 있었다. 하얀
치마저고리를 입고 머리를 곱게 빗어 넘겨 낭자를 하고 은비녀
를 꼽은 여인으로 나의 할머니 별당 사모님이시다. 그녀는 얼룩
무늬 고양이를 안고 외따로 떨어져서 내가 떠나는 모습을 먼빛
으로 지켜보고 있었다.

나는 할머니를 보는 순간 다리에 힘이 쭉 빠지고 말았다. 이
제 할머니는 누가 돌봐드려야 한단 말인가? 아침저녁으로 누가
그 많은 돌계단(4층계 48계단)을 오르내리며 화로에 불을 담아 들
고 다닐 것인가? 할머니에게는 고양이가 애인이나 다름없었다.
언젠가 한번 할머니가 광주에 가고 안 계실 때였다. 언제나 다
름없이 저녁공양이 끝나고 나는 화로를 들고 응진전 옆 절 맨
꼭대기에 있는 별당으로 갔다.

그날 밤에는 내가 고양이를 데리고 자야 했기 때문이다. 그러나 밤새껏 고양이는 자지 않고 울며 온 방을 돌아다녔고, 나는 견디다 못해 문을 열고 고양이를 밖으로 쫓아내버리고 말았다. 할머니가 잘 돌봐주라고 신신당부를 하고 갔는데도 말이다. 그 후로 고양이는 영영 돌아오지 않았고, 할머니는 밥도 먹지 않고 울고불고하며 나만 보면 고양이 찾아내라며 야단을 치곤했다. 할머니가 빨리 가라고 손짓을 하며 수건을 얼굴로 가져간다. 나는 발걸음을 잠시 멈추고 할머니를 향해 합장을 하고 고개를 숙여 인사를 한 다음 발걸음을 옮기기 시작한다.

　빗줄기가 차츰 굵어지기 시작한다. 살갗에 옷이 달라붙고 한기가 느껴진다. 나는 자꾸만 눈이 감기고 다리가 후들거렸다. 물체가 가물가물 둘로 보이기도 하고 주차장 조금 못미처 삼나무 숲에서는 하마터면 신발이 나무뿌리에 걸려 넘어질 뻔했다.

　비 오는 날에는 무슨 일을 해도 울적해지기 마련이다. 하필이면 이런 날 절을 떠난다는 게 내키지 않았다. 물에 빠진 생쥐마냥 비에 젖은 후줄근한 모습으로 볼썽사납게 떠나서만도 아니었다. 구경꾼들이 많아서도 아니었고 그동안 정들었던 사람들을 못 잊어서도 아니었다.

　물론 대중 가운데는 나를 못 잊어하는 사람도 있었고 나도 역시 그랬다. 할머니뿐만 아니라 법운과 설산, 만복이 녀석도 있었고 주지스님과 총무스님도 마찬가지였다. 그들은 두 분 다 나를 상좌처럼 아껴주었고 나 역시 은사스님 못잖게 그들을 따르곤 했다. 마침 은사스님은 고향에 내려가시고 없었다. 그러나 세상일은 모르는 것이었다. 나는 '하룻밤 사이에 건너지 말아야 할 강을 건너고 말았으니……' 하루아침에 그들을 배반하고 만 것이다.

그분들 말이 그렇다는 것이다. 그러나 시간이 지나면 그들도 나를 이해해주기는 하리라.

절을 떠나면서 가장 안타까워하는 것은 경내에 있으면서도 내가 떠난다는 사실을 모르고 있는 또 하나의 절 식구들 때문이었다. 그들은 내가 찾아가기 전에는 나올 수 없는 몸들이었다.

철 따라 관광객들로부터 사랑을 받았던 매화, 왕벚나무, 동백나무, 배롱나무, 모란, 와송(臥松) 등 나는 그동안 얼마나 많은 시간들을 그들과 가까이하며 지냈던가. 저녁 공양이 끝나고 계곡에 산그늘이 지기 시작하면 범종각의 북소리가 울리고 7시 예불시간이 되기까지 30여 분 동안 경내를 산책하며 그들과 무언의 대화를 나누곤 했다. 경내에 산재해있는 풀 한 포기, 나무 한 그루 모두 나의 시선이 안 간 곳이 없었다. 봄이면 벚꽃이 지고 난 다음 허전한 마음을 달래주기에 충분한 나한전 앞 화단에 오래도록 피어있는 자목련이라든가, 가을이면 부드러운 햇살과 함께 반쯤 벌어진 입술 사이로 하얀 이를 드러내며 뭇사람의 시선을 사로잡았던 원통전 옆 화단의 석류나무는 특히 더했다.

행렬은 시종 묵언으로 30m쯤 이어졌고, 활처럼 굽은 모텔 담장을 빙 돌아 삼나무 숲길을 빠져나오는 데는 20분도 채 걸리지 않았다.

주차장에 이르자 행렬은 자동적으로 흐트러졌고, 스님들은 걸음을 멈추었다. 이제 더 이상 따라가지 않아도 되었기 때문이다. 시골 초등학교 운동장보다 조금 작은 주차장에는 승용차 대여섯 대와 방금 도착한 택시 한 대만이 한쪽 구석에 덩그러니 놓여있을 뿐 관광버스나 노선버스는 보이지 않는다. 불암사에서 순천역까지 2시간 간격으로 왕래하는 마이크로버스는 조금 전에 떠나버리고 없었고, 관광버스는 시즌이 아니라 겨울에는 뜸한 편이었다.

주차장에는 스님들 외에 속인들도 꽤 나와 있었다. 겨울 산사를 구경 왔다가 모텔에서 자고 내려온 관광객들도 있었고, 울긋불긋한 등산복 차림에 배낭을 등에 멘 산행객들도 보인다. 주차장 가장자리에 들어서 있는 기념품 가게들 앞에도 사람들이 나와서 이색적인 풍경을 지켜보느라 흥미로운 표정들을 하고 있었다. 몇몇 가게 주인들은 물건을 팔려고 사람들 손을 붙들고 가게로 들어가면서도 나와 눈이 마주치자 고개를 끄덕이며 잘 가라는 표시를 한다.

주지스님이 손수건으로 비에 젖은 얼굴을 훔친 다음 주차장 한가운데 서서 스님들에게 손짓을 하며 한곳으로 불러 모은다. 스님들이 주지스님을 중심으로 일제히 모여들었고, 나는 그들과 조금 떨어진 자리에 홀로 서서 그들을 지켜보고 있었다. 짐은 여전히 수레 위에 실린 채 주차장 한쪽 가장자리에 놓여있었고, 끌고 왔던 학인들도 후줄근한 모습으로 수레 옆에 서서 기다리고 있었다.

빗줄기가 다시 사선을 그으며 시나브로 옷깃을 적시기 시작한다. 모자를 쓰고 있지 않은 내 얼굴에도 비는 예외 없이 내렸고 빗물이 볼을 적시며 흘러내린다. 나는 손수건을 꺼내 수시로 얼굴을 훔치며 하늘을 쳐다본다. 검은 구름이 점차 세력을 형성하며 장군봉 위로 모여들었고, 한번 틀어진 날씨는 좀체 성질을 누그러뜨리려고 하지 않는다.

그동안 나는 얼마나 많은 날을 이곳에 들락거리며 보내야 했던가? 비록 세속과 거리를 둔 도량(道場)이라 할지라도 사람이 살고 있는 곳은 어디나 종점과 시발점이 다르지 않았다. 버스가 도착하고 출발하는 이곳에서도 기쁨과 슬픔이 교차하는 것은 마찬가지였다. 나도 예외는 아니었다. 어머니와 은하를 이곳에서 맞이하고 떠나보내며 기쁨과 슬픔을 수시로 맛보아야만 했으니 말이다.

불암사 대중은 주차장까지만 나오고 돌아갔다. 거기서부터는 법운과 설산 두 사람만이 번갈아 수레를 끌고 산문 밖까지 나와 동행을 했다. 비는 여전히 멎었다 내렸다 하며 오락가락했고, 날씨만큼이나 내 마음도 변덕이 심했다. 스님들은 귀찮은 짐을 내동댕이치기라도 하듯 나와 내 짐을 실은 수레가 주차장 밖으로 나가는 걸 보고 나서야 잘 가라는 말 한마디 없이 발길을 돌려 절로 들어갔다.

스님 중 누구 한 사람 악수를 청하거나 손을 흔들어 주는 사람 없었고, 따뜻한 말 한마디 건네준 사람 없었다. 그렇다고 눈물 같은 것은 나오지 않았다. 나는 이런 경우 엉뚱하게도 미소가 어울릴 것 같아 입술을 조금 벌려 웃어보려고까지 했으나 그것도 뜻대로 되지 않아 포기하고 말았다. 다만 가슴 한 구석이 텅 비어있는 듯이 허전한 느낌은 들었다.

대열은 절에서 나올 때와 마찬가지로 주지스님이 맨 앞장 서 걸었고, 다음에는 총무스님, 임무스님 순이었는데, 되돌아갈 때는 일주문이 있는 정문 쪽으로 돌아서 갔다. 나는 주지스님에게 가까이 다가가 마지막 인사라도 올리려고 했지만 스님은 나를 일별도 하지 않고 돌아서 갔다. 학인들도 냉정하기는 매일반이어서 따뜻한 눈길 한번 건네준 사람 없었다. 특히 매점 아들 만복이란 놈은 행자 주제에 맨 끝에 따라가면서 후련하다는 듯이 엉덩이를 흔들며 지그재그로 걷기까지 했다. 그놈은 내가 매점을 주차장 밖으로 내보내야 한다고 앞장서 거론한 바람에 개인적인 감정까지 가지고 있었던 게 분명해 보였다.

다시는 사문(沙門)의 신분으로서는 이 산문(山門)에 발을 들여놓지 못할 것을 생각하니 만감이 교차했다. 그동안 절을 내 집처럼 드나들며 마을에 내려갔다가도 날이 어두워지면 마실 사람들과는 반대로 터벅터벅 산으로 올라오곤 하던 그 길을 나는 지금 마지막으로 내려가는 중이라고 생각하니 인생무상이 저절로 느껴진다. 쉽사리 잊히지 않을 지나간 일들이 주마등처럼 떠오르기 시작한다.

나는 길을 가다 말고 잠깐 서서 왼쪽 소매를 슬쩍 한번 들어 올려 본다. 팔뚝 위에 연비 자국이 아직도 남아있는가를 확인하기 위해서였다. 그러고 보면 인간의 맹세란 얼마나 허잘 것 없는 것인가? 십 원짜리 동전만한 크기의 흉터가 여전히 내 왼쪽 팔뚝 위에 선명히 자리 잡고 있었다. 그것은 나를 부끄럽게 하기에 충분했다. 나의 무지와 허영심이 만들어낸 결과이기 때문이다. 남들처럼 콩알만하게 흉터를 남겨도 될 걸 유독 나만은 동전만 하게 만들어 놓고 말았으니 말이다.

식장은 장엄했다. 법사스님이 법단 위에 올라앉아 계율을 나열한 후 수계식이 거행되었다. 예식은 엄숙하게 진행되었고 법단 앞에 앉아 있던 십여 명의 행자들은 굳은 표정들을 하고 일제히 팔뚝을 걷어 올렸다. 가사 장삼을 걸치고 곁에 앉아있던 설산이 일어나 촛불을 들고 다니며 팔뚝 위에 일일이 촛농을 두어 방울씩 떨어뜨렸고, 법운이 창호지로 만든 가느다란 심지를 들고 다니며 일일이 촛농 위에 꽂고 불을 붙여주었다.

피부가 뜨겁게 달아오르며 살이 타기 시작했다. 하지만 나는 설산에게 눈짓을 해 촛농을 몇 방울 더 떨어뜨려 달라고 부탁했고, 입을 악물고 제일 늦게까지 살을 태우며 인내심을 발휘했다. '피지직 피지직' 피부 타는 소리와 매캐하고 누릿한 냄새가 코를 찌르며 진동했고, 팔이 떨어져 나갈 듯 아팠던 기억이 엊그제같이 생생하게 떠오른다.

사미계를 받을 때의 초심은 사라진 지 이미 오래였다. 하지만 지금도 나는 입산 6개월 후 사미계 받을 때의 광경을 잊지 못한다. 어떻게 그런 예상치 못한 일이 내게서 일어날 수 있었는지 나는 지금도 선뜻 이해가 잘되지 않기 때문이다.

그날 밤 설선당 큰방에서 수계식이 끝나고 나서였다. 사부대중이 꽉 들어찬 가운데 법사스님인 주지스님이 가사 장삼을 두르고 단 위에서 설법을 마치고 막 내려오고 난 직후였다.

그동안 주지스님은 법단 위에서 가부좌를 하고 위엄 있게 앉아 근 한 시간 가까이 선문답식으로 설법을 했다. 간간이 주장자를 "탕!" 하고 단 위에 내리치며 사부대중의 마음을 사로잡았다. 그는 참선을 많이 한 선사(禪師)답게 평소에도 말을 적게 하고 가능한 미소로 말을 대신하곤 했다. 언젠가 나는 산책길에 스님에게 물었다.

"스님, 궁금한 것이 있어서 한 말씀 여쭤보려고 하는데요. 참선(參禪)과 사색(思索)은 어떻게 다릅니까?"

"사색이란 산 밑에서 산봉우리를 찾아 한 걸음, 한 걸음 올라가는 것이고, 참선이란 일거에 산봉우리에 올라 아래를 내려다보는 것이지."

그 후로 나는 단번에 산봉우리를 오르기 위해 나름대로 묵언도 하며 참선 삼매에 들어가고자 노력했다.

나는 사미계를 받고 난 후 감격한 나머지 그 자리에서 손가락을 깨물어 백지에 혈서를 쓰고 말았다. 종이는 미리 준비해 둔 것인지도 몰랐다. 자리를 움직이지 않고서도 그 자리에 엎드려 혈서를 쓸 수 있었던 걸 보면 말이다. 그러잖아도 사람들이 방 안에 빽빽이 들어차 있어서 움직일 만한 공간도 없었고 곁에는 도와줄만한 사람도 없었다.

문종이 전지를 다 메운 것 같은데 피가 잘 나오지 않아 애를 먹었던 것 같기도 하다. 면도칼이나 송곳 같은 예리한 거라도 준비했더라면 수고를 덜 수도 있었으나, 즉흥적이다 보니 몇 번이고 이빨로 손가락 끝을 물어 뜯어가며 피를 짜내 쓴 기억이 난다. 하지만 창호지가 흡수력이 강해 더 힘들었던 것도 같다.

확실한 기억은 잘나지 않지만 대략 다음과 같은 사행시를 쓴 것 같다.

고해(苦海)에서 방황하는 중생들이여
집착의 번뇌를
멸(滅)해버리고
도(道)의 경지에 들어보세

　다소 술렁거리던 식장이 찬물을 끼얹은 듯 조용했다. 스님들
은 전에 없었던 일로 놀란 표정들이었고, 보살님들은 눈을 동그
랗게 뜨고 얼굴을 찡그리며 지켜보고들 있었다. 주지스님이 기
대 섞인 눈길로 바라보고 있다가는 혈서를 받아서 문서 보관실
에 잘 간직해 두라고 총무스님에게 이른 것도 같다. 수계식 때
도 나는 남들보다 살을 더 많이 태운 바람에 이목을 끌었는데,
아무튼 그때 나는 한동안 붕 떠있는 기분이었다.
　빗줄기가 다시 가늘어지기 시작한다. 멀리 천황봉 마당바위
밑으로 안개가 치맛자락처럼 산허리를 감고 돌았다. 도로 위 언
덕 덤불에서 장끼 한 마리가 황금빛 날개를 푸드득거리며 공중
으로 날아올랐고, 회색빛깔의 토끼 한 마리가 귀를 쫑긋하며
묘지 위에 서 있다가는 숲 속으로 사라져 간다. 설산과 법운이
나를 산문 밖까지 내보내고 오라는 주지스님의 명령을 받은 것
은 이유가 있었다.
　법운은 주지스님의 상좌였고, 설산은 총무스님의 상좌로 둘
다 주지스님의 신임이 두터운 데다 나하고는 약간의 간극이 있
었으나 한땐 친한 사이였기 때문이다. 늦게 입산한 주제에 분
수도 없이 너무 앞서간다는 게 못마땅한 이유였다. 그들은 나
를 따라서 손수레를 끌고 내려오면서도 해봉과 그에 대한 비난

을 서슴지 않았다.

"일심수좌는 다 좋은 데 한 가지가 틀렸단 말이야. 그 고집 센 것이 문제라구. 어디로 가든지 마찬가지야. 사람이 뜻을 이루려면 겸손하고 양보할 줄도 알아야 해. 더구나 어른들 앞에서는 말이야. 이번 경우도 못 이긴 척하고 한발 뒤로 물러났으면 오죽 좋아. 적어도 이런 수모는 면할 수 있지 않았겠느냐 이거야. 이런 일 때문에 대중회의를 몇 번이나 열었느냐구. 주지스님이 잘못했다고 용서를 빌면 없었던 일로 하겠다고 했잖아. 괜히 고집을 피우고 말을 안 들으니까 결국 품위 문제까지 가지고 나온 거라구. 어떻게 중이 여자친구와 교제를 하면서 승려생활을 계속할 수 있느냐 이거지. 게다가 '승리의 생활'인가 뭔가 하는 타 종교의 간행물까지 정기적으로 받아보면서 말이야. 그동안 학인들 중에는 말은 안 해도 그 문제에 관해서 얘기들이 많았었거든. 물론 못난 자들의 시새움일 수도 있지만 말이야. 법운수좌, 안 그래?"

설산이 수레를 끌며 말을 끄집어내자 법운이 옆에서 보조를 맞추며 거들고 나선다.

"그러게 말이야. 일심수좌는 너무 순진해서 탈이야. 해봉이 총무원에서 주지 발령장을 가지고 왔어도 현실은 그것을 용납하지 않았거든. 그런데 무턱대고 그를 지지하고 나선 게 잘못이라고. 첫째는 해봉이 나쁜 놈이고⋯⋯. 저는 젊어서 세상 재미 다 보고 이제 와서 늘그막에 중노릇한다며 큰절 주지를 하겠다는 게 있을 수 있는 일이야. 아무리 재 출가를 했다고는 하지만 집에는 마누라와 자식새끼들이 있고 재산이 있는데, 승려생활

을 제대로 할 것 같애. 저가 무슨 청정비구야. 그런 주제에 대처
승을 비난할 자격이나 있냐구. 차라리 떳떳하게 우리 절 스님들
처럼 하고 사는 게 더 나은 것인지도 몰라. 불교 대중화를 위해
서는 대처승 문제도 진지하게 생각들을 해 봐야 한다구. 아무
리 저희 놈들이 무슨 짓을 한다 해도 우리가 선뜻 절을 내놓겠
어……. 그러니까 일심수좌는 얼마 동안 집에 가서 있다가 주지
스님한테 편지라도 한 장 띄워. 그러면 용서하실지도 몰라. 무
조건 잘못했다고 빌란 말이야. 내 말 알아듣겠어요? 그동안 주
지스님이 일심수좌를 얼마나 아꼈었는데 그래……."

그들은 번갈아 수레를 끌며 내 얘기를 계속했다. 나는 별 대
꾸 없이 그들 얘기를 들으며 뒤를 따라오다가 한마디 안 할 수
없었다.

"다 좋은 얘기들인데 내가 한마디 해도 되겠어요?"

그들은 좋다고 말했다.

"그럼 나도 한마디 할게요. 우린 벌써부터 학인들끼리 모이면
이대로는 안 된다는 공감대가 형성돼 있었잖아요. 그래서 한때
우린 전면에 나서서 절을 운영해 보지 않았습니까? 주지만 빼
놓고 나머지 직책을 맡고 말입니다. 물론 그때 동산수좌가 임무
스님 직을 맡아 수행하면서 과욕을 부린 바람에 절산의 나무를
너무 많이 베어 팔아서 문제가 되긴 했지만 말이죠.

그래도 그땐 절에 활기가 넘쳤습니다. 학인들이 나무를 팔아
생긴 돈으로 작업복 유니폼을 맞춰 입고 절산을 지키러 다니기
도 하고, 천불전 같이 다 허물어져 가는 건물을 보수공사를 해
서 말끔하게 만들어 놓기도 하고, 주차장 가장자리에 무질서하

236

게 들어서 있는 기념품 가게들을 한곳으로 모아 보기 좋게 정리하는 것 등 하는 일들이 많았습니다. 그러나 임무스님이 교도소에서 형을 마치고 돌아오자 절 운영에 있어서 노 소장 스님들 간에 알력이 생겼고 학인들끼리도 의견 통일이 안 돼 협조가 잘 안 됐습니다. 물론 방법상의 문제가 있었다고는 하지만 나도 백번 생각하고 그 한 가지 방법을 택한 것밖에 없어요.

불암사를 개혁하기 위해서는 그 방법밖에 없다는 결론에 이른 겁니다. 나도 비구 대처승 간에 사찰 분규가 일어나면 현장에 맨 먼저 뛰어가 몸으로 부딪치며 막았던 사람들 중에 하나였습니다. 그 때문에 경찰서에도 몇 번 불려가고 병원 신세도 졌던 사람이에요. 하지만 그 결과는 참담한 것이었어요. 몸과 마음이 갈기갈기 찢어져 상처밖에 남지 않았다는 겁니다.

타 종교의 간행물을 받아보는 것도 그래요. 보다 비교 우위에 서려면 타 종교도 알아보는 것이 좋지 않겠습니까. 남의 종교를 전혀 모르고 내 종교만 옳다고 믿는 것보다는 남의 종교도 알고 내 종교를 믿는 것이 훨씬 효과적일 수도 있잖아요. 포교하는데도 도움이 되고 말이죠. 여자친구를 사귀는 것도 그래요. 자기네들은 밤마다 여자를 끼고 자면서 학인들에게는 여자친구 하나라도 사귀게 되면 큰일 나는 것처럼 떠들어대서야 말이 됩니까. 더구나 불교 선진화와 대중화를 부르짖으면서 말입니다.

이판승과 사판승이 엄연히 공존하는 마당에 있어서 절간에서 무조건 여자를 경원시 하는 것도 문제라면 문제입니다. 아무튼 나도 이젠 지쳤습니다. 더 이상 싸우고 싶지도 않고 논쟁을 벌이고 싶지도 않아요. 이제 조용히 집에 가서 쉬면서 앞으로의 진로에 대해서 진지하게 생각을 좀 해볼까 합니다. 나도 앞으로 내가 어떤 방향으로 나가게 될지 잘 모르겠거든요."

그들은 비록 주지스님의 명령을 받고 나를 따라 나왔고 라이벌 의식은 가지고 있었으나 둘 다 크게 허물없는 친구들이었고 입산 선배들이었다.

이윽고 산모퉁이를 돌아 주막집 앞에 이르렀다. 이제 나는 그들과도 헤어져야만 했다. 하늘은 빗줄기가 가늘어지며 잠시 소강상태를 이루고 있었고, 길에는 행인은커녕 강아지 한 마리 얼씬거리지 않았다. 주막집 식구들이 모두 나와 의아한 표정으로 짐과 우리를 번갈아 쳐다본다.

마침내 법운이 수레의 손잡이를 위로 치켜 올려 수레바퀴를 고정시킨 다음 호주머니에서 손수건을 꺼내 얼굴의 땀을 훔친다. 나는 수레 뒤에 바짝 붙어서 짐이 넘어가지 않도록 손으로 붙잡았고, 설산이 소맷자락을 걷어 올리고 수레에 묶어놓은 짐의 끄나풀을 끄르기 시작한다. 주모가 눈을 동그랗게 뜨며 수레 옆으로 다가온다.

"이게 무슨 짐이여?"

그녀는 보따리 속을 들여다보며 내게 물었다.

"안녕하세요, 사모님."

나는 그제야 손을 털고 허리를 굽혀 넙죽 절을 하고 나서 사정을 얘기하기 시작했다.

"그러잖아도 사모님에게 말씀드리려고 했는데, 미안하지만 짐 좀 당분간 맡아 주셔야겠습니다. 짐이라 해 봤자 옷 한 보퉁이하고 책 서너 꾸러미 밖에 안 됩니다. 한 삼사일 정도만 맡아 주시면 됩니다. 집에 다녀와서 찾아가겠습니다."

주모는 불암사 간부스님의 둘째 부인이었고, 우린 가끔 쌍바위로 오일장을 보러 가거나 인근 초등학교에 투표 같은 걸 하러 산문 밖을 나다닐 때 그 집에 들러 쉬어가기도 하고, 한 달에 두어 차례 사복을 입고 산을 지키러 다닐 때는 가끔 들려서 슬쩍슬쩍 막걸리를 한 잔씩 마시기도 해 그 집 식구들하고는 잘 아는 사이였다. 백암스님은 본부인이 사하촌에 살고 있었으나 아들이 없었고, 여기서는 아들 둘에 딸을 하나 얻었다.

"하이고, 안돼야. 우리도 좁아 죽겠는데 이 많은 짐을 어디다 들여놓는다 말이여. 더구나 책 같은 것은 누가 슬쩍 집어가도 모르잖여. 맡았다가 책이라도 한 권 없어지면 그 책임을 나중에 누가 진단 말이여. 나는 못해야. 어여 다른 곳으로나 가봐."

그녀는 사정없이 고개를 흔들며 손을 내저었고, 우린 수레의 끄나풀을 끄르다 말고 서로 얼굴을 마주보며 난감한 표정을 지었다. 이 집 식구들이 아니면 이젠 아는 사람이 없었기 때문이다. 너무 많이 내려와 버렸는지도 몰랐다. 산 밑 첫 동네, 사하촌에는 스님들 가족 외에도 아는 사람들이 더러 있었다. 구멍가게 아주머니와 동네 이장, 청년회장은 잘 아는 사이였고, 마을 청년 대다수는 절산에 자주 나무를 하러 다녀서 인사 정도는 하고 지내는 사이였다.

조금 전 동네 앞을 지나올 때는 몇몇 아는 사람들의 얼굴도 보였고, 그들은 길가에 나와 있다가 나와 시선이 마주치자 측은한 표정을 감추지 못한 채 애써 외면을 했다. 내려오다가 도로 옆 구멍가게 아주머니에게 부탁했더라면 들어줬을 것도 같았다. 까짓것 눈치 봐서 음료수 몇 병 사 마시면서 부탁하면 거절하지 못했을 테니까 말이다. 하지만 나는 사하촌을 빨리 벗어나고 싶었다. 그들의 눈, 그들의 귀에서 멀어지고 싶었고, 절에서 가급적 멀리 떨어진 곳에 짐을 맡겨두고 싶었다. 하긴 산문축출이란 문자 그대로 산문 밖까지만 나오면 되었고, 때문에 설산과 법운은 사하촌까지만 동행하고 돌아가려고 했으나 내가 옷자락을 붙잡으며 고집을 피웠다.

내가 백암스님의 작은댁까지 짐을 가지고 온 것은 한 가지 이유가 더 있었다. 임원스님 중에서 유일하게 백암스님이 해봉스님을 지지하고 나섰고, 우리와 뜻을 같이 해서였다. 나는 떼를 써서라도 짐을 내려놓지 않으면 안 되었다. 주모 곁에는 나보다 나이가 많은 두 아들과 내 또래의 딸도 함께 서 있었는데, 그들은 내 처지를 딱하게 여기고 있는 것 같았다. 나는 딸에게 눈짓을 하며 도움을 요청했다.

딸이 엄마에게 짐을 맡아 주자며 설득하기 시작한다.

"엄마, 3일 동안 만이라는데 우리가 좀 맡아주면 안될까. 이제 다른 데는 아는 사람도 없대잖아. 아빠 체면도 있고, 우리가 안 맡아 주면 일심수좌가 곤란할 것 같애. 비도 내리는데 이 짐을 다 장터까지 끌고 갈 수도 없고 말이야. 안 그래? 엄마……."

이윽고 주모로부터 단 3일간만이라는 조건을 달고 짐을 내려놓아도 좋다는 허락을 받았다.

"잘 가시오. 일심수좌. 인연 있으면 또 만납시다."

설산이 악수를 청하며 마지막 인사를 건네 왔다. 나도 그의 손을 잡으며 고맙다는 말을 했다.

"일심수좌, 집에 가서 잘 생각해 보고 내가 시키는 대로 꼭 그렇게 했으면 싶어요. 그럼 또 만나게 되기를 바랍니다."

나는 법운과도 마지막 악수를 끝내고 빈 몸으로 장터거리를 향해 걸음을 빨리했다. 먹장구름이 청계산 장군봉 쪽으로 몰려들고 있었고 금방이라도 장대비가 쏟아져 내릴 것만 같았다.

나는 호주머니에 손을 집어넣어 한쪽 귀에 물기가 밴 편지봉투를 꺼내본다. 서울로 돌아간 은하한테서 며칠 전 보내온 편지다. 그녀는 당분간 선배가 운영하는 의상실에서 있기로 했다며 소식을 전해왔다.

다시 빗줄기가 굵어지기 시작한다. 길 아래 개울에서는 빗방울이 춤을 추며 소리 없이 흘러가고 있었고, 나는 승복 윗도리를 벗어 머리 위로 둘러쓰고 질퍽거리는 진흙길을 터벅터벅 걷기 시작했다.

물, 구름, 바다

불암사를 찾아간 것은 법운으로부터 전화를 받은 지 9개월쯤 지나서였다.

절은 예전 그대로였다. 단지 주차장과 모텔이 밑으로 내려가 있어서 예전보다 조용했고 이제야 절은 수도장(修道場)다운 본래의 모습을 되찾은 느낌이 들었으나 한편으론 그만큼 더 적적하고 활기가 없어 보이는 것도 사실이었다. 이제 더 이상 절에서는 속인들을 상대로 하숙 같은 것은 치지 않았고, 봄가을 같은 관광철에도 단체 손님을 받아 숙식을 제공하지 않아도 되었다. 절 살림도 넉넉해졌을 뿐더러 사하촌에 각종 편의 시설이 갖춰져 있었고, 굳이 절에서 공부방을 필요로 하는 사람은 큰절 위에 있는 암자로 올라가면 되었기 때문이다.

나는 차에서 내리자마자 곧장 절로 올라가 아직도 내 체취가 남아있을 법한 곳들을 기웃거리며 돌아다녀 봤으나 세월의 무상함을 느끼지 않을 수 없었다. 건물들은 그만큼 더 낡고 퇴락했으며 스님들은 입적을 했거나 흩어져 낯익은 얼굴 하나 보이지 않았다. 은하가 올 때마다 묵었고 해우소 곁에 외따로 떨어져 있어서 속인들의 숙소로 사용하기에 알맞았던 옛 모텔 건물은 원래대로 절에서 인수해 요사채로 사용하고 있었다.

나는 문간에서 기웃거리다가는 안에서 사람 소리가 나 고개를 삐쭉 내밀고 들여다봤더니 학인들 서너 명이 윗도리를 벗고 역기와 아령을 들고 운동을 하고 있었다.

내가 거처했던 벽안당은 안으로 들어가 볼 수도 없었다. 선방으로 사용하고 있어서 '정진 중'이라고 씌어 있었고, 외인출입금지 구역으로 통제를 하고 있었다.

운수암으로 가는 길에 내가 즐겨 다녔던 폭포를 가봤더니 더 이상 물줄기를 이어놓지 않아 물이 마른 지 오래였다. 운수암에는 빈방 하나 없이 고시 준비하는 사람들로 들어 차 있어서 방마다 댓돌 위에 신발만 한 컬레씩 놓여있었다.

나는 암자를 나오다 말고 입구 소나무 아래 바위에 드러누워 한동안 맞은편 능선의 녹음을 바라보며 휴식을 취한 후 절에서 내려왔다.

민박집에서 법운에게 전화를 걸었다. 아직도 해는 서너 뼘쯤 남아 있었고 나는 가능한 그를 절에서 만났으면 싶었다. 때는 학생들의 여름방학이 막 시작되고 있어서 계곡 물가에는 피서객들로 법석댔고 넓은 주차장에는 크고 작은 차들이 빼곡히 들어차 있어 절과는 대조적으로 시설지구는 활기가 넘쳤다. 그는 필드에 나가 골프를 치고 있는 중이라며 절에 들어갈 만한 시간을 낼 수가 없다고 했다. 그가 사업에 성공했다는 말은 들어서 알고 있는 터였다.

　이튿날 우린 순천에서 만났다. 내가 찻집에서 그를 기다리며 신문을 뒤적이고 있는 사이 그가 골프 복장을 하고 나타났다. 찻집 문을 열고 들어와 테이블을 한번 쭉 둘러본 다음 안쪽 가장자리에 앉아있는 내게로 다가와 고개를 옆으로 삐딱하게 돌리고 빙긋이 웃는 사내, 법운이었다.
　"야, 이게 누구야. 밖에서 지나다보면 몰라보겠는 걸."
　그는 선글라스를 머리 위로 올리고 점퍼차림에 차 키를 손에 들고 비스듬히 서서 한쪽 발을 계속 까딱거리며 너스레를 떨었다. 나는 그의 손을 잡고 흔들며 "그래, 언제쯤 산에서 내려온 거야? 대단한데…… 설마 나처럼 쫓겨난 건 아닐 테지." 하고 물은 다음 자리에 앉아 차를 한 잔씩 하고 나서 궁금한 것을 또 물었다.
　"다른 친구들은 어떻게들 됐어. 지금도 산에서 잘들 지내고 있는 거야? 일편단심 민들레야 하고 한 소식 기다리면서 말이야…… 그동안 중도탈락하고 옷 갈아입은 사람은 몇 명이나 돼? 우리처럼 머리 기른 친구들 말이야."
　모르긴 몰라도 조금은 더 있을 것 같았다. 순간 나는 군대 갔다 첫 휴가 오던 날 순천 역전에서 택시 호객을 하고 있는 정출이를 떠올렸다.
　"일부를 제외하곤 초심을 잃지 않은 친구들이 꽤 많아. 그중에 더러는 훌륭한 선지식(善知識)이 되어 신도들의 존경을 한몸에 받으며 지역 사회에 기여하는 친구도 있고, 더러는 주지로 있으면서 신도들과 사이가 나빠져 절에서 쫓겨난 나머지 이 절 저 절 돌아다니며 행각승으로 만족해야 하는 사문도 있어. 몹쓸 병에 걸려 병원 신세를 지며 사경을 헤매는 납자(衲子)도 있고, 아예 우리같이 옷 바꿔 입고 하산을 해서 거사(居士)로 변신한 친구들도 몇 명 돼.

혜성이는 경기도 양평에서 큰 절을 맡고 있고, 지성이는 광주에서 독신을 고집하며 무등산 자락에 새 절을 하나 거창하게 지었다더구만. 설산은 이곳 향불사에서 주지로 있는 지가 꽤 오래되었지 아마.

반면에 어려운 친구들도 꽤 많아. 영석이는 대구 근교에서 주지를 맡고 있다가 사임하고 떠도는 중이고, 향남이는 강원도 오대산에서 토굴생활을 오래하다 건강이 좋지 않아 병원에 입원해 있는 걸 문병 차 한번 다들 모였었지. 십시일반으로 조금씩 돈을 걷어서 병원비에 보태 쓰라며 놓고 나오는데 마음이 착잡하더라고. 곁에서 간병해줄 사람 하나 없는 납자가 아플 때만큼 외로울 때가 또 어디 있을까…….

수만이는 군대 갔다 와서 입산을 포기하고 서울에서 월부 책장사를 하는 모양이고, 정출이는 광주서 택시 운전을 한다는 말을 들었어……."

그가 절 식구들의 이야기를 하다 말고 휴대전화를 꺼내 어딘가로 통화를 하고 나더니 묵직한 차를 몰고 어딘가로 나를 데리고 갔다. 차는 외곽으로 빠져 향불사 앞을 지나 꾸불꾸불한 비포장도로를 조금 올라가더니 전원 식당으로 들어갔다.

방으로 들어가 윗도리를 벗고 막 자리에 앉아 맥주를 한 잔씩 들고 있는데 뒷문이 열리더니 한 스님이 빙긋이 웃으며 안으로 들어왔다. 나도 잔을 내려놓고 웃으며 자리에서 일어났고 우린 반갑게 악수를 했다. 설산이었다. 그는 향불사 주지로 와 있으면서 법운과 호흡을 맞추어 포교활동을 하고 있었다. 우람한 체구에 얼굴에 기름기가 번들거렸고 금테 안경을 끼고 있어서 이름난 도회지 절 주지다운 면모를 한눈에 엿볼 수 있었다.

우린 식당주인까지 합석을 해서 넷이 식탁을 마주하고 앉아 옻닭 두 마리를 시켜놓고 우선 맥주를 한 잔씩 들며 이야기들을 나눴다. 키가 크고 이마가 넓어 호인처럼 생긴 식당 주인은 삼십 대 후반의 옛 주지스님 아들로 아버지가 내 이야기를 많이 했단다.

"그렇잖아도 준수 형님은 언젠가 한번 만나 뵙기를 바랐습니다. 궁금했어요. 어떻게 생겼을까 하고 말예요……."

그는 나를 보자 아버지 생각이 난다는 듯이 눈시울을 붉히며 술을 한 잔 따라 권했다. 우린 넷이서 술잔을 주거니 받거니 하며 격의 없이 대화를 나눴다. 설산이 맥주잔을 들고 단숨에 들이켜고 나더니 주머니에서 담배를 꺼내 상 위에 놓고 한 개비를 빼내 불을 붙였다. 그는 삭발에 법의를 걸치고 있으면서도 남의 이목 같은 것은 무시한 채 매우 자연스럽게 술과 담배를 하고 있었다.

나는 그의 거침없는 행동과 태도를 보면 이 친구가 한 소식한 게 아닌가 하는 생각을 하기도 했다. 차를 타고 오면서 법운에게서 들어서 알고는 있었다. 설산이 결혼을 해서 슬하에 남매를 뒀고, 부인이 꽤 미인이라는 것도 말이다.

우리가 옻닭을 뜯고 술잔을 돌리며 궁금한 것들을 묻고 대답하고 있는 사이 식당 문이 열리고 일단의 무리가 방으로 들어오고 있었는데, 더운 날씨에도 양복들을 입고 있었고 설산과 법운과도 아는 사이로 손을 들어 인사들을 했다.

그들은 시내에서 큰 교회를 맡고 있는 목사와 장로들이라고 했고, 시 정화위원회에서 매월 한 번씩 같이 모인다고도 했다.

나도 닭다리를 뜯다 말고 맥주를 한 잔 들이켜고 나서 담배를 한 개비 빼 물었고, 설산이 라이터를 켜 불을 붙여주었다. 그는 담배를 빨아 길게 내 뿜고 나서 나를 보고 빙긋이 웃으며, 목사가 됐다는 말을 들었는데 그게 진짜냐고 물었다.

"아, 그래요. 정보가 빠르군요. 목사는 아니고 집사가 됐어요."

나도 덩달아 웃으며 말했다.

법운이 순천역까지 동행을 해주었다.

늦은 밤, 나는 홀로 막차 차표를 꺼내 들고 플랫폼을 향해 걷는다.

천천히, 아주 천천히…….

비가 내린다.

그날, 내가 마지막으로 하산하던, 아니 홀연 단신으로 산문에서 쫓겨나던, 그날처럼……. 🐟

돌짝밭